符号作品系列小说卷

远逝的恋情

符号 著

黄河出版传媒集团
阳光出版社

图书在版编目（CIP）数据

远逝的恋情 / 符号著. -- 银川：阳光出版社，
2021.12
（符号作品系列. 小说卷）
ISBN 978-7-5525-6163-0

Ⅰ.①远… Ⅱ.①符… Ⅲ.①中篇小说—小说集—中
国—当代 Ⅳ.①I247.5

中国版本图书馆CIP数据核字（2021）第248470号

符号作品系列 小说卷 **远逝的恋情**　　　　　　　　符　号　著

责任编辑　林　薇　胡　鹏
封面设计　杨智麟　唐小糖
责任印制　岳建宁

黄河出版传媒集团
阳光出版社　出版发行

出版人　薛文斌
地　址　宁夏银川市北京东路139号出版大厦（750001）
网　址　http://www.ygchbs.com
网上书店　http://www.shop129132959.taobao.com
电子信箱　yangguangchubanshe@163.com
邮购电话　0951-5014139
经　销　全国新华书店
印刷装订　四川立杨彩色印务有限公司
印刷委托书号　（宁）0022272

开　本　880mm×1230mm　1/32
印　张　9
字　数　220千字
版　次　2021年12月第1版
印　次　2022年1月第1次印刷
书　号　ISBN 978-7-5525-6163-0
定　价　58.00元

我的爱情我做主

——《远逝的恋情》自序

　　因单位事务及脱贫攻坚驻村轮战工作任务繁重，两年来，在处理好工作之余，写写停停，断断续续，终于完成了《远逝的恋情》《都是爱情惹的祸》《爱情一路走来》三部中篇爱情小说的写作。而中长篇书信体小说《那些年的爱情》在七年以前就已经写好了。

　　说起这四部爱情小说的故事，时间长的已经有二十六七年了，短的也有十六七年了。这些故事均是我自己经历的，虽然已成为过眼烟云，但是每每回忆起来还是历历在目。原本没有把它们写出来的打算。其一，只是在2016年年末，我从水城县政协调到水城县文联工作后，与以往相比，事务也不是那么繁忙，时间也相对宽松一些，再说写写小文章也算是自己的爱好。其二，许多朋友特别是一些志趣相投的朋友了解和听到我的爱情故事，均认为比书本上和电视上看到的都要离奇、精彩，是小说创作的好题材，让我写出来。其三，窃认为爱情是人类生命永恒的主题，把曾经经历过的爱情故事写出来，算是对那段美好的青春岁月的一种怀恋、一种记忆，也算是对过去人生经历的一个总结吧！

因此，有了创作《远逝的恋情》《都是爱情惹的祸》《爱情一路走来》这三部小说的想法和冲动。

2017年年初起，我在工作的同时，利用周末或节假日，加班加点，熬更守夜，着手这三部小说的创作。

《远逝的恋情》写的是陈帅20世纪90年代初，读盘山市师范学校时的几段恋情故事，因这样或那样的原因，最终均以失败告终，谈不上是真正的爱情，只能算是一种恋情。正如我在小说中写的那样："花朵是美丽的，果实是有价值的。可是在陈帅与李薇的爱情之树上，无花也无果。"但在那个时代，他们的那份感情是那样的清纯、那样的朴实，同时又是那样的天真和无知！是值得一生去怀念的。

《都是爱情惹的祸》写的是陈帅师范毕业十四年后发生的故事，也算是一个因爱情惹来的电信诈骗案的故事。这个故事发生在陈帅身上，是他万万没想到的，但又是真实地发生在他身上。不过，话又说回来，不是有句俗话说：无风不起浪，无根不长草。没有那个钉钉，不会挂那个瓶瓶。万事万物的发生和发展，总是有一定内外因的。这个故事发生在陈帅的身上，是一个偶然中的必然。毕竟在他美好的师范生活中的确发生过一个寝室的八名女同学，用一周时间就给他织完一件爱心毛衣的事，且牵头者就是小说中与陈帅谈了一场轰轰烈烈的恋爱而被骗的张琳。

《爱情一路走来》写的是陈帅与妻子刘莉有情人终成眷属的故事。我在写这部小说的时候，从陈帅之前的一些恋爱写起，做铺垫并埋下伏笔。陈帅和刘莉的爱情故事发生在2003年春天，正值"非典"疫情时期，我是把小说放在"非典"疫情的背景下来展开叙述的。

　　这里要特别提出的是，我的中长篇书信体小说《那些年的爱情》于2013年创作出来后，当年由大众文艺出版社出过单行本，但现在手中只有三本了。因此，趁这次出书的机会，一并收入本书，并以《远逝的恋情》作为本集子的书名。

　　可以说，这本小说集所收集的小说都是以爱情为主题的，且均来自我的生活经历。文学艺术来源于现实生活，又要高于现实生活。在创作的过程中，我曾经给我的一位好兄长龙江说过，我是还原生活，并没有高于生活，我觉得现实生活也是很丰富精彩的。龙江兄安慰我说，兄弟，你能还原现实生活就不错了，现实生活就是一本很好的百科全书。我说是的，有时现实生活比书上写的和电视上播的还丰富精彩。当然了，在这三部小说中，并不是完全还原现实生活，也做了一些艺术上的加工。比如说《都是爱情惹的祸》写陈帅和张琳谈了一场被动却轰轰烈烈的恋爱一事，为了符合现实生活逻辑、符合情理，我虚构了一些情节。

　　我自认为自己算是一个生活能力很强的人，不能改变现实生活环境，就要努力去适应现实生活环境。小时候，父母说要给我定娃娃亲，即所谓的说媳妇，那时我对父母说我要好好读书，把书读好再说媳妇也不迟，父母同意了我的想法。即使我在小说中写到的几个爱情故事，当初我也没有过多地向父母说过，父母只是略知一二，对其中的一两个女孩，父母也曾经劝过我说应该是可以的，我说自己会掌握分寸的，合不合适，自己最清楚，我的爱情我做主，我的婚姻我做主。写到这里，借机向父母说一声对不起，他们曾为我的婚姻操碎了心。我的爱情观正如高守亚先生在《问世间情为何物》的评论中说的那样：是一种两情相悦，不计金钱、地位和权力，只注重人品和才华，宣扬的是一种青春健康、积极向上的爱情观。

　　是为序。

2021年7月5日

六盘水市水城区文联办公室

目 录

contents

远逝的恋情

生活就是这样，总让人琢磨不透，总有许多出其不意的相逢、相识、相知，甚至相爱，心头都曾经有过伤痕、伤心，甚至伤痛。但所幸的是，这伤痕、伤心和伤痛是美丽的，是值得的。它能时时唤起我们对青春往事温馨的回忆和对美好生活的无限向往，并且告诉我们，一定要珍惜生命，热爱生活，把美好的东西留在我们的心中，存储在记忆里，让情感之河永不干涸、永远长流。

——题记

一

许多年后，当陈帅向我讲述他那一个个刻骨铭心的爱情故事时，我在为他那没有结果的远逝的恋情难过、惋惜的同时，也想为他们那个年代纯真、朴实的爱情而点赞。1992年，陈帅以优异的成绩考取了黔地的盘山市师范学校。学校安宁静谧，环境优美。流水潺潺的响水河横穿校园，河两岸及校园林间小道两旁的柳树、法国梧桐、樱花等树木随处可见，花木扶疏。校园内大片大片绿茵茵的草坪上，一年四季长满了茂盛的三叶草，还零星地点缀着些许或黄或白的野花。在连接学生宿舍和教学楼的响水河桥旁，有一个精致的木质六角亭，是学生休闲娱乐和看书学习的好场所。那时，盘山市师范学校是全省乃至全国中等师范学校里有名的花园式学校，真是名副其实。

那个年代的师范生，正处于花季年龄，是一群情窦初开的少男少女。俗话说："哪个少男不钟情？哪个少女不怀春？"师范生谈恋爱是校园中一种很普遍的现象，校园内随时随地都能看到那一双双一对对卿卿我我的男男女女。当然，那时陈帅也没有闲着，不知不觉地也卷入了恋情的漩涡之中，久久不能自拔。

据陈帅说，那时在他的同班同学中，他最喜欢的是李薇，至于其他女生，只是很要好的朋友罢了。

李薇家居住在学校所在的盘山市城市中心区，在离学校不远的一所矿区中学内，家境殷实，父母都在城里工作。李薇不但人长得漂亮，而且可爱又聪明，只是眼睛有点近视。她还是陈帅他们班的文艺委员呢！由于近视，刚进校分班时，李薇坐在陈帅他们班教室的第一排，而陈帅三年中一直都坐在他们班教室的倒数第二排。起初，在学校或班上组织开展相关文艺活动时，李薇总要把陈帅拉进来一起参加活动。

师范一年级的第二个学期，李薇不顾自己是近视，调到倒数第二排与陈帅同桌。他们成了同桌后，无话不说。李薇把她的出生及读小学、初中的一段段人生经历告诉了陈帅。李薇对陈帅说她母亲怀她七个月的时候，因与其父亲吵架，被父亲推了一下，跌了一跤，母亲就生下了她，属于早产儿。李薇还告诉陈帅，她之所以近视，是因为在她读小学和初中的时候，晚上经常背着父母躲在被子里，用手电筒偷看小说造成的。她对陈帅说这些的时候，稍微带点得意的神情。

李薇不顾自己是近视，主动调来和陈帅同桌，并向陈帅和盘托出她自己的人生及生活秘密，让陈帅感觉到李薇是喜欢自己的。这还可从李薇的所作所为和与李薇关系颇好的几个好姐妹的言行中看出来。陈帅还向我说了一句心里话，其实在心底里他也是挺喜欢李薇的。

那时在师范读书的学生，早晨男生总要比女生起床晚一些。学校食堂供应的早餐主要是馒头和包子，有一些同学因食欲好，在打早餐的时候总是多打一些。这就造成起床晚的同学打不到早餐，陈帅就是属于这类同学。

自从李薇与陈帅成为同桌之后，每天李薇总是起得很早，把早餐打好带到教室里吃。她打的早餐无论多少，总是要给陈帅留一半甚至还要多些。如哪天李薇只打了一个馒头，她也要给陈帅留半个。每次李薇给陈帅馒头时，陈帅也想总不能这样白吃李薇的馒头，就会主动拿餐票给李薇，但李薇就是不接，并对陈帅说："我们是同桌，你还拿什么餐票？这就见外了。再说了，我们女生又不像你们男生饭量大，餐票不够用。我饭量小，也经常回家吃饭，餐票用不完，多得是。"就这样，陈帅自己也不知道究竟吃了李薇给他的多少个馒头。

陈帅与李薇成为同桌一个多月后的一天，她们的好姐妹知道李薇喜欢陈帅，陈帅也挺喜欢李薇。只是陈帅觉得自己是农村来的人，李薇是城市里的人，以后毕业，劳燕分飞、分道扬镳，两人在一起是不现实的，这是其一。其二，陈帅的家是在农村，虽然爱涂抹一些诗文，按同学们的说法，陈帅还有些许文才，人也长得像他名字一样帅气，但面对李薇这样可爱漂亮的城里女生时，陈帅还真的不敢高攀，心里总是有那么几分自卑，也没有足够的勇气向李薇表白自己的心意。

白天上课和晚上上晚自习的时候，陈帅是能和李薇在一起的，除了这两个时间段，陈帅也时常想起李薇，李薇的一举一动、一言一行、一颦一笑和她那美丽的身影，总是在陈帅的脑海里挥之不去，还常常闯入他的梦乡。就这样苦苦煎熬了两三个星期后，陈帅实在受不了这份折磨，便给李薇写了一封长达四页近两千言的信。信主要表述的内容是：陈帅很爱李薇，但却不敢高攀，认为这样的爱情是很不现实的。陈帅把写好的信小心翼翼地夹放在《文选与写作》的课本中，打算待有适当机会时就交给李薇。

<h1 style="text-align:center">二</h1>

一天下午，在下最后一节课的时候，陈帅鼓着勇气从《文选与写作》课本中把信翻出来，交给李薇并对她说："下午6点钟，我在学校琴房前的草坪上等你，不见不散。"当时，李薇感到很惊讶，但她很高兴地接过陈帅递给她的信。之后，他们随着其他的同学一起离开了教室。

下午，吃完晚餐后，陈帅便提前20分钟来到学校琴房前，在那绿茵茵的长满三叶草的草坪上坐着，他左手拿着一本《泰戈尔散文诗集》，心不在焉地翻着，那支银灰色的钢笔在他的右手中不停地上下旋转。10分钟过后，李薇穿着一套粉红色，点缀着星星点点白花的连衣裙，像一阵微风轻轻飘到了陈帅的面前，并在距陈帅不足一米远的地方与陈帅面对面坐了下来。

陈帅说："来了？"

李薇答应："嗯。"

之后的两分钟，他们谁也没有说话，就像两尊雕塑一样默默地坐着，空气像凝固了一般。

还是李薇先打破了这沉默的气氛，并用一双火辣辣的眼睛盯着陈帅说："陈帅，我看了你的信，有什么不可高攀的嘛！我们应该是能走到一起的。你知道吗？我真的很喜欢你。"

陈帅说："其实，我也很喜欢你呀。我几次做梦都梦到过你，但我们农村的条件不好，怕以后你受不了，再说我们不是一个县的，以后分不到一起，迟早也是要分手的。总之，我总觉得我们还是很不现实，真的很对不起你！"

那时，在他们的校园里流行一句有关师范生谈恋爱的经典话就是："一年级初恋，二年级热恋，三年级失恋。"不是吗？一年级大家有缘能在一起求学，相互之间才有机会认识、了解和接触，接触多了，了解深了，再加上学习又不是那么紧张，就会慢慢地相互产生爱慕之心，便进入了初恋。二年级，相互之间就会渐渐地加深了解，友情随之加深，感情逐渐固定下来，随着时间的推移，生理、心理的进一步成熟，胆子也就越来越大了，就难免会出现卿卿我我的举动，便风风火火地处于热恋之中，什么山盟海誓、海枯石烂、永不变心这些美丽的誓言在两个相爱的男女之间频频出现。三年级，面临分配，面对现实，加之地域鸿沟及人生观、价值观等因素的不同，他们便分道扬镳、劳燕分飞了。他们的青春之梦、爱情之梦犹如美丽的肥皂泡，随着毕业钟声的敲响而破灭，一个个在毕业时的叹息和伤感中失恋了。

李薇含情脉脉地注视着陈帅，陈帅这时已把手中旋转的钢笔和那本《泰戈尔散文诗集》放在开满星星点点或白或黄的野花和长满三叶草的草地上，然后站起来看着李薇，言不由衷又似乎是很认真地说："李薇，这几天，我很难过，以后，请你告诉你那几个好姐妹，不要再喊我请客了，我真的很难受！"

这时，在草坪上的同学们都陆续起身回教室上晚自习了。李薇站起来说："晚自习的时间到了，走吧！"陈帅弯下腰捡起书和笔，与李薇一起走过绿地毯似的软软的草坪，经学校篮球场，一前一后走进了教室。

到了教室，陈帅一看，除了自己和李薇，同学们全都到齐了，只有教室的倒数第二排他们两个的座位空着。李薇走到书桌前，从书桌箱里翻出一张《盘山日报》，便径直走到教室的最后面，将报纸铺在地上，背靠着墙壁坐了下来，头低着，纤细白嫩的双手紧紧地捂着脸，并发出很弱很弱的抽泣声……当

　　　　　　　　　　　　　　　　远逝的恋情

时，面对全班的学生，陈帅还不好意思去安慰她。

还好，两分钟之后，李薇的那几个好姐妹走到陈帅的书桌前，似乎用一种责怪的眼神瞟了陈帅一眼后，便走向靠着墙壁坐在地上细声抽泣的李薇，并将李薇扶起来慢慢走向教室的后门，离开了教室……

不久，一年一度闻名全国的"玉兰三口塘苗族跳花节"将在陈帅的家乡玉兰举办。一天，李薇和她特别要好的那几个女生一起对陈帅说："陈帅，过几天，'苗族跳花节'就要到了，我们想去看看，也趁这个机会，想到你的家乡玉兰去走走、看看，怎么样？"

陈帅说："行啊，但去我家是要讲条件的，第一是你们住的地方不通电，因为我老家还没通电；第二是你们要能吃酸汤苞谷饭，因为我老家吃的是酸汤苞谷饭；第三是你们要能走山路，因为我老家不通客车，又是一些弯弯曲曲的山路。若这三个条件都答应，我就带你们去，否则就不能带你们去。这里，我还要向大家声明一下，不是不想带你们去，而是我家乡的客观条件就是这样，怕你们去了住不下去。"

李薇和那几名女生听了陈帅提出的这三个条件后，她们面面相觑，无言以对。陈帅知道她们没有一个人能答应自己所提出的条件。最终，陈帅也没有带她们去过自己的玉兰老家。只是在之后进入秋收的一天，陈帅带了他们班盘龙县的郝雄等几名男生去了他老家玉兰，还帮他家人一起抢收苞谷。

以后的日子，陈帅还是和李薇同桌，不同的是李薇不像以前那样开朗和乐观了，陈帅也是满脸愁容、心情沮丧。陈帅与李薇这段感情很微妙，可以说是陈帅和李薇之间的一段还没有真正开始就结束了的初恋情结。花朵是美丽的，果实是有价值的。可是在陈帅与李薇的爱情之树上，无花也无果。

秋季学期开学报名后，李薇又调回教室的第一排去坐了。

之后不久的一天，李薇同时收到了她读初中时认识的一名男孩在一个月之内写给她的30封情书，这简直可以申请吉尼斯纪录。当时，这件事还在他们学校传得沸沸扬扬，令许多男生、女生羡慕不已。

师范毕业后，陈帅分回了老家邻乡的一所乡村中学教书，李薇留在了城里的一所小学教书。

两年后，陈帅参加成人高考，被贵州教育学院汉语言文学专科班录取了。陈帅在去贵阳读书之前，还进城看望了一次李薇，并告诉她这个喜讯。李薇也为陈帅能继续读书深造感到高兴。但陈帅在和李薇的谈话中，得知李薇已找到了男朋友，心里有一种说不出的落寞与惆怅。

陈帅在贵阳读了四年书之后，通过自己的努力，调进了县城的一个机关工作，也就与李薇同在一个城市。那时，李薇已经结婚了。两年后，陈帅也结了婚。自从陈帅调进城一直到现在，他们班同在一个城市的七八个同班同学，每年都要聚会三五次。有时，他们同学聚会，也各自带上自己的配偶和孩子。

起初聚会的几次，同学都爱拿陈帅和李薇开玩笑，陈帅和李薇都心照不宣相视一笑。聚会的次数多了，大家也就像兄弟姊妹一样，很开心、很快乐地分享同学之间的那份纯真的深情厚谊。陈帅常在心里想，这也许是最完美的结局了。

生活就是这样，总让人琢磨不透，总有许多出其不意的相逢、相识、相知，甚至相爱，心头都曾经有过伤痕、伤心，甚至伤痛。但所幸的是，这伤痕、伤心和伤痛是美丽的，是值得的，它能时时唤起我们对青春往事温馨的回忆和美好生活的无限向往，并且告诉我们，一定要珍惜生命，热爱生活，把美好的东西留在我们的心中，存储在记忆里，让生命的情感之河永不干涸、永远长流。

三

　　那时，陈帅及他们班有三四个男同学和一两个女同学爱好写作，经常写一些小诗小文。他们偶尔还在盘山市委机关报《盘山日报》、中共山城县委宣传部主办的中共山城县委机关报《山城报》的文艺副刊上和盘山市文联主办的《新都市文学》发表一些"小豆腐块"。当时还是由他们班的这几名男生、女生发起，经学校学生科、宣传科和团校委批准成立了盘山市师范学校的首个文学社团——"春梦文学社"，并创办钢板刻印的油印校园文学刊物《春梦》。

　　当时，陈帅也是这几名文学爱好者之一，在班上那些文学爱好者的影响和熏陶下，陈帅写的文章除被刊登在市内的报纸杂志上外，还发表在内蒙古海拉尔主办的《中专生文苑》和湖北省仙桃市主办的《中师生周报》等校园文学刊物上。1994年5月，陈帅写的一篇人物通讯《追求·奉献——记全市"十佳公仆"市三中教师李静》，参加由共青团盘山市委、盘山日报社联合举办的"五四青春之光"征文活动，获得一等奖，并刊载在1994年10月15日的《盘山日报》"特别报道"栏目那个版面上的头版头条。

　　那时，在春暖花开的春季学期，陈帅与郝雄适时利用周末，邀约"春梦文学社"的十来名男女同学，花个10元、8元钱，买上一二十斤洋芋，几包花生、瓜子之类的零食，带上胶桶、报纸、油纸、伞等野外日常用品，到离学校不远的一线天或凤凰山林场等环境优美、空气清新、山泉甘甜的地方开展野炊活动，还美其名曰组织"春梦文学社"的成员开展春游、采风、创作活动。

　　他们一群人到达目的地后，简单地做了分工。捡柴的捡柴，生火的生火，提水的提水，烧洋芋的烧洋芋，有的还满山遍野去采摘那些野生的或红或白的野草莓，我们称之为"泡儿"，大家忙得不亦乐乎。待洋芋烧熟后，大家便七手八脚地把带来的报纸、油纸在绿绿的草坪上铺开，再把花生、瓜子之类的零食摆放在铺好的报纸、油纸上，然后便一同开吃。

在大家正吃得津津有味的过程中，总有那么几个调皮捣蛋的男女生，趁大家都不注意的时候，用自己剥过火烧洋芋染得黑煤似的双手，趁别人不防，悄悄地迅速在别人脸上涂抹，弄得满脸黑乎乎的，顿时，一阵阵充满青春活力的银铃般的欢笑声，在山谷中缭绕、回荡。有一次，陈帅的脸还被文学社中的顾茜等几名女生弄花了，都说陈帅的脸好花哦，陈帅还幽默地说："人的脸花不怕，两把水就洗干净了，人怕的是心花啊！心花就不好办了。"充满欢乐、美好的师范生活真让人怀恋啊！

1994年10月中旬，学校在大礼堂举行表彰大会，全校一千多名师生参加。大会除了表彰由学校组织开展的全校学生"三字一话"比赛、迎国庆演讲比赛活动中获奖的学生外，还对在市组织的"五四青春之光"征文活动中获一等奖的陈帅和获三等奖的陈帅的师弟——薛霖进行了表彰。学校除代表团市委和报社为陈帅颁发荣誉证书及100元奖金外，还额外向陈帅发了200元的奖金、向薛霖发了120元的奖金。校长在表彰大会上说："陈帅、薛霖两名同学，他们不但为自己获得了荣誉，还为我们学校争了光……"这次表彰活动的召开，在那个少男少女都很崇拜文学青年的年代，让陈帅大出风头。陈帅的那些师兄师姐、师弟师妹，特别是那些在"春梦文学社"的文学爱好者更是对陈帅羡慕不已。

当时，陈帅还在心里想，写文章真好啊！不但能出名，还有稿费，简直是名利双收！那种满足和欣慰，他现在回想起来还会增添几分自豪和得意！陈帅说，记得有一次，他收到一张《中师生周报》社汇来的5元钱稿费的汇款单，可不要小看这区区的5元钱，在那个时候，还可以够他买几包"家园""圣火"等牌子的劣质香烟，吃几碗山城羊肉粉呢！当时，陈帅就与班上的同学郝雄到双钟区邮政局，取了这5元钱的稿费后，便到盘山市机关食堂旁边的山城羊肉粉馆，每人吃了一元钱一碗的大碗羊肉粉，一人买了一元钱一包的"家园"牌香烟后，还剩下一元钱。

师范的日子过得真快，一晃，陈帅他们就进入师范三年级了。

一天，陈帅经过隔壁班的教室门口时，刚好碰到该班两名漂亮女生，正在她们的教室门口低头私语，说着陈帅如何如何呢！没想到，陈帅突然出现在她们面前。这两名女生陈帅是知道的，一位叫顾茜，是"春梦文学社"的成员；另一位叫萧婷，是她们班的学习委员。

顾茜比较外向大方一点，萧婷比较内向，言行要矜持一些。顾茜和萧婷都是山城县的，与陈帅来自同一个县，只是他们仨各是一个乡镇。萧婷是红山镇的，顾茜是马场乡的，这两个乡镇相邻，她们两个的父亲又都是在乡镇的教育辅导站工作。也许是她们两家隔得比较近，也许是她们两家家庭相似的缘故，更关键的是她们是一个班，又住同一个寝室。因此，她们两个的关系很好，好像亲姊妹一般。

陈帅站在她俩的面前说："刚才你们在说谁呀？"大方一点的顾茜抬起头说："正说你啊，我们说你不但人长得帅，而且很有才华，怎么了？我们说错了？"顾茜带着调皮的口气说话的时候，萧婷却在一旁一言不发，脸红得像秋天熟透的红苹果。陈帅的第六感告诉自己，眼前的这个萧婷就是自己的梦中情人、自己的白雪公主。

之后的日子里，陈帅就一门心思去追求萧婷，并主动与萧婷约会了好几次。通过接触，萧婷给陈帅的印象是很内向，陈帅认为她的确是一个很好的女孩。陈帅就很喜欢这种女孩，很不喜欢那种外向而又主动去追求男孩子的女孩。

四

那时，陈帅很相信不知在什么地方看到或听到过的一句话："男人追女人隔座山，女人追男人隔层纱。"男孩对他喜欢的女孩总是死皮赖脸、死缠烂打，似有追不到手誓不罢休的勇气；而女孩追自己喜欢的男孩时，只要男孩一口拒绝了，女孩就只好独自伤心落泪，就没有男孩的那股勇气，毕竟女孩子脸皮没有男孩子的厚。

陈帅想，这也是人们通常说的，男人的脸皮厚，女人的脸皮薄的缘故吧！在现实生活中常常是长得不怎么样的男生，总是能追到如花似玉的女生；而那些漂亮可爱的女孩，总是追不到她们心仪的男孩。

学校快放寒假了，虽然已经下了几场大雪，但陈帅的心却暖暖的，因为前几天他对萧婷说，寒假他要去红山镇萧婷的家里玩，而且萧婷没有拒绝他。陈帅暗暗高兴了好几天，心情也特别舒畅。萧婷没有拒绝陈帅，就说明萧婷并不讨厌陈帅。也许她也是喜欢陈帅的，只是因为内向，不好向陈帅表白她那份感情罢了。陈帅心里怎能不是暖暖的呢？

放寒假不到一个星期的一天，陈帅一早就从玉兰乡坐中巴车进了县城，买了那个时代较有名气的两瓶泸窖酒、两条"红塔山"牌子的香烟后，看时间还早，就走到县客车站坐上开往红山镇的中巴车。

一个多小时后，陈帅到了红山镇，并在红山街上向一位大

远逝的恋情

哥打听红山镇教育辅导站在什么地方（之前，萧婷告诉过陈帅她家就住在镇教育辅导站的旁边）。按照这位大哥指的方向，5分钟后，陈帅轻而易举地找到了萧婷家，见到他朝思暮想的萧婷。

陈帅的突然造访，让萧婷感到意外，但也是在她意料之中的事，她只是没想到陈帅会来得这么快。看得出，萧婷也是很高兴的。这些都可以从萧婷一家人，特别是萧婷的父母对陈帅的态度和周到的照顾中看出来。

在萧婷家吃完晚饭后，萧婷还带陈帅在红山街上溜达了一圈，因为天气很冷，加之天黑得早，他们很快就回来了。回到萧婷家时，萧婷一家人正在看中央一台播放的电视连续剧《渴望》。其他人都在认真地看电视，萧婷的父亲与陈帅聊了近一个小时，谈的内容多是陈帅的家庭情况，萧婷一直在旁边默默地陪着。

第二天，吃过中午饭后，萧婷送陈帅到红山街上去坐开往县城的中巴车。在中巴车上，萧婷告诉陈帅，她父母对陈帅很满意，但最关键的还是由她自己做主。陈帅高兴地说："好啊！萧婷，那么你是什么态度呢？"

萧婷说："陈帅，我还没想好，我不知道要怎么办。反正我们还有时间，以后再说吧。"

陈帅说："那好吧，萧婷，我愿意等你，等你给我的好消息。"

中巴车即将开动，萧婷下了中巴车，陈帅依依不舍地离开了萧婷，萧婷一直目送着中巴车消失在红山街的拐角处，才转身走回家。

学校春季开学的第一天。

吃过晚餐后，因是开学的第一天，不上晚自习，陈帅便约萧婷到校园内的响水河畔散步。陈帅说："我亲爱的萧婷啊！

你知道吗？从去你家到现在的一个多月时间里，我天天都在想你，每天睁开眼睛是你的影子，闭上眼睛还是你的影子。真拿自己没办法。"

萧婷微微红着脸说："我何尝不是呢，在这一个多月的时间里，我也是天天在想你啊！"

"那我们的事，你想好了没有？"陈帅问。

沉默了几分钟后，萧婷说："现在不好说，再等一段时间，我再答复你，好吗？"

他们边聊边走向了宿舍，分别时，陈帅说："祝你今晚做个好梦！让我们在梦中相遇。"

萧婷说："你也是。希望我们能在梦中相遇。"

几天之后，陈帅请他的好朋友郝雄去问问萧婷对他的感觉怎么样？

当然，陈帅事先告诉过郝雄，不要给萧婷说是陈帅请他去问她的，一定要做得很自然，郝雄说这个我知道，兄弟，请你相信我的技巧和能力。

当天，郝雄打探回来后给陈帅说："兄弟，看来问题不大，萧婷说你人挺不错的，她也很喜欢你，但就是怕你太花心了，靠不住。"

陈帅说："你是怎么给她说的？"

郝雄说："我说你不是花心的那种人，她也就没说什么了。好好努力吧兄弟，道路是曲折的，前途是光明的，看来你是有希望的！"

陈帅说："郝雄，你看我是那种花心的人吗？要是我花心，女朋友都谈了好几个了，可到现在我连一个女朋友也没有。老实告诉你吧郝雄，我对萧婷绝对是认真的，因为她和我都是山城县农村的，毕业后应该能分在一个县，我觉得我们是很现实的。"

郝雄说："这个我看得出来，至于你花不花心，我还不知道吗？但萧婷有这种想法也是很正常的，这也可以看出她对这种事是很认真，也很慎重的，从我和她的谈话中，我认为你是很有希望的，骑驴看唱本——咱们走着瞧吧。"

陈帅无奈地说："那只有走一步看一步了，不然我还有什么办法呢？真是好事多磨啊！郝雄兄弟，以后若你有机会再碰到萧婷，多在她面前替我美言几句啊！"

郝雄说："那是自然的，自家兄弟的事，你就放心好了。"

就在萧婷正要答应做陈帅女朋友的关键时刻，萧婷的好姐妹顾茜抓住这一时机，在陈帅和萧婷之间插了一杠子，彻底拆散并破坏了陈帅与萧婷即将开始的美好姻缘，让陈帅和萧婷那玫瑰色的梦随风飘散了。

五

在一个星期六的中午，陈帅吃完饭后，便到黄土坡清池照相馆去取照片，取好照片刚好走出照相馆的大门，就看见顾茜一个人呆呆地站在照相馆的门口，显出一种心事重重的样子。

陈帅说："顾茜，你也来取照片啊，你什么时候来的？我刚才都没看见你。"

顾茜含情脉脉地说："我不是来取照片的，你一出校门，我就一直跟着你走，不知不觉就来到这里了，怎么？你不欢迎我啊？"

陈帅莫名其妙地说："我出校门你一直跟着我，我怎么不知道？你找我有事吗？"

顾茜大胆地说："对，我就是找你有事，你走出校门我就一直跟着你，今天不上课，我们到钟山公园走走，我有事要对你说，好吗？"

陈帅在心里嘀咕，究竟顾茜找自己有什么事呢？是不是有关我和萧婷的事？她可是萧婷的好姐妹啊！"反正钟山公园就在市政府后面，离这里不远，去就去，说不定她是要向我透露萧婷对我的感觉，是来帮助我的。"陈帅这样想。

陈帅说："好，那就走吧，去钟山公园走走也行。"

陈帅和顾茜谁也没有再说话，肩并肩朝钟山公园走去，穿过了一条马路和市体育馆，便到了钟山公园。这时正值中午，公园内没几个人，很清静。当他们走到一处比较隐蔽，而又有水泥做成的供人们休息的长凳的半山腰时，顾茜指着长凳说："就这里吧，这里可以坐，休息一下。"

陈帅说："可以，休息一下也行。"

就这样，陈帅和顾茜并排坐在用水泥做的长凳上。刚坐下，陈帅就迫不及待地对顾茜说："顾茜，你刚才不是说找我有事吗？是什么事，是不是有关我和萧婷的事？"

顾茜没有正面回答陈帅的问话，他们沉默了片刻之后，顾茜带着哭腔看着陈帅，答非所问地对陈帅说："陈帅，你知道不，我好喜欢你！"

顿时，陈帅被顾茜的神情和话语惊呆了，紧接着顾茜低下头就发出哽咽的哭声。一时间，陈帅还不知道该如何回复顾茜这突如其来的话，也不知道如何面对这戏剧性的场景，更不知道如何去安慰这个喜欢自己的美丽女孩。大约过了七八分钟的光景，陈帅才冷静地说："顾茜，不要再哭了，你一哭，我真的不好受啊！"

听了陈帅的话后，顾茜停止了哽咽的哭声，仍然带着哭腔说："陈帅，半年多来，我知道你与萧婷在一起后，你知道我有多难受吗？你是根本体会不到的，那种煎熬啊！我都快要支撑不下去了，所以今天才……"

远逝的恋情

　　陈帅冷静地说："顾茜啊，这个肯定是不行的，你也知道现在我与萧婷的关系，再说你和萧婷不是最要好的姐妹、最要好的朋友吗？你怎么能这样呢？你这样做，我以后怎么去面对萧婷，又怎么去给萧婷交代呢？"

　　顾茜似乎平静了许多，她抬起了头望着陈帅的眼睛坚定地说："这个我不管，我只知道我很喜欢你，我认为爱情应该是平等竞争的，也是自私的，其他我可管不了，也不想去管。再说了，现在萧婷也还没有正式答应你，你也不需要给她交代什么啊。"

　　是啊，顾茜说得对，陈帅对萧婷有什么可交代的呢？他们默默地坐了几分钟以后，陈帅提议是不是该回学校了，可是顾茜建议，时间还早，倒不如再上山顶走走。就这样，他们肩并肩继续往钟山公园顶部上走，但谁也没有再说话了。

　　陈帅和顾茜都陷入了一片沉默。

　　也许，陈帅是在想："顾茜说的话没错啊，爱情是平等竞争的，也是自私的，与萧婷交往半年多来，萧婷应该知道我是认真、谨慎的，我冒着可能被萧婷一家拒之门外的风险也去过她家了，她怎么不理解我的良苦用心呢？"

　　也许，顾茜是在想："陈帅啊陈帅，你追求萧婷那么长的时间了，她都还不答应你，你怎么还不死心呢？要是你当初来追我，我早就答应你了。真好，趁现在她还没答应你，我就主动出击，应该还有希望的。再说了，你萧婷虽然和我是好朋友、好姐妹，但爱情是自私的，你不懂吗？我和你是平等竞争的，我没错。谢天谢地你还没答应陈帅，要是你答应了，我还真的不好插手啊。陈帅啊你也是，我都这么向你表白了，你怎么还无动于衷呢？你真是气死我了！"

　　陈帅和顾茜并排走着，沿着那一级级水泥步道，攀上了高高的双钟山顶，真好，山顶上居然是一块平整的场地。站立在双钟山顶上，整个城市便一览无余。那楼房、街道、车辆及行人都按比例缩小了很多。这时，城市特有的车流声、建筑工地上那些轰隆隆的机械碰撞的声音都消失了，只是偶尔会传来一声声刺耳的火车汽笛声。城市的嘈杂喧闹仿佛被隔在了另一个世界。四周悄无声息，只有一两声小鸟的啁啾声，从山上的树林中传了出来。

陈帅和顾茜绕着山顶，慢慢地并排走着，谁也没说话。山顶简直太安静了，静得让人能够听见自己的呼吸和心跳。他们的心在狂跳、脸在发热。此时此刻，陈帅意识到来到这样一个隐蔽安静的地方将意味着什么。在山顶上走完一圈后，顾茜转身面对着陈帅停了下来，抬起头用热切而鼓励的目光望着陈帅，并用左手很自然地牵上了陈帅的右手。

看陈帅没有拒绝，顾茜就大胆地并紧紧地抱住陈帅的腰，把头靠在陈帅的胸膛上。陈帅也就顺势将两只手搭上了顾茜的双肩，用下巴靠在顾茜的额头上。这对陈帅来说，是第一次被女孩这么紧紧地抱着，那是一种莫名的幸福……真是此时无声胜有声啊，他们就这样相互拥抱着在双钟山顶默默地足足站了20分钟……

他们从双钟山上下来回学校的时候，已经是下午4点半了。顾茜的右手紧紧地捏着陈帅的左手，一直到学校的大门口，顾茜才很不情愿地松开了牵着陈帅的手。

六

接下来的日子里，每晚下晚自习或周末的时间，顾茜都要主动与陈帅约会，起先陈帅都以各种借口拒绝了，但顾茜却摆出若陈帅不赴约，她就不死心的态势。大概是从钟山公园回来一个星期之后的星期三，快下晚自习课时，顾茜就直接到陈帅

远逝的恋情

他们班教室的后门（顾茜她们班教室的前门与陈帅他们班教室的后门就一墙之隔）等着，待陈帅一走出教室的后门，顾茜就靠近陈帅说："陈帅，今晚没事吧，我们到校园走走，我有话要给你说。"随着其他同学走出教学楼一楼的楼梯口后，陈帅和顾茜朝学校东侧的长满三叶草的草坪上走去。

陈帅说："顾茜，你有什么要说的就说吧，我……"还没等陈帅把话说完，顾茜就凄凄切切地哭开了，并在一瞬间抱住了陈帅，用她那两叶薄唇紧紧地贴住了陈帅欲说还休的嘴唇。之后顾茜还以同样的方式强行与陈帅约会了不下三次，每次她都极为主动。在那一次次热烈的亲吻中，陈帅终于被顾茜的热烈追求所感动，并最终答应了顾茜。之后的几天，顾茜满面春风，好像这五月的阳光专为她一个人所独有似的，满脸灿烂无比。

真是印证了《增广贤文》中的一句古话："有意栽花花不发，无心插柳柳成荫。"不是吗？陈帅对萧婷这朵花，是用心血和汗水去认真施肥、灌溉的，但这朵花不要说开了，连活都没有活；而对顾茜这枝柳条，随意插在地里，也从来没有照料它，却长成了郁郁葱葱的柳树。这就是生活，生活还真会捉弄人啊！

这几天，学校象征性地举行毕业考试，毕业考试结束后，就去实习。陈帅在心里想，反正他与顾茜在一起的时间也不长了。

再过一个星期，他们这一级的同学就要实习了。按学校规定要求，这次实习，所有参加实习的学生都必须到各自所在乡镇的一所小学去实习，时间为一个月。实习结束后，每个同学都要向学校交一份实习鉴定报告。就在实习的头一天，也就是6月2日，陈帅送顾茜到防疫站坐开往马场乡的中巴车。

在中巴车上，顾茜对陈帅说："我是在马场小学实习，实习期间，若你有空就到马场来看我，我家就在马场街上，我可不想一个月都见不到你啊，到时候我会给你写信的。"

陈帅说："好吧，我是在我们玉兰乡的坞铅小学实习，我会抽时间来看你的。信就不用写了，就一个月的时间还写什么信，再说即使写信，要十天半月才能收到，等你的信到了，怕我们都已经实习结束，回学校了。"

待中巴车发动，陈帅就下了车，顿时顾茜就两眼泪汪汪的，陈帅在车窗外说："顾茜，你就不要哭了，到时候，我一定来看你。"

之后，陈帅也坐车回家了。陈帅在坞铅小学实习半个月之后，收到了顾茜的来信。

陈帅：

　你好！

　分别已十天了，你好吗？希望一切如意。

　刚回家那晚就给你写了一封信，但因邮局送信的人不负责，好几天没来。我又不想请其他人代交，最终没有交出去。很抱歉，让你久等了。

　我还没去实习，回家这几天，心情太差，感到无奈和无聊，总觉得缺少了什么。回想与你在双钟顶上和校园中那段美丽幸福的时光，只恨来也匆匆，去也匆匆。每天，只有打电子游戏时，才能把心紧束起来，什么都不想。但整天打那玩意是不可能的，还要做许多家务。

　陈帅，我问过爸爸，他说关于我的分工问题，如果愿意继续深造，那就回家，大概让我在辅导站待一年，明年参加成人高考。如果不愿回去，他尽力给我联系在城里。我不知道该怎么办。陈帅，你认为我该如何选择呢？你能告诉我你的看法吗？另外，我在爸爸面前提过你的事，我说有一位同学想改行。我爸爸说中师生改行现在还可以，以后就麻烦了，爸爸说他开招生工作会时，听说以后改行要交8000元钱改行费，大专生交1万多元。爸爸还说，只要找到接收单位，趁现在没分工就改行要容易一些，教委这边不是太难，关键是要人单位。陈帅，你尽力去办吧，我帮不了你什么忙，只能在心里祝愿你一切顺利。

陈帅，给你写这封信时，我是在山城图书馆内，我是昨天来山城的。我帮爸爸他们教辅站到教委搞工资卡，大概要到13号才能结束。那些东西太复杂，加上我对这方面的业务又不熟悉，做起来挺困难的。教委那些老师都在鼓励我，我一定争取把事情办好。今天，我去师范看分数，很幸运，咱们都"pass"。陈帅，你们班没有人补考，我们班只有一人补考文选与写作，全校才十多个人补考，总算放心了。陈帅，中考期间，我将参加监考工作，不知合适否？我觉得挺好玩。你是在哪里实习，生活如意吗？希望你开心！

陈帅，也许真是缘分，或许那是一种默契的偶然，仅仅一个月的相处就相离，虽然有些残忍，但我相信，心与心的电流，不会因距离而断电，只要心中彼此都存在，一切的一切依然美丽，故事的主角始终是不会改变的。三年中的三十六分之一，这是生活的安排，我万分珍惜，愿把它永远珍藏在我生命的档案里。每天晚上入睡前，总爱想起与你相依相偎的那些日子，也爱用阿Q精神来寻找心灵的慰藉。秦观的诗句"两情若是久长时，又岂在朝朝暮暮"。的确是这样，我总认为，何须朝夕厮守呢？于是，心安理得地睡觉，偶尔的失眠也是难免的。

陈帅，提起笔，我也不知说了什么，扯了这么多，你一定烦了吧？对了，若在实习期间，你能抽出时间，欢迎到我家来玩。我的家庭地址：山城县马场乡马场街上。好，以后有什么事，一定告诉你。

此致。祝心想事成！天天快乐！

思恋着你的人儿：顾茜

1995年6月12日下午

七

收到顾茜信的第二天，陈帅辗转两次中巴车，根据顾茜在信中提供的详细地址，再问马场街上的一位大姐，下午6点钟才找到了顾茜家。当时顾茜及顾茜的父母刚好在家。顾茜一见到陈帅，两眼放光，那种幸福、快乐的心情溢于言表，而她的父母却表现得不是那么热情。

但陈帅不计较这些，心想："只要你们的女儿喜欢我就行，以后是你们的女儿和我过日子，又不是你们和我过日子。"吃完晚饭后，顾茜的父母在看电视，而陈帅和顾茜却在顾茜的闺房中卿卿我我，直到午夜12点钟才各自休息。

第二天一早，陈帅吃过早餐后就对顾茜说："我只给坞铅小学的校长请了两天假，今天必须赶回去，后天还要接着上课。"顾茜表现出一种很不情愿的表情，但听陈帅的话是非走不可的，就只好恋恋不舍地让陈帅走了。

在送陈帅上车的途中，顾茜对陈帅说："我们的事情我已经给我的父母说了，可我爸爸说'一家人都是教师不好，还是要找一个其他职业的好'。"听了顾茜的话后，陈帅说："对你爸爸的话，你怎么看呢？"顾茜说："我认为爱一个人，应该爱他的一切，包括他的职业。"

陈帅说："是啊，顾茜，你说得真好，爱一个人，应该爱他的一切，包括他的职业。这才是真正的爱情，是我们伟大

远逝的恋情

的爱情。"陈帅却在心里想："又不是我自己主动去追你顾茜的，而是你顾茜主动追我的。也就是因为你顾茜从中间插了一杠子，才使自己与心爱的萧婷失之交臂，打破了自己美好的玫瑰色的梦。现在你的父母反对，很看不起教师这个职业，是吧！这好啊，那我们就分手吧！"

陈帅从马场乡回坞铅小学的那一刻起，就决定与顾茜分手。实习快结束时，陈帅又收到了顾茜的一封信。当然顾茜还不知道陈帅已决定与她分手了。

陈帅哥哥：

你好！

这样称呼你，不会见怪吧！今天早上送你上车时，你知道我心里有多难受吗？送你上车回家后，我便一个人躲进了自己的房间，躺在床上很伤心地痛哭了一场。直到吃晚饭的时候母亲叫我，我才起床。母亲看着我红肿的眼睛说，你这是怎么了？我骗母亲说，也许是昨晚没休息好，眼睛现在还涩涩的。母亲说，这么大的人了，自己也应该注意自己的身体。

吃完晚饭后，我又继续睡觉。我在迷迷糊糊中，做了一个梦：天下着大雪，我和你在雪中打闹着，你追我赶，跑着跑着，我们来到了荒无人烟的地方，只见一片白茫茫。这时，突然有一辆车出现，你拉着我跑去，我们上了车。可是，车启动的瞬间，我一不小心，跌了下来。车载走了你，我在雪地上哭喊着，终于在那一声声的"陈帅哥哥"中惊醒。虽说是梦，我也不迷信梦见雪不祥的说法，但心中却笼罩着一层不安的忧愁，不知你是否平安回到家了，希望你平安！

回首过去，我感到它是我生命中的美丽。如今，那一切只能珍藏在记忆中，但我却会时时晾晒记忆，不愿让它发霉。也许这就是人们说的：相爱的人得不到相见，幻想和回首便成了一道迷人的风景，迫使你去欣赏。其实，人有时就是很怪，越是不该想的越爱去想。回家这段时间，总是牵挂着你，有时感到特别痛苦，但转念间，从另一个角度去想，也许此时此刻，远方的男孩也在思念自己，陡生一种幸福，也就不觉得这种相思之苦的煎熬是在受罪，反而增添生活的信心。

陈帅，我向来都相信缘分，似乎生命中早已注定我只能随缘，而不能化缘。人独处时，常常沉思：也许缘尽人散，岁月不复返；也许缘分将在另一个地方牵系，要时间等待；或许就没有也许，只是一种梦幻。如今，我返回现实，终于相信了那段日子的不平凡。但无论处在何种境界，我总是难忘那种美丽的缠绵。也相信了"初恋往往是一只青苹果，很难圆一个馋孩子的梦"。

陈帅哥哥，我怕你对我说："忘掉过去，忘掉我。"不管结局如何，我不在乎，因为曾经那些日子，你也说过喜欢我，我也满足了。谢谢你的爱，伴我度过了那段美好的日子，我一定珍惜它，将永远不会忘记你，也不希望你要我忘记你，这个我做不到。好吗？

过去的让它珍藏在记忆中，面对现实，我们永远是天地间的朋友。当我们在闲暇之余，彼此想想远方的人儿，让隔开的心感受一份默默的温馨。

祝：快乐、平安！

多愁善感的女孩：顾茜

1995年6月28日深夜

远逝的恋情

实习返回学校的当天，顾茜直接找到陈帅的宿舍，刚好陈帅也在宿舍。走出宿舍，顾茜就迫不及待地说："我的信你收到没？就是你离开我家那天晚上，我给你写的信。"

陈帅淡淡地说："信是我在前天（实习的最后一天）收到的，但因为忙着写实习鉴定报告，还没来得及看（其实陈帅当天晚上就看过了），还在寝室放着呢！"

听了陈帅的话，顾茜很不高兴地说："我熬更守夜给你写的信，你居然还没看，即使再忙，连看一封信的时间都没有吗？"

听了顾茜的话，陈帅却无言以对。

他们肩并肩走到了校园内响水河畔那个精致的木质六角亭子里，刚进亭子，陈帅准备对顾茜说我们分手吧。但陈帅还没来得及说，顾茜就一转身紧紧抱住了陈帅，对在亭子之外的那些同学们，顾茜却熟视无睹，他们拥抱着、亲吻着。顾茜根本不知道，她虽然紧紧抓住了陈帅的身，却抓不住陈帅的心。

陈帅说，他与顾茜之间的这段感情本来就是一种错误，加之顾茜父亲反对的态度，他只好把顾茜与他的这段不应该发生却又已经发生了的荒唐的感情，当作师范三年生活或美好或伤感的一种纪念，抑或是一种回忆罢了。

八

交了实习鉴定报告，就意味着他们要结束三年的师范生活了，同学们那种如释重负、轻松自在的日子简直太惬意了。两个月之前，他们每个同学都各自买好毕业纪念册，相互传送着留言。同班的同学基本上都相互赠送自己最满意的一张单人照，平时关系特别要好的同学也纷纷聚在一起照一张留念照。

这几天可把学校那几名摄影爱好者忙坏了，虽说忙，看上去，他们也是乐滋滋的。要知道，他们这几天的收入是很可观的。但在最后的几天里，所有九二级毕业班的同学又处在了一片混乱之中。

学校大门口的三四家私人餐馆，更是忙得不亦乐乎。这几天，几家餐馆的生意特别火爆，从早到晚都是满客。好在时令是在夏末秋初，天气好。室内再也摆不下了，精明的餐馆老板就多弄了些桌凳，摆到了室外的空地上。那种热闹劲比乡村农家办喜酒还要喜庆。

是啊，他们在这所学校共同度过了三年的美好时光。这一毕业，也不知道要再什么时候才能相见。在这样的时刻，他们的心里似乎都有一种莫名的复杂感情。记得刚进校时就盼望着毕业的那一天早日到来，可真到了面临毕业的时候，他们又都有些依依不舍。更主要的是他们已经认识到，随之就告别了学生生涯，要去面对复杂的现实生活。

这几天，他们都只顾去参加本班同学在校外餐馆组织开展的各种聚会活动。因此，陈帅也就尽量避开顾茜。就在离校前一天晚上的11点钟，陈帅和班上的二十多个男女同学走进学校大门的时候，顾茜在学校大门口呆呆地站着……

陈帅一走进校门，顾茜就走到陈帅面前，并拉住陈帅的左手抱怨地说："这几天，你都到什么地方去了？踪影都看不到，你知道吗？为了见到你，今天我足足在这儿等了一个下午，脚都站酸了。"

"你没看见吗？这几天我在和同学们聚会呀！盘龙县的同学们约我到盘龙县去玩，你去不？"陈帅淡淡地说。

"怕家里的父母为我担心啊！"顾茜说。

"让同学给家里带个口信说一声不就得了。"陈帅说。

当着陈帅他们班二十多个同学的面，顾茜居然抽泣地说："陈——帅，你——能否——不去——盘龙县，明天——送我——上车，好不好？"随后陈帅的同学们就纷纷离开了。之后，陈帅牵着顾茜滚烫的手，顺着响水河畔慢慢地向宿舍走去，当要走到那个六角亭时，顾茜说："去亭子里坐坐吧，今天脚都站酸了。"陈帅刚坐下，顾茜便坐在了陈帅双腿上，并示意陈帅抱着她、亲吻她……

第二天，陈帅没有去盘龙县，而是送顾茜上车，顾茜又在车上大哭了一场，弄得车上的人莫名其妙。一个个用一种异样的目光看着陈帅，陈帅除了不断地对顾茜说些安慰的话外，也没有别的办法。送走了顾茜后，陈帅带着一种说不出的惆怅和落寞回到了学校。

看着三个一群五个一伙的同学们，背着大包、提着小包陆陆续续离开大家曾经留下欢乐或伤感的校园，心中有一种说不出的失落与惆怅……陈帅收拾整理好行李后，约上同乡同学也离开了学校。陈帅走出学校大门的那一刻，心里默默地说："再见了，敬爱的老师们！再见了，亲爱的师弟师妹们！再见了，亲爱的母校！"

陈帅上班没几天，除了给郝雄等他们班十多个同学写信联系过外，其他的同学都没有联系过。没想到的是，在快要放寒假的时候，陈帅还意外地收到萧婷的一封信。

陈帅哥：

见信好！

岁月悠悠，从毕业至今，你的详细地址我无法知道。还好，前几天我才从你们班的同学张海处打听到你的详细地址，只有冒昧地给你写这封信了，请你不要见怪，好吗？

无法忘却，你我"同学"一场，竟不欢而散，杳无音信。这么久了，都不给我写信，何必那么小气呢？况且现在我们千年难见一面啊！

　　你的分工合你的心意吗？你是一位很让我敬佩的文人，你不会罢休吧？将来，我很想听见你的"功绩"得以流传。我原地不动，分回了红山小学，待在家中混日子。轻松、无奈的一周13节课，就这样伴我度过了两个多月。顾茜分在马场中学（但不知真不真），我估计她的分配也不理想。张海分在比德青山小学，更不如意，你可能都知道了吧。

　　谈及个人问题，我还没像你在我的毕业纪念册说的那样，找一个心目中的男孩。现实确实不像读书那样简单。记得在师范时，脸红是我最大的毛病（对你而言），可短短的几个月，我经历了许多事之后，脸红永远地远离了我。别人都说我七十二变，我默认了。为此，我难过，我在心里暗暗骂自己，当初在你的面前，我为何那么羞涩？要是早点接触你并答应你该多好啊！你呢？找到情投意合的女友（当然不是我的好朋友顾茜）了吗？过去的就让它成为以后的回忆吧！我们毕竟是朋友嘛！如果你找到她，能无谓地给我说一声，我将万分感谢！我也一样，说话算数。下次再叙。

　　祝：工作顺利！万事如意！心想事成！

好友：萧婷
1995年11月27日

　　　　　　　　　　　　　　　　　　远逝的恋情

九

三个月之后，没想到陈帅接连收到过顾茜的三封信，但陈帅却一封也没回过。

1996年1月放寒假后的一天，陈帅到红山镇红山小学看望过一次萧婷。萧婷说："去年上班大概两个月的时候，顾茜来找我，她问我是否知道你分在什么地方，当时我把你的地址告诉了她，她说要给你写信，她写给你的信收到没？"

"先后收到过她的三封信，但是我一封都没回。"陈帅说。

萧婷说："为什么不给她回信呢？你对她是不是太无情了，她那么爱你。毕业后，她一直都没你的消息，你知道吗？她很悲伤啊！"

陈帅说："也许，当初我和她在一起就是一种错，再说，她父亲的话也太伤我的自尊心了，我只好放弃了原本就不应该发生的这段情缘。当初要不是她那样做，我相信我和你应该是会有一个圆满的结果的。就因为她，我们才没走到一起。她悲伤，难道我好受吗？"

萧婷还告诉陈帅，就在一个月之前的一天，顾茜和她准备到陈帅工作的学校看看陈帅，她们从早晨8点钟在市军分区桥边等开往金钟乡的中巴车，但一直等到中午12点钟，也没看到开往金钟乡的中巴车。

陈帅说："你们在军分区桥边怎么能等到开往金钟乡的中巴车呢？金钟乡是在山城县的北部，而你们等车的地方，车都是开往山城县南部乡的。去金钟乡的中巴车是在场坝桥洞脚等啊！你们也不问问！"

萧婷还说："其实顾茜也是一个很好的女孩，她的确是很爱你的，她还让我劝劝你，让你和她联系，她很想和你在一起。要不你就给她写一封信嘛！她现在真的很绝望、很痛苦！"

陈帅说："萧婷，你就不要再说了，你知道吗？是她父亲的话深深地伤害了我，看不起我的这个教师职业，人要有自知之明啊！她的家人不同意，那就算了。"

当天，萧婷还把她新交的一名男性朋友喊来与陈帅认识，当天晚上，陈帅就在萧婷的住处和她那位朋友共进晚餐，还喝了点酒。第二天，陈帅离开萧婷时说："多保重吧，以后，我一定还会来看你的，好吗？"

萧婷说："好的，陈帅，以后我们多联系。"

春季开学近两个月的时候，陈帅又收到萧婷的来信。

陈帅哥：

还好吗？

无法提起沉重的话语，望你一切依旧，如初的你依然会勾起我的片片回忆。

说真的，很想给你写信，特别是看到《山城报》上有你的文章时，更想给你写封信，告诉你我现在的心情，可又不知写什么，只有打消这个念头。也许是出于崇拜你太深的缘故吧。因为我校有几位老师也很崇拜你，所以只要有《山城报》那天，你的名字会时时有人说起。我很庆幸我是你的"同学"。

对顾茜的消息，你真的一点也不知道？不会吧？人总要讲点信任。我已知道了毕业之前你们之间发生的一切，可为何你不给顾茜回信呢？4月12日，她来我家，我才知道她深爱着你，多苦啊！可你给她的，让她难以相信你会这么无情。本想一起去金钟中学找你，可又怕你不在。因此，4月16日她回家了。我答应她，我写信给你，告诉你她的地址（马场乡马场小学，553023），她说："是要你有一个回音，不要求其他。"你会赏脸吗？也许你会说这不关我的事，可顾茜毕竟是我的好朋友。希望你理解。

　　我很好，你也好吗？下次再谈。

　　祝：过得比我好！

好友：萧婷

1996年5月8日夜

　　真是冤家路窄。1997年5月20日，陈帅在市实验小学参加成人高考，居然与顾茜不期而遇。当时，陈帅问顾茜报考什么学校什么专业，顾茜说："是我父亲给我报的名，我还不知道报考什么学校什么专业？"陈帅真的很纳闷，也许正如顾茜所说的是她父亲给她报的名她不知道，也许是她在故意向陈帅撒娇，但不管怎么样，他们之间已经再也不会存在什么，也不会再发生什么了。

　　顾茜问陈帅报考什么学校什么专业，陈帅说："我报考的是贵州教育学院汉语言文学专科班，我准备带薪读书，读全脱产的。"考完试后，他们没有联系，就各自走了。

　　在暑假期间，陈帅又意外地收到了顾茜的一封来信。

陈帅：

　　你好！

　　此时此刻，我不知所言。别后的日子，言语表达显得太苍白，你还是自己用心去感受吧。

　　6月28日给你写了信，至今仍无回音。我在家说不上好与坏，生活总是在重复枯燥的玩和睡，笔都快生锈了。重温昔日，灵魂稍微平静些。一人独处时，不敢奢求什么，唯愿远方的你平安、快乐！

陈帅，你能抽时间给我写一篇围绕自己是如何选择教师这一职业为主题的演讲稿吗？我实在写不出来，但必须要，拜托你了，写了速寄来。至于其他，暂时保密。

我想说的太多，但无法言语。告诉你，我总在盼望夜晚，因为睡了就爱做梦，梦中就会见到你，真希望你夜夜闯入我的梦中。

祝：开心！平安！

顾茜
1997年7月26日夜

对顾茜的信，陈帅看了后，也没给她回信。也许正如萧婷说的那样，陈帅对顾茜的确是太无情了。但陈帅也没办法，顾茜要怪就怪她的父亲，是她父亲深深地伤了陈帅的自尊心。

没想到，陈帅在贵州教育学院报名时又遇到了顾茜，并且他们又被分在了一个班。当年的国庆节，他们还一起回到山城参加了萧婷的婚礼……

在乘坐火车回学校的途中，陈帅与顾茜重提起师范的生活及那段感情时，顾茜又禁不住在车上大哭了一场，弄得陈帅十分尴尬。陈帅在安慰顾茜的同时，也告诉顾茜就因为她父亲的话伤害了自己，所以他们之间是绝对不能在一起的了。

十

在教育学院读书的两年中，陈帅也时常开导顾茜，帮助顾茜。1999年5月，他们同时在贵阳参加了贵阳地区成人高考，又在贵州师范大学做了两年的同学。顾茜在班上与铜仁地区的一个同学确定了恋爱关系。在师大毕业后，顾茜就到铜仁工作并结了婚，而陈帅回到了山城工作。

之后，陈帅和顾茜就再也没有联系了，而与陈帅在同一个城市工作的萧婷，他们还经常在上下班的路上碰到，并还经常相互问候。掐指一算已经过去了25个年头了。可令陈帅没有想到的是，直到25年后某一天，通过微信聊天，萧婷才告诉了陈帅，当初她没有答应做陈帅女朋友的真相，居然是她的好姐妹顾茜从中作祟。这个是从她们的微信聊天内容中看出来的，说到高兴处，陈帅还将他与萧婷的相关微信聊天记录截屏发给她，并告诉她要做好保密，不能随便转发，怕引起不必要的麻烦，她很爽快地答应了陈帅提出的条件和要求。

2020年庚子年的春节，为了抗击新冠肺炎疫情，陈帅和萧婷所居住的城市采取封闭管理措施，对所有的住宅小区都实行封闭管理。即使在单位上班的，都要单位出具上班的证明，才能走出小区去上班。在整个疫情防控期间，所有单位绝大多数人员都留守在家里做隔离观察，只要每天上午和下午将自己的两次体温情况向单位报告即可；而少部分人员还是要到单位值班值守，好处理相关业务及事务。

在单位，陈帅属于少部分人员的那种人，因此每天都要按时上下班。而萧婷就只有天天待在家里。就在除夕的那天中午，陈帅给微信朋友发了祝福新年的相关内容。其中，陈帅给萧婷发的祝福新年微信是："祝新年快乐！万事如意！阖家幸福安康！"

萧婷给陈帅发的祝福新年微信是："新年到，大年三十我要送给你及家人五千万：千万要快乐！千万要健康！千万要平安！千万要富足！千万要幸福！"

正月初二，陈帅又给萧婷发了一条微信："你上班没？这几天值班，昨天晚上为找一本书，居然还翻出了读师范时你给我写的几封信，重读了当年的信，感觉当时我们很纯真、很朴实，准备想把我们读师范时的生活写成一篇散文，还想把你当年写给我的信写进文章中，当然，在写进文章中的时候，用化名，不用真名，应该不会给家庭带来任何麻烦的，不介意吧？"

萧婷回复陈帅的微信："不介意，我们都曾年轻过！感谢师范生活，那段青涩的学生时代，永远无法忘记！能否把当年写给你的信照成照片发来我看看？"接着还有两个大笑的表情。

陈帅回复萧婷："信的照片就不发了，待写好文章后，直接发文章给你看，不是更好吗？文章的标题我都想好了，就叫《爱和被爱的幸福与痛苦》吧？"

萧婷回复陈帅："诗意浓浓！"

陈帅回复萧婷："顾茜的信也有，不知她回来过年没有，咱哪天聚一下？我来安排。"

萧婷回复陈帅："不知道她回来没有。"

陈帅回复萧婷："我也不知道。"

萧婷回复陈帅："我和她的联系很少了，我觉得我们之间不再像当年。"

陈帅回复萧婷："肯定不再像当年了，都25年了嘛。"

萧婷回复陈帅："在你大作家面前，当年的笨拙让你见笑了。"

陈帅回复萧婷："不是什么作家，只是业余爱好，顶多算个文字工作者。"接着还有两个大笑的表情。

萧婷回复陈帅："25年来，我和她基本没有联系。常常梦见她，可现实很残酷。我恨我自己太无能，匹配不上她了。也不早了，休息吧！以后再聊！"

陈帅回复萧婷："你也很优秀啊！可惜当年是因为她，我们才没有结果。之前在我写的一篇散文中提到你和她，她看了文章后对我说，我把她写得有点卑微，但我是还原生活啊！"好，休息吧！晚安！

萧婷回复陈帅："晚安！"

陈帅用了一周的时间，终于写好了散文《爱和被爱的幸福与痛苦》。就在写完的第二天，陈帅把散文用微信发给了萧婷。

陈帅同时也给萧婷发去了一条微信："花了一个星期的时间，终于写好《爱和被爱的幸福与痛苦》，你写给我的信和顾茜写给我的信都写进去了，用的都是原文，当时去你家的情形都写了，看满不满意？但唯一遗憾的是没有我当年写给你的信的内容，我写给你的信应该不在了，要是能找到加进去会更好。"

萧婷回复陈帅："大作家速度还是快，说写就写出来了，我要好好拜读一下。满不满意等我看了再说。因曾经搬过几次家，很遗憾，你写给我的信弄丢了。过去的无法再挽回。珍惜现在的人和事。她，我很了解的。"

陈帅回复萧婷："值班也没有很多事，就写了。好等你读完后，多提批评意见，我好进一步完善。至于我写给你的信丢了就丢了，不值得遗憾。其实，我是一个很负责任的人，你也是。我们都一定要珍惜现在的生活。我是直话直说，是个很直接的人。可惜'树直有用，人直无用'啊！"

萧婷回复陈帅："是的，我们的配偶都很不错，要好好珍惜。我也是个直性子，常常得罪人。改不了，经常后悔可又改不了。"

陈帅回复萧婷："之前的事，一直没给你说过，你看了文章后，应该会很清楚当时的情况。"

萧婷回复陈帅："我能理解当年你们的执着追求。"

陈帅回复萧婷："其他的不多说了，你先看看文章。正好我现在也有点事，等你看完了文章后我们再聊，好吗？"

萧婷回复陈帅："好的，你忙吧！我就开始拜读你的大作。再见！"

陈帅回复萧婷："好的，那你就慢慢地读吧，读了后多提意见和建议，我好进一步加以完善。再见！"

十一

第二天中午，陈帅收到了一条萧婷有关读《爱和被爱的幸福与痛苦》的微信。萧婷发给陈帅的微信内容："故事很动人，也很凄美。我在你们的花花世界里，只是一位局外人。过去的就过去吧，我相信我的眼睛，也相信成长的经历会看淡一切。愿大家一切安好！"

看了萧婷的微信后，陈帅接连回复了萧婷三条微信，第一条微信就只是一个"？"；第二条微信内容是"我们不是花花世界，你也不是局外人啊！"；第三条微信内容是"我不是花花公子，好冤枉。"在微信内容后还附有三个大哭的表情。

紧接着萧婷回复了陈帅两个大笑的表情。

陈帅回复萧婷："我是很真实地还原了当初的生活，所有的情况就是这样的。"

萧婷回复陈帅："不管以前是真是假，现在我们都依然释怀。"

陈帅回复萧婷："当时，对你是认真的，就是不知道你当时的想法。"

萧婷回复陈帅："移情别恋，是我意料之中的事。"

陈帅回复萧婷："可是你当初迟迟不答应我，加之别人那样对我狂轰滥炸，实在受不了啊！"

萧婷回复陈帅："我没有其他意思，我理解你们。"

远逝的恋情

陈帅回复萧婷："我是个人自传式写作，事情就是这样的。你说我移情别恋，我觉得你这样看我，我感到好冤枉！"

萧婷回复陈帅："我相信。"

陈帅回复萧婷："当时去你家的情景是不是我文章中写的这样？"

萧婷回复陈帅："是的，但是我们不谈过去了。中年的我们，保持乐观心态，善待他人和自己。至于过去，留作美好的回忆罢了！"在微信内容后还附有两个大笑的表情。

陈帅回复萧婷："赞同。你写给我的信应该看到了吧？"在微信内容后还附有三个点赞的手势。

萧婷回复陈帅："看到了，文章里的李薇、陈琳、顾茜都围着你团团转，只有萧婷最明镜，旁观者一个，看戏！幸亏萧婷最爱脸红，总是羞答答的，不然也要和她们一样了。李薇、陈琳我印象不深，可顾茜我很了解的。她的故事不简单。我当时还为她多角恋担心难过很多次。"

陈帅回复萧婷："李薇、张琳（不是陈琳）因为考虑到不现实，都没真正让我心动过。至于顾茜是经受不住她三番五次的纠缠和哭泣，一是有点被感动，二是心太软带有点同情的成分。就是那个脸最爱红的你是最令我心动的，自己也努力争取过，但你却无动于衷，才让顾茜有机可乘。知道不？"

萧婷回复陈帅："不是这样的，我是无意间看到你和顾茜的亲密后决定放弃的。顾茜是我的朋友，我选择放弃，只要她幸福我也幸福。"

陈帅回复萧婷："顾茜的确是多角恋，当时有一个是在贵阳读冶金学校的，叫黄什么的，名字我记不起来了。这个我知道。"

萧婷回复陈帅："我看在眼里，担心顾茜会出事。但是又没有办法！黄俊杰，还有师范九一级的王伟，乡政府工作的张某人，都和顾茜同时谈恋爱的。这三个人天天找我，我有时是左右为难。"

陈帅回复萧婷："你是无意间看到我和顾茜的亲密？怕不会哦，本来我是一心找你的，我在你之后到顾茜跟踪我到照相馆之前，根本就没有和顾茜有过亲密的举动，真是冤枉啊！"

萧婷回复陈帅："我假期在顾茜家住的时间，很担心她会出事，可她不理解。后来你们就……不冤枉的。"

陈帅回复萧婷："对，叫黄俊杰，毕业后在乡政府上班，姓王的当时在派出所上班。对不对？"

萧婷回复陈帅："文学社，还记得吗？有一天晚上下自习，顾茜让我等她。结果你们？除了黄俊杰，还有一个姓张的当时都上班了，常常来黄土坡请我们吃饭。"

陈帅回复萧婷："文学社晚自习？我们怎么了？记不得了。是在什么时间的事？"

萧婷回复陈帅："顾茜常常说，婷，人家是逗你玩的。人家早已经有女朋友了。我们社团里的，我比你了解他。"

陈帅回复萧婷："有可能顾茜是在做挑拨离间的事，妹，你上她的当了。我在文学社里根本就没有。哦，原来顾茜还对你说了这些，真没想到。今天你不说，还不知道你迟迟不答应我的原因，原来是顾茜在我们之间设下了一个离间计策，原来她是有目的的。"

萧婷回复陈帅："我在家排行老三，家长宠爱姐妹呵护倍加，没什么经验，在师范读书，不是我的想法，我是要上高中的，可我爸爸不准。听话的我顺从了我爸爸。我很要强，想好好学习。顾茜的生活和我有相似之处，可她没主张，爱反悔，哭泣是家常便饭。娇柔的顾茜惹了不少麻烦，直到后来，和她谈过恋爱的三个同志还不断联系我，且有一个同志还找到我家，请我能跟顾茜说好话。卷入这样的泥潭，我被我妈妈打了一顿（我妈愤怒，三个大男人找你，丢脸），那年我正好18岁。母亲的成年礼好特别！奇怪的是，这三个男人竟然又来追我，说我很好。现在想想，高手在民间！"

陈帅回复萧婷："嗯，原来还发生过这么多事情，今天你不说我还一点都不知道啊！你本来就很好嘛！要不怎么能打动我呢？"在微信内容后还附有两个大笑的表情。

萧婷回复陈帅："你辜负了李薇和张琳？聊天影响你吗？"

陈帅回复萧婷："不存在辜负，根本就不存在这方面的关系。只是她们有意想和我交往发展下去，但被我委婉拒绝了。"

萧婷回复陈帅："好牛气！"

陈帅回复萧婷："不影响，倒怕影响你！"

萧婷回复陈帅："我？没事。"

陈帅回复萧婷："不牛气，只是考虑到不是一个县的不现实。"

萧婷回复陈帅："现在你媳妇和你不是一个省的，你不是过得很好吗？你家应该很和谐？幸福美满的家庭。"

陈帅回复萧婷："很好的，她们一家对我都很好。再说了，人家这么远的来，也不能受到委屈啊！"

萧婷回复陈帅："你家生二胎没有？"

陈帅回复萧婷："没有，在放开二胎之前，就引产过三个。本来2017年怀上了，因骑单车流产了，年纪大了担风险，不要也罢。"

萧婷回复陈帅："我们都中年了，以健康为主，其他都不重要。"

陈帅回复萧婷："之前，计划生育没人管，没有上避孕措施。好像你家也没有生二胎？"

萧婷回复陈帅："身体经不住折腾了，就顺其自然吧！我家没想过要生二胎。我身体也不好，2008年做过手术。现在以养生为主。"

　　陈帅回复萧婷："人生最大的财富就是健康，生命在于运动，我天天都在走路，目标是两万步以上。"

　　萧婷回复陈帅："可是走多了，以后对膝盖有损伤。你的步数常常超过两万多。两万以下就够了。"

　　陈帅回复萧婷："走平路问题不大，爬坡下坎伤膝盖，平路有磨损但问题不大。睡觉、走路、唱歌和喝水是养生的八个字。"

　　萧婷回复陈帅："我也走路，可是坚持不了。我做到了两个，走路和喝水。"

　　陈帅回复萧婷："休息好（睡觉）排第一；生命在于运动，再说动物就是要动（走路）；唱歌（增强肺活量的同时，还让人的心情变好，心态就好，反之，心情好心态好就唱歌，良性循环）；喝水（水是生命之源，最原始的生命都是从中来的，人体百分之七十都是水分，所以生命离不开水）。"

　　萧婷回复陈帅："以后坚持做到。"

　　陈帅回复萧婷："坚持做到最好。我坚持走了3年，共走1.8万公里，瘦了15斤。若再减10斤就好了。"在微信内容后还附有两个加油的手势。

　　萧婷回复陈帅："那就再坚持走。"

　　陈帅回复萧婷："我们都加油，把身体锻炼好。身体好，才能工作好，为国家多作贡献，为政府少添麻烦。"在微信内容后还附有两个大笑的表情。

　　萧婷回复陈帅："主要是别给别人腾位置。"在微信内容后还附有两个加油的手势和两个大笑的表情。

　　陈帅回复萧婷："有道理，我把和媳妇的爱情故事写成了一篇小说，若有兴趣，明天发给你看看，我写的基本上都是我的生活经历。也不早了，晚安！"

萧婷回复陈帅："好的，你太有才了，能静心写作，好难得。好羡慕你们夫妻，平凡生活里有故事。晚安！"

我认真看了陈帅截图给我的他和萧婷的微信聊天内容后，对陈帅说你们那个年代的感情真的很淳朴、很纯真，也很美好！真令人羡慕啊！此时此刻，陈帅突然对我说，想起读师范时的那些远逝的恋情，他就想起了李春波那首当时唱红大江南北的《小芳》中的歌词：在回城之前的那个晚上／你和我来到小河旁／从没流过的泪水／随着小河淌／谢谢你给我的爱／今生今世我不忘怀／谢谢你给我的温柔／伴我度过那个年代……

陈帅在心里感叹道："爱情真是一种说不清楚的感情，爱和被爱是一种幸福，更是一种痛苦……"

都是爱情惹的祸

一

虽已进入了初夏，但山城县还是没有一丝进入夏天的迹象，太阳并不是那么火辣，阳光依旧还是暖暖的，春意还没有散去，难怪山城县有凉都福地的美誉呢！

这一天阳光明媚，晴空万里。山城县双山城区沐浴在暖暖的阳光中，街道上车水马龙，行人川流不息。整座县城呈现出一派喧嚣繁华而又欢乐祥和的景象。

上午11时45分，在山城县人大常委会办公室忙碌了一个上午的陈帅，走在回家的路上，他的住所距上班的单位步行也就十七八分钟的样子，行程大概两公里吧。

陈帅穿过双山大道，走过双山大广场，再穿过山黄公路，来到他所住的腾飞龙门阁住宅小区的楼下。当他走进小区的大门，准备上楼的时候，放在腰间的手机响起了一曲《上海滩》主题曲。他从腰上的手机袋子里取出银灰色的三星手机，一看来电显示，是一个陌生的联通手机号码。

陈帅想：这个时候会是谁给自己打电话呢？是不是哪位朋友换电话了？他一边想，一边按下了接听键。

"喂，陈帅吗？"还没等对方说出自己的名字，一听声音，陈帅就说出了对方的名字。"你是张琳啊，我们应该有快一年的时间没联系了吧，今天怎么了？会想起给我打电话？你也下班了吧，现在在哪儿啊？"

"陈帅，你真是贵人多忘事啊！我们几天前不是还联系过吗？你怎么就忘了呢？我现在在你们山城县煤炭局的大门口，我有事找你，还没吃中午饭吧？等会儿你请我吃饭，好吗？"张琳用似乎带有一点责怪的语气说。

陈帅说："怎么，几天前我们联系过？没有啊！你是不是弄错了？你找我有什么事？我也是刚下班回家，现在已经走到我住的小区楼下了。干脆这样吧，你一直往盘山市中心城区的方向走，走到双山大广场，我到双山大广场接你，然后就去吃饭，好吗？一会儿见啊！"

大约5分钟后，陈帅在双山大广场接到了张琳。接到张琳后，陈帅准备带她到双山城区的商贸区，去那家稻花香豆花火锅店吃豆花火锅。这家豆花火锅味道还不错，近两年来，陈帅经常带朋友到这里吃饭。

张琳满脸愁容，显得心神不定的样子。她似乎有许多心事想对陈帅诉说。他们肩并肩边走边聊。

陈帅说："你什么时候到山城的？是来办事，还是来吃酒啊？还有，你刚才不是说找我有事吗？是什么事啊？"

张琳好像没听见陈帅的问话似的，答非所问地说："你现在还在化处乡上班吗？"

"我没有在化处乡上班啊，再说了，我也没告诉过你我在化处乡上班嘛。这两年来，我一直都是在山城县人大常委会办公室上班。"陈帅显出一副莫名其妙的神情说。

"那你现在住在什么地方呢？"张琳说。

"还是以前住的地方，你们去年不是来过一次吗？就在山黄公路旁边的腾飞龙门阁住宅小区啊。"陈帅总觉得张琳今天的问话有点怪怪的，但他还是很认真地回答了张琳。

"那你的房子还没卖啊？"张琳说。

张琳云里雾里的问话，对陈帅来说，简直是一丈二尺长的烟杆——摸不到斗斗啊！陈帅说："我没给你说过我要卖房子啊！你在什么时候什么地方听谁说我要卖房子了？"

　　张琳还是没有正面回答陈帅的问题，接着说："你的电话变了多久了？你以前用的电话已变为空号了，打不通。你现在用的这个电话，我还是刚才通过刘凯老师才知道的。你以前的电话没用了？去年快过春节的时候，你还让我给你交了400元的电话费呢！"

　　张琳莫名其妙的话又一次让陈帅听得云里雾里。

　　陈帅说："我以前用的号码早换了，我现在用的这个电话号码已经快一年了，你说我叫你给我交了400元的电话费，你交了400元的电话费的手机号码是移动的，还是联通的？号码是多少？机主的名字又叫什么？"

　　张琳说："反正机主的名字不是陈帅。"但她也没有说出机主究竟是谁的名字。

　　陈帅觉得很是蹊跷！

　　他们一边聊，一边往商贸区的方向前行。走到山城县沃尔玛购物广场时，张琳说："那你向我借的8万块钱什么时候还呢？"

　　"张琳，我没有向你借过钱啊！我什么时候向你借钱了？你是不是弄错了？这种玩笑可不能乱开啊！"陈帅很惊讶也很慎重地回答了张琳的问话。

　　张琳很坚定地说："陈帅，你怎么忘记了呢？就在今年5月11日那天上午，当时，你还叫我把那8万块钱打在你农业银行的卡上，你怎么说没借呢？我不是在开玩笑，我是认真的。"

　　陈帅再一次强调说："张琳，你真的弄错了！我向你借钱一事根本不存在啊！你怎么乱说呢？你不要再开这种天大的玩笑了，借钱这种严肃的事是不能开玩笑的，说话可是要负责任的啊！"

　　张琳说她怎么都不会开这种玩笑的，并一再强调说，陈帅是向她借了8万块钱的。陈帅也一再强调说，自己根本就没有向张琳借过钱。他们就在山城县沃尔玛购物广场前争论起来。

　　面对这么一件突如其来的事情，陈帅不知所措。正当陈帅有口难辩的关键时刻，他突然想到，刚才张琳不是问自己的电话号码是什么时候变的吗？她不是也对自己说现在自己用的电话，是通过刘凯老师才知道的吗？张琳说的刘凯老师，是他们读师范时候的文选与写作课的刘老师。陈帅灵机一动，心里想，现在正是下课的时间，也许刘凯老师刚好有空，何不先向刘凯老师说说，看看刘凯老师怎么说？又有何高见？

　　于是，当着张琳的面，陈帅拨通了刘凯老师的电话，把刚才他和张琳的事如此这般地说了一通。刘凯老师说："她说她借给了你8万块钱，你说你没向她借过一分钱。这可能是由一起很高明的诈骗案引起的误会。这种事你既然和她说不清楚，我认为最好的解决办法就是，你告诉张琳让她尽快到公安机关报案，我相信凭现在的侦查技术和手段，公安机关一定会查清楚的。"

　　与刘凯老师通话结束，陈帅终于松了一口气，心灵也得到了一丝安慰。他让张琳赶快到公安机关去报案，公安机关会查清楚的，真相一定会大白于天下的。

　　陈帅说："刘凯老师认为，这可能是由一起很高明的诈骗案引起的误会。那现在就只有这样了，我们先去吃饭，待吃完饭后，你就赶紧回六安公安局去报案，让公安机关及时侦查尽快破案，好吗？案子会查清楚的。"

　　听了陈帅的话，张琳气冲冲地离开了陈帅，从沃尔玛购物广场往对面的山黄公路走去，准备在山黄公路旁边等从山城开往六安的长途客车。就这样，张琳等开往六安的客车，陈帅也穿过山黄公路往他住的小区腾飞龙门阁去了，当天他们连中午饭都没有一起吃。

张琳不吃饭，陈帅也没什么办法，穿过山黄公路悻悻地回家了。

回到家后，陈帅把刚才在回家路上发生的事向妻子刘莉一五一十地说了。刘莉说："你的这个同学真是莫名其妙，她是不是想钱想疯了？反正你也没向她借过钱，管她怎么说，理都不要理她，真是神经病。"

陈帅说："根本就没这回事，只怪自己倒霉透顶了，居然会遇到这么一件倒霉的事。但要说不管也还说不过去，毕竟这事偏让自己碰上了，我已经让她赶紧去报案，只要她回去报了案，相信公安机关会查清楚的，就只有等着看公安机关查的情况再说。我的这位同学张琳，她很坚定地说就是我向她借了8万块，我真是有一千张嘴也说不清楚啊！"

刘莉说："那你的这位同学凭什么说你向她借了钱？8万块可不是小数目，她也不想想，假如你真的向她借这么多钱，你也应该亲自到她家里去借啊！再说了，至少也要给她写一张借钱的欠条啊？你的这位同学脑子真是太简单了！"

陈帅说："张琳还说，在今年的5月11日，我让她把钱打在了我农业银行的卡上，真是个天大的笑话，我连农业银行的卡都没有用过，她怎么就把钱打在我的卡上呢？真是怪事。"

在家吃完中午饭后，陈帅像平常一样去单位上班。

二

张琳离开山城县后，陈帅怎么也弄不明白，为什么说他向张琳借了8万块钱呢？8万块钱，对工薪阶层的陈帅和张琳来说，简直是个天文数字。他们的工资，当时每月也就是1500左右，8万元差不多是他们四年半工资的总和啊！

陈帅1995年7月从盘山市师范毕业后，被分配到山城县金钟乡金钟中学教书。教了两年书后，也就是在香港回归祖国的那一年，他参加了盘山地区的成人高考，并在贵州教育学院汉语言文学专业专科班脱产进修学习。澳门回归祖国的那一年，他又在省城参加了贵阳地区的成人高考，在贵州师范大学汉语言文学专业本科班脱产进修学习。毕业后，因没有背景，没有关系，仍然回到山城县金钟乡金钟中学继续教书育人。

2002年9月，陈帅从金钟乡金钟中学调进山城县《山城报》工作。虽然经济并不宽裕，但他除了在2003年3月购买现在的住房时，向他以前所教书的金钟乡的党委书记金书记借过2万元，向师范时的一位同班同学借过1500元交购房的首付款外，再也没有向其他任何一个人借过一分钱。

就在2003年8月，陈帅准备装修房子结婚时，他曾经想向既是他初中、师范的同学，又是他同乡的赵伟借2000元钱，但因赵伟的老婆不同意借，最终没有借成。

下午，在办公室上班的陈帅一直心不在焉。与陈帅同是一个办公室的小李说："陈哥，今天一个下午，你一直都是心事重重的样子，是不是遇到什么不开心的事了？"

陈帅说："是啊，小李。真是人在家中坐，祸从天上来啊！上午下班后，我快到家时，突然接到我的一位六安县的女同学的电话，她说她在山城，让我请她吃中午饭，我们两个一见面，她就说了一些莫名其妙的话，最后还说我在十天前向她借了8万元钱，真是莫名其妙！"

小李说："我就看出你今天似乎很不开心，原来是遇到这么一件烦心事了，这种事谁遇到都是很心烦的，但只要你的确没向她借过钱，你怕都不要怕！"

陈帅说："可是我的这位同学说得有鼻子有眼的，好像是真的有那么一回事一样。她说就在十天前的5月11日那天，我叫她把那8万元钱打在了我农业银行的卡上。但我到现在一直都没用过农业银行的卡。你说这事心烦不心烦？！"

小李说："你的这位同学是不是被坏人骗了，现在那些诈骗犯的诈骗技术是很高明的，在现实生活中经常听到有人被骗，包括我身边的一些亲戚和朋友都被骗过。"

陈帅说："也有可能，在现实生活中或电视上经常听到或看到一些五花八门、花样翻新的诈骗案。可令我想不到的是，像这样只会在现实生活中听说，或只会在电视上、小说中看到的事，居然落到了我的头上，真是祸从天降啊！"

当然，最让陈帅揪心和要命的还不只是这些。就在几天前，中共山城县委组织部的一个考察组，采取民主测评和民主推荐的方式，对陈帅进行了重点考察，准备提拔任用。这几天刚好是在公示期间，公示内容提拔陈帅任用的职务是山城县政协副秘书长、山城县政协办公室副主任。

真是无巧不成书啊！这真是够巧的了，他的这位同学早不来，晚不来，偏偏是在这个节骨眼上来，并闹出了这么一件莫名其妙的事，你说陈帅烦不烦心、揪不揪心啊！这种事特别是在这样一个关键的时期，不论是落到谁的头上，都是够他难受的啊！

好不容易熬到下午4点钟，估计他的同学张琳应该到六安县了，陈帅拨打了张琳的电话，想了解一下张琳是否已到六安，且到公安机关报了案没有？

电话拨通后，陈帅说："张琳，你到六安了吗？报案没有？"

"陈帅，你老实告诉我，你是什么时候开始骗我的？"电话那头传到陈帅耳朵的是这样一句很生气的责怪的话语。

陈帅没有发火，而是用平静的语气说："张琳，你就听我说一句话，其他多余的话你就不要再多说了，赶快去公安机关

　　　　　　　　　　　　　　　都是爱情惹的祸

报案吧，我相信公安机关会查清楚的。"说完话后，陈帅就挂断了电话。

当天晚上，陈帅失眠了，躺在床上总是在想白天发生的这件极为蹊跷的事。失眠的陈帅回顾了他自参加工作到现在的几个重要的人生经历和生活片段。

在金钟乡金钟中学上课的陈帅，遇到一次改变自己命运的偶然机会：那是在2002年8月的一天，陈帅在金钟乡政府门口，刚好碰到金钟乡党委的钱书记，钱书记说："小伙子，前几天我在县里面开会时，县委宣传部徐部长直接在大会上点名要你，徐部长说他发现金钟乡中学有一个语文老师名叫陈帅，陈帅这个人字写得好，文笔也很不错，像这样的人适当的时候应该拿来用。"

钱书记接着又说："陈帅，这个星期你就不要回玉兰乡老家了，你等着，过两天我亲自把你送去交给宣传部的徐部长，小伙子好好干，前途是光明的。"刚过了三天，钱书记带上陈帅坐着一辆开往山城县双山城区的绿色吉普车，直接把陈帅送到了徐部长的办公室。

真是"天生我材必有用"啊！陈帅被安排在山城报社工作，能到梦寐以求的报社工作，对陈帅来说，可谓"踏破铁鞋无觅处，得来全不费功夫"啊！他先后在《山城报》当过记者和编辑，没想到，2003年初，正当陈帅在山城报社干得风生水起的时候，国家却出台一个政策，规定县级以下（包括县级）不允许办任何报纸杂志，随后2004年初，《山城报》便按照国家政策规定停刊了。

报纸停办后，陈帅被组织部门先后调到县委政法委办公室、县委政策研究室、县人大常委会办公室工作。这次好不容易得到山城报社原副总编、现任山城县政协办公室的高主任鼎力向山城县政协主席推荐，遇上这么一次难得的提拔机会，这几天刚好是在干部任用前的公示期间，却偏偏遇上这么一件倒霉的事，他怎么睡得着呢？

三

凌晨4点过了，陈帅好不容易才有那么一点点睡意，打了一个长长的哈欠之后，便迷迷糊糊地进入了梦乡。

陈帅是被妻子刘莉早上喊孩子起床的声音吵醒的。陈帅起床与孩子一起洗漱完毕后，吃了妻子早已为他煮好的一碗鸡蛋面，便送女儿到山城县第一小学上学，之后就去上班了。

8点10分，陈帅刚走到山城县人大常委会办公楼门口，他手机就响了，一看来电显示，是张琳打来的。陈帅想："这么早就来电话，是不是告诉自己她已经报了案？"猜想间按下了接听键。

"喂，张琳你是不是去……"几乎是在陈帅问话的同时，张琳很生气地说："陈帅，你老实告诉我，你是什么时候开始骗我的？那8万块钱你还是不还？你还了，我们还是好同学、好朋友，若你不还，我会采取一切手段让你还，你信不信？"

本来陈帅是想问张琳是否报了案，没想到刚一接通电话，就被张琳劈头盖脸地谩骂和威胁。陈帅真是气不打一处来，也很生气地说："张琳，这些废话你就不要再说了，说了也是多余的，起不了什么作用。现在你要做的事，不是来质问我，而是赶紧去公安机关报案，好让公安机关尽快破案，明白吗？"陈帅说完，很生气地挂断了电话。

中午吃完饭后，陈帅在家里赶写一篇人大代表"关于全县教育资源配置情况的调研报告"的文章。第二天上午，山城县人大常委会要召开主任会议，这篇调研报告要上人大常委会主任会议进行讨论，征求意见和建议。因此，人大常委会办公室

都是爱情惹的祸

王主任让陈帅下午就不要去单位上班了，安心在家把调研报告写出来，好提交给主任会议进行讨论。

下午3点钟，陈帅在调研报告写到近一半的时候，放在电脑桌左上角的手机又唱起了《上海滩》的主题曲，陈帅拿起手机看来电显示，又是一个中国联通的陌生号码。陈帅在心里想："真是见鬼了，又是一个陌生的号码，是不是与张琳有关的电话呢？"

最终，陈帅心不在焉地按下了接听键，接通了电话："喂，你是谁？"

对方很不友好地说："我是张琳家男的，你不记得了？你还忘记得真快啊？！"陈帅略带一点生气的口吻说："你去年和张琳到山城，我请你们吃饭时，你连姓什么我都没问过你，更不要说你的名字了，我怎么知道你姓啥名谁呢？真是莫名其妙！"

对方也没说出他的名字。"半年多来，你一直给张琳发那些暧昧的短信，还经常打电话，我都不说你了，前几天，你又向她借了8万块钱，居然不承认，你什么意思？"对方说道。

陈帅说："自从去年那次和你们在山城吃过一次饭后，我一直都没有与张琳联系过。还有，如果我没记错的话，去年张琳用的是一个小灵通的号码，可是昨天她给我打电话时却是一个联通的手机号码，她这个联通手机号码，我也是在昨天她给我打电话时才知道的！再说了，我现在用的手机号码已经换了快一年，她也不知道，她昨天给我说她是通过刘凯老师才知道的，你凭什么说半年多来我一直给张琳发暧昧的短信和经常打电话，还向她借钱呢？"

陈帅一口气说了一大堆话，搞得对方没机会插话。待陈帅说完话后，间隔了两秒钟的时间，对方接着又说："姓陈的，我告诉你，我老婆从小到现在只打过两件毛衣，第一件就是给你打的，第二件才是给我打的，还有，半年多来，你一直在发短信、打电话我都没说你，你还向她借钱，我真的很想揍你啊！"

陈帅很气愤地说："我请你不要再胡说八道了！你这是无稽之谈，是属于诽谤，你再这样我就到公安机关去报案，你信不信？"陈帅说完话后毫不留情地立即挂断了电话，又接着写调研报告……

接下来的几天，陈帅一边给他在山城县、六安县、双钟区和盘龙县读师范时关系要好的同学打电话，请他们给张琳打个电话问清楚，这究竟是怎么一回事，一边等着他的这些同学给他反馈情况，一边猜测发生这件事的几种情形。

随后，陈帅的这四个县区的同学都相继给他回了电话，他们回电话的内容大体上都是一致的。说的都是：张琳很坚持并很确定地认为，陈帅一定是向她借了8万元钱的。其理由是：向她借钱的人，说话的口气就是陈帅的口气，说话的风格就是陈帅的风格。张琳的这些判断真是让陈帅有口难辩。

一名六安县的男同学还开玩笑说："陈帅，你行啊！你是不是和张琳有一腿哦？要不她怎么会借8万块钱给你，她怎么不借给我们呢？"

"你就不要再胡说八道，给我添乱了，这种玩笑是不能乱开的。要是我真的和她有一腿的话，也不会出现这种事了，你说是不是？"陈帅对这位男同学没好气地说。

针对发生的这件事，陈帅做了几种猜测。

第一种猜测：张琳汇钱时打错了账号不好直说，这样的事情听别人说过。第二种猜测：张琳打麻将或者其他原因，将钱弄没了，不好交差，生怕给其老公及家人说不清楚而受责怪或伤害，因此撒谎说钱借给同学了。第三种猜测：应该是有人知道他将被提拔，想与他竞争这个职位，因此，利用同学捏造事实，使出这么一招阴毒的手段。第四种猜测：张琳的钱真的是被坏人骗走了。

　　不管是哪一种猜测，对陈帅来说根本就解决不了什么实际的问题，不会减少陈帅的烦恼，减轻陈帅的压力。相反，使他更加心烦意乱、焦头烂额。

　　接下来的几天，陈帅仿佛是在噩梦中度过。但令他没想到的是，这几天，张琳和张琳的老公居然没再打电话责骂和威胁他了，陈帅也就过上了几天安静的日子。

　　有一次，陈帅还和一位很要好的同事开玩笑说："看来，我还是要给我的同学们都打个电话，告诉他们我是不会向他们借钱的，叫他们一定要提高警惕，以免上当受骗。"

　　陈帅的这位要好的同事还开玩笑说："你向你的同学借了8万元，你都不承认了，以后还有哪个冤大头敢拿钱借你！"

　　开完玩笑之后，陈帅的心情一下子轻松了许多。

四

　　最近一段时间，陈帅在每晚的8点钟，都要准时收看贵州电视台2频道正在播放的一系列有关诈骗案的专题片。有时，他还拉着老婆刘莉一起看。有天晚上，陈帅同样是很准时地坐在电视机旁，打开电视机，把频道调到贵州电视台2频道。这时，电视刚好在播放一个诈骗案的专题片。这个诈骗案的案情大概是这样的：

　　一个白天，大约在下午三四点钟的光景。在贵州省贵阳市一个住宅小区的一家住户的客厅里，一个约30岁的男子正坐在家中津津有味地看着一档电视剧节目。这名男子正看到一对青年男女相互表白爱情的时候，他放在茶几上的手机彩铃响了。

　　这名男子从茶几上拿起了他的手机，一看来电显示，是个陌生的电话号码。他停顿了两秒钟后，还是接通了电话："你好，请问你是谁？"

这时电视屏幕就切换成另一幅画面，画面上是一个二十八九岁光景的女子正在打电话。

这名女子撒娇地说："哟！我的大帅哥，你记不得我了，你真忘记了，我是你大学时的同班同学啊？姓王啊，记起来了吗？"

男子很认真地想了几秒钟后就说："你是重庆的王——什么——王丽，对不？你的电话号码换了？什么时候换的？"

女子笑着说："我还以为你真的忘记我了，老同学。是的，我的手机号码才换了一个多星期。我今天从重庆出发，正在来贵阳的途中，我现在开着车的，不方便说话，到贵阳后我再和你联系，好吗？我们毕业快三年了吧，一直都还没见过面，说真的还很想念你啊！"

"好的。我们一毕业就没见过面，是有两年多了，到贵阳后一定要给我打电话啊。"男子有点激动地说。

女子说："好的，到贵阳后，我一定给你打电话，这么长时间你都没给我打过电话，我们应该是要好好聊聊了。"

大约10分钟过后，女子又给这名男子打来一个电话。

男子接通电话说："王丽，你现在到什么地方了，是不是到贵阳了？"

女子说："还没有啊，今天我真倒大霉了，出车祸了，我撞到了一位老人，现在人已送到医院进行抢救，需要一笔费用，但我身上只带了8000元，不够，还差4000元，想向你借，过后我及时还你，行吗？"

男子说："行啊，告诉我你的银行卡号，我这就给你打过来。"

女子说："我的银行卡就是没有带在身上，要是银行卡带在身上，我就直接取了，还向你借什么钱？"

　　　　　　　　　　　　　　都是爱情惹的祸

"那我怎么把钱借给你啊？"男子说。

女子说："被我撞的这位老人有银行卡，要不我把他的卡号告诉你，你就打到他的卡上算了，他用的是中国建设银行的卡，户主姓名李登华，卡号是688……反正这个钱也是给他治伤的。你看行吗？"

男子说："好的。"

电视屏幕随着男子和女子的对话在不断地切换着画面……

男子和女子通完话后，电视屏幕的画面切换成男子在贵阳一家中国建设银行的网点办理汇款业务。待男子办好业务后，电视屏幕又切换成另一幅画面，画面上是那名女子正在打开手机的后盖，掏出了电话卡并随手扔掉。接着，电视屏幕的画面又切换到男子在家中继续看电视。

就这样，这名男子按照女孩告诉他的银行卡号汇了4000元钱。

几分钟过后，男子想知道他汇给他的所谓的大学同学"王丽"的4000元钱是否收到，便拨打了女孩刚才的电话号码，但他听到的是电脑传来的提示语音：你拨打的电话暂时无法接通，请稍后再拨。男子又连续拨打了几次，结果还是：你拨打的电话暂时无法接通，请稍后再拨。最后，男子拨打了他早已存在他手机卡上的他大学同学王丽的电话，没想到电话居然通了。

男子说："喂，王丽啊，你刚才的那个号怎么打不通了，还好你在学校用的这个手机号码我还留着，我在半小时以前汇给你的那4000块钱收到了吗？"

王丽说："我的哪个号？我没有别的号啊，我大学毕业后用的就是这个号码，没有换过手机号啊。刚才我没向你借钱啊，你是不是记错了？……"

看完这个诈骗案后，陈帅在心里想："张琳应该是被某个坏人给骗了，也许是有人以自己的名义诈骗了自己的同学张琳。"

陈帅和张琳是十几年前在盘山市师范学校九二级（2）班的同班同学。1993年的秋天，进入师范二年级时，以前坐在教室正数第二排的张琳调到了教室的倒数第三排，也就是陈帅的前一排，并刚好是坐在陈帅前一排的那个位置上。这时的张琳除了在正式上课外，平时的自习课和晚自习，有事没事总要调转头来与陈帅聊天，有时她还直接把全身调换过来与陈帅共用一张书桌，面对面地坐着好聊天。

张琳也可以算是陈帅他们班为数不多的漂亮女生之一。张琳来自六安县的一个郊区，按现在的话来说，也算是城乡结合部吧。

有一天上晚自习课时，张琳全身调换过来与陈帅面对面地坐着，在向陈帅问了一个好像是有关数学方面的问题后说："陈帅，我看你整天总是嘻嘻哈哈的，我有一个办法可以改变你的这个性格，你信不信？"难怪，在陈帅他们班上，有好几个女生都诙谐地称陈帅是"嬉皮士"和"扎啤"呢！那时陈帅留的是披肩长发，典型的"两块瓦"发型，也是郭富城式的发型，是那个年代还算是赶潮流的发型吧！

陈帅说："什么好办法啊？"

张琳有点唐突地说："只要你认认真真、彻彻底底地谈过一次恋爱，就可以改变你嘻嘻哈哈的性格了。"

陈帅调皮地说："我没有恋爱对象，和谁谈？又怎么谈啊？"

"那我教你谈啊！怎么样？"张琳脸上泛起两片红晕挑逗地说。

陈帅很洒脱地说："可以啊，那你怎么教啊？"

陈帅的一句话让张琳一时不知如何回答。其实，在很早的

　　　　　　　　　　　　　　都是爱情惹的祸

时候，陈帅也觉察出，张琳是一个很不错的女孩，但他们毕竟是在不同的两个县，怎么说都不现实。因此，陈帅从来就没有产生过要与张琳谈恋爱的想法。

五

在随后的一些日子里，陈帅也不想在自己班上找女朋友了。不久之后的一天，也是在晚自习课上，陈帅的同桌有事出去了。这时，六安县的另一名女生王珊悄无声息地坐到陈帅的身旁，并神秘兮兮地说："陈帅，我们班有个女生很喜欢你！"

陈帅毫不在乎并高声地说："我们班谁喜欢我呀！我怎么没有发现呢？"

王珊小声地说："我们班的朱彤啊，她亲自给我说的，她很喜欢你，也很想和你交个朋友。你看怎么样？"

陈帅说："同学本来就是朋友嘛，我们就是朋友，还用得着交吗？交不交都是朋友啊！"

王珊说："我说的不是一般的朋友，是男女之间的那种特殊的朋友。你看行不行？"

陈帅故弄玄虚而又明知故问地说："我知道了，你是说男同学和男同学是朋友，是一般的朋友，而男同学和女同学是朋友，是特殊的朋友。也就是说同学就是朋友，同性之间的同学是一般的朋友，而异性之间的同学就是特殊的朋友。对吗？"

听了陈帅的诡辩之后，王珊无可奈何地说："算了，死陈帅，不和你狡辩了，真气人，你真是一点都不懂女孩心思的一个'扎啤'啊！"

陈帅说："王珊，那就算了，但我还是请你给朱彤说，我们是好同学加好朋友，并且还是特殊的好朋友。好吗？"

有一天下午的第二节课是美术课，美术老师让同学们画美术课本上的一幅人物画，画面上的人物是一名男孩和一名女孩，他们正趴在草地上观察一群蚂蚁。下课时，老师说下一次上美术课时就把作业交了。

下课后，班上的一名女同学黄丽看了陈帅的画后说："陈帅，你画得真好，特别是那肤色，看上去特别诱人，你能帮我画一幅吗？只要你帮我画了，你提什么条件和要求我都答应你。"陈帅当然明白黄丽的话外之音和言外之意，直截了当地说："没时间啊，黄丽，你自己慢慢画吧，我有事暂时不跟你说了。"陈帅边说边走出了教室。

1994年10月14日下午3点钟，盘山市师范学校在学校大礼堂举行了一次大型的表彰大会，全校一千多名师生参加了大会。大会议程有四项：第一项是为参加学校组织开展的全校学生"三字一话"（钢笔字、粉笔字、毛笔字和普通话）比赛活动获奖者颁奖；第二项是为参加学校组织开展的迎国庆演讲比赛获奖者颁奖；第三项是为参加中国共青团盘山市委、盘山日报社联合举办的"五四青春之光"征文活动中获奖的师生颁奖；第四项是盘山市师范学校校长讲话。

在这次学校召开的表彰大会上，陈帅他们所在的九二（2）班是全校获奖人数最多的班级。其中李薇获普通话比赛一等奖、演讲比赛一等奖；张峰获毛笔字比赛一等奖；徐智获粉笔字比赛二等奖、毛笔字比赛三等奖；陈帅获"五四青春之光"征文活动一等奖、钢笔字比赛三等奖；九二（2）班的文选与写作老师刘凯获"五四青春之光"征文活动优秀教师辅导奖。盘山市师范学校获"五四青春之光"征文活动优秀组织奖。九二（2）班分别获"三字一话"、演讲比赛活动优秀组织奖。

在这次表彰活动中，学校除为获奖的学生颁发荣誉证书外，还发了诸如钢笔、毛笔等相应奖品。由中国共青团盘山市委、盘山日报社联合举办的"五四青春之光"征文活动，全校就只有九二（2）班的陈帅和九三（2）班的薛霖获奖（陈帅获一等奖，薛霖获三等奖），学校除代发由中国共青团盘山市委、盘山日报社联合颁发的荣誉证书及奖金（一等奖100元、三等奖60元）外，还翻倍地向陈帅发了200元的奖金、向薛霖发了120元的奖金。

最后一项是校长的讲话，校长在讲话中说："'三字一话'是同学们必须掌握的基本功，是今后大家做教师的必备条件，也是大家做好教育工作的基础。这次受到表彰的同学，希望你们再接再厉，没有获奖的同学要以获奖的同学为榜样，多练多读，不断提高'三字一话'的能力和水平，今后为教育事业贡献力量。"

校长接着说："今天，我特别要说的是，在中国共青团盘山市委、盘山日报社联合举办的"五四青春之光"征文活动中，我们学校的陈帅同学、薛霖同学，他们不但为自己获得了荣誉，还为我们盘山市师范学校争了光，让我们再一次用最热烈的掌声为他们表示祝贺！"

陈帅参加"五四青春之光"征文活动获奖的文章的主标题是"追求·奉献"，副标题是"记全市'十佳公仆'市三中教师李静"。李静是陈帅在盘山市第一中学初中时的班主任老师，当时已调到盘山市第三中学。

为写好这篇文章，陈帅还到盘山市第三中学拜访（用新闻界的话来说，应该算是采访）过一次老师。待初稿完成后，陈帅带着初稿去征求了盘山市师范学校的申副校长（李静在市一中教书时，申副校长也在市一中任副校长）的意见和建议。

之后，陈帅按照申副校长的意见再一次修改完善，最终在刘凯老师的精心指导下，反复斟酌、反复润色，才在200余篇征文中脱颖而出。这次征文活动，评三个等次的奖、获奖者10

名，其中一等奖1名、二等奖3名、三等奖6名，所有获奖者的获奖作品均陆续刊载在1994年10月份的《盘山日报》上，其中陈帅的"追求·奉献"一文刊载在1994年10月15日的《盘山日报》"特别报道"栏目的头版头条。

这次表彰活动的召开，让陈帅不光在班上出名，而且在全校也有了名气。在学校，不论是与他同一级同学，还是高他一级或矮他一级的那些师兄师姐、师弟师妹，都很羡慕他的才华。

六

几日的冷风冷雨过后，时令已进入了深秋，天气渐渐转凉了。

校园内，两条主干道两旁的法国梧桐已掉光了树叶，它旁逸斜出的枝丫，在寒风中冷得瑟瑟发抖。这时，学校的很多女生，特别是三年级和二年级的女生们在上自习课或晚自习时，每人的手中都抱着花花绿绿、或黑或白的一件件或刚起头或打了一半或已经收尾的毛衣，正在无声无息很熟练地织着。

偶尔有学生科的老师或学生会的干部到教室检查时，胆小的女生，便自觉而又迅速地将手中的毛衣塞进桌箱里，拿起书本来装模作样地看；而那些胆大的女生，对这类检查却熟视无睹，照织毛衣不误。对此，特别是对三年级的学生，学生科的那些老师或学生会的那些干部，大多是睁一只眼闭一只眼，微笑着退出了教室，再向另一间教室走去。遇着严格一些的老师或学生会干部，也就批评教育两句罢了。

在初冬一天的晚自习课上，张琳与陈帅的同桌调换了座位，张琳就坐到陈帅的旁边，正在织一件黑白相间的毛衣，这件毛衣已经到了收尾的阶段。

陈帅说："张琳同学，没想到你的毛衣打得这么好啊！能不能也帮我打一件？"

张琳不假思索地说："陈帅，只要你喜欢，不要说给你打一件毛衣，给你打一辈子的毛衣我都愿意啊！"

陈帅说："一辈子就不麻烦你了，张琳同学，就打一件足够了，毕业了还可以留作纪念呢！"

张琳说："你喜欢什么颜色的？"还没等陈帅回答，张琳摊开手中那件黑白相间的毛衣，自作主张地说："你穿这样黑白相间、圆领的毛衣肯定很好看，男生的毛衣不要太花，花了不好看不说，穿上也没有男子汉的气魄了。"

陈帅看着张琳手中摊开的毛衣说："是的，我也挺喜欢这种黑白相间的毛衣，但如果我请你打，我还是喜欢纯白色的，这样既可以代表我们之间的友情是纯洁无瑕的，之后睹物思情，也容易唤起对你的思念，不是说白色代表思念吗？至于说好不好看，我认为只要人长得好看，穿什么都好看，比如像你，对吧？"

张琳似带讥讽地说："我的大诗人啊，怎么一件毛衣还有这么多讲究？好吧，就依照你的高见。但毛衣打好后，你可要请我吃饭啊？"

陈帅慷慨地说："没问题，区区小事，就这样定了，待你帮我打好后，一定请你吃饭。"

就这样，第二天吃过中午饭后，陈帅与陈帅同寝室的郝雄，张琳和张琳同寝室的王珊，他们四个同学一起走出了学校大门，前往这个城市最大的百货批发市场——山城二中对面的建设路批发市场，选购为陈帅织毛衣的毛线。

张琳依照陈帅的要求挑选那种纯白色的毛线一斤二两，同行的王珊说："我看陈帅的个头大，一斤二两怕不够哦，最起码要一斤半。"张琳说："珊珊你看，这毛线比较细，精打，一斤二两足够了。"张琳指着一种较粗的黄色毛线接着又说：
"若是这种粗毛线，肯定是要一斤半才够的。"

站在一旁的陈帅很佩服地说："你们女生真行啊！毛衣打多了，说的尽是一些行话。要是今天不请你们两位美女一起来，光凭我和郝雄肯定是买不成毛线的，即便是买成了，也不知道要买多少斤两才够啊！"

待售货员把毛线用黑色塑料袋装好，陈帅付了钱提上毛线，四人便走出了批发市场。走到市机关食堂左侧的小吃店时，陈帅说："为了我的毛衣能尽快打出来，我还是先请几位吃一碗山城羊肉粉，好吗？"

张琳说："算了，你要请还是等毛衣打好后再请，大家都刚吃过午饭，现在还不饿，不想吃。再说，也不能这样便宜你了，难道打一件毛衣就只值吃一碗羊肉粉吗？要请，待打好毛衣后，就要好好请我们吃一顿，不说炒菜了，至少也要吃一顿火锅啊！"

王珊看着陈帅说："琳琳说的是，为你打一件毛衣，至少也要请我们吃一顿火锅啊！打好后，你可不要光请琳琳啊，到时候不要忘了我和郝雄，我们可是见证人啊！"说完后，王珊看着张琳诡异地笑了一下。

陈帅说："珊珊，本人陈帅可不是那么小气的人。到时候，你们寝室的八个美女一起请，邀请郝雄作陪。你们看，这样该可以了吧？"

郝雄干脆利落地说："有那么多美女在，我一定奉陪到底。"

张琳说："陈帅，你今天当着我们三个人说的话可要算数啊，到时要赖的是小狗。"

郝雄和王珊几乎是异口同声地说："对，要赖的是小狗，但最好是现在我们要看陈帅和张琳拉钩发誓，谁也不能反悔!"也几乎是在同时,陈帅大方地伸出左手小手指,张琳伸出右手小手指,在郝雄和王珊的怂恿下,陈帅和张琳的两个小指头紧紧地勾在了一起。

一瞬间,张琳低着头出神地看着两只紧紧拉在一起的手,漂亮的脸蛋上呈现出一片红霞。之后,陈帅和张琳在郝雄、王珊两人的一片叫好及掌声中,很不自然地松开了紧紧勾在一起的手指头。

接下来的一个星期,在陈帅他们班的教室里,无论是在白天的自习课上,还是在晚上的自习课上,坐在陈帅前排的张琳都在专心致志地为陈帅打着那件纯白色的毛线衣。

在张琳的寝室里,其他七个女生也没闲着,她们利用中午或者下晚自习之后的时间,轮换着给陈帅打那件纯白色的毛线衣。仅一个星期的时间,毛线衣就大功告成了。

陈帅没有忘记一个星期前许下的诺言,更没有忘记与张琳拉钩的情景。张琳把毛衣交给陈帅的第二天,陈帅就在学校大门旁边小李家的餐馆里,请了张琳寝室的八个女生及郝雄,做了两锅酸菜腊肉豆米火锅,分两桌吃。当天,大家还拿陈帅和张琳开了一通玩笑!据陈帅说,他和几个同学经常在小李家餐馆赊饭吃。当时他没带那么多钱,是餐馆老板记下账单。前前后后所欠餐馆的135元钱,还是陈帅参加工作领到第一次工资后,才到餐馆还的,陈帅到餐馆还钱时,餐馆老板小李还请陈帅吃了一顿饭呢。

那个冬天,陈帅穿着那件纯白色的爱心毛衣,心里暖融融的。春节学期开学后,在张琳的主动进攻下,陈帅和张琳算是谈了一场被动却轰轰烈烈的恋爱,但师范毕业时,陈帅和张琳各自分到所在的县工作。师范毕业后,开初的一两年,他们相互通过几封信述说相思之苦,但最终因地域的鸿沟,加之交通落后、通信闭塞,联系不便,陈帅不得不向张琳提出了分手,有情人未成眷属。之后的十余年，陈帅与张琳就再也没有联系过，但那件纯白色的毛衣却随着陈帅工作、学习、生活环境的改变，陪伴陈帅辗转了好几个地方。

也许正如当年陈帅对张琳所说过的那样："我还是喜欢纯白色的，白色既可以代表我们之间的友情是纯洁无瑕的，而且睹物思情，也容易唤起对你的思念，不是说白色代表思念吗？"陈帅搬了几次家都舍不得丢掉伴随他度过了15个春秋的那件纯白色的爱心毛衣。直到8年前的一次搬家，因东西太多，再加上那件毛衣又实在是太旧了，袖口和领口都已经破损，被妻子连同其他的衣物丢到了楼下的垃圾桶。虽然陈帅有些不忍心，但妻子说："旧的不去新的不来。"听了妻子的话，陈帅似乎明白了人生的一些道理……

他们毕业近十五年之后，也就是在2009年5月21日下午3点钟的时候，陈帅接到张琳的老公打来的电话说，张琳从小到现在，只打过两件毛衣，第一件是给陈帅打的，第二件才是给他打的。张琳的老公说的话没错，但也不完全正确。其实，并不是张琳打的第一件毛衣啊！何况陈帅的那件纯白色毛线衣，准确地说是由张琳牵头组织，她们寝室8个女生共同完成的杰作。怎么就说是张琳一个人打的呢？看来，只不过是张琳的老公产生误会罢了。

但使陈帅弄不明白的是，张琳的老公怎么会知道张琳曾经给陈帅打过毛衣呢？这是张琳告诉她老公的呢，还是六安县的其他同学告诉张琳老公的？这些陈帅就不得而知了，但现在来谈这些问题对陈帅和张琳来说，也没有什么实际意义了。

都是爱情惹的祸

七

　　2009年6月1日下午3点钟，正在山城县坡脚乡滥坝小学，参加由民进山城总支委员会（陈帅是在2005年加入民进山城总支的，是一名中国民主促进会会员，也是民进山城总支副主委）组织开展的庆祝六一国际儿童节暨"三下乡"文艺演出活动的陈帅，突然接到一个陌生的中国联通手机号码打来的电话，陈帅犹豫了一下之后，还是接通这个陌生电话："喂，你好，请问你是谁？"

　　对方说："我是六安县公安局的李警官，请问你是陈帅吗？"

　　听到这里，陈帅在心里想，看来是张琳去报案了，这样好啊！"是啊，李警官，我就是陈帅。"陈帅有点激动地说。

　　李警官说："你知道张琳吗？"

　　陈帅说："知道啊，她是我师范时的同班同学。我怎么不知道呢？"

　　李警官说："那你这几天抽个时间来一趟六安公安局，把你和张琳的事情说清楚，好吗？"

　　陈帅也很想尽快把这件烦心的事情弄清楚，让公安机关给自己一个公道、还自己一个清白，于是很乐意地说："好啊，我看今天是星期一，星期二至星期五都要上班，这样嘛，我在这个星期的星期六来六安公安局，可以不？"

　　李警官说："可以。若能够在单位请到假，早一点来最好。"

　　陈帅说："好吧，但我现在下乡了，没有在单位，明天上班时我到单位，看看能不能请假，若能请假我就尽快赶过来，我也希望能早日把事情弄清楚。"

李警官说："那就先这样吧！"

挂了电话后，陈帅总觉得有点不大对劲，心想："公安局应该有办公的座机电话啊，这个所谓的李警官怎么不用座机打呢？他是不是冒充的？还有可能他是张琳家的人，是不是把我骗到六安后，好收拾我？要是我到了六安，张琳的家人把我软禁在六安，或者打我一顿，那可怎么办呢？"一连串的疑问让陈帅很不安心，看来不弄清楚打电话的这个人的真实身份，还不能冒着危险去六安。

陈帅突然想到，六安县公安局有一个与他同姓的副局长叫陈平，他们虽然没见过面，但以前陈帅在整理家谱时，他们通过几次电话，相互还很热情，何不先向陈平打听打听，待问清楚了再说？于是，陈帅想："干脆先与陈平联系，核实一下就清楚了。"

陈帅再一次拿出了手机，拨通了陈平的电话。陈平告诉陈帅，六安县公安局上下有100多个人，再加上局里面的科室多，要知道名字才好核实。陈帅挂了电话后，翻出了刚才的那个电话号码打了过去。陈帅说："请问，你是刚才给我打电话的李警官吗？"

李警官说："是啊！什么事？"

陈帅说："你说你是六安县公安局的李警官，请问你叫什么名字啊？"

李警官说："我叫李俊，木子李，俊俏的俊。"

陈帅说："好吧，我知道了，就这事。"

陈帅再次拨通了陈平的电话，告诉了陈平后，陈平说："是有这个人，但他不是在县局，他是六安县县城新华派出所的干警。"

陈帅说："谢谢陈局，来山城时和我联系，到家里面来玩啊！"

都是爱情惹的祸

陈平说："好的。"

打完电话后，陈帅打算明天去上班时，向单位请个假，随后就去六安；若请不了假，就这个星期六去六安，能把这件烦心的事说清楚是最好不过的了。

陈帅打完电话后，继续参加庆祝六一国际儿童节暨"三下乡"文艺演出活动。在这次活动中，民进山城总支委员会为坡脚乡滥坝小学的40名品学兼优的计生"两户"（独生子女户、二女结扎户）子女、留守儿童、单亲子女和家庭特别困难的孩子送来价值4000余元的生活学习用品，给每名学生送了一把雨伞、一个书包、一个文具盒、一本字典、十个作业本、十支铅笔，解决了孩子们的学习生活困难。

另外，民进水城总支委员会还向相关企业为学校协调了100套课桌凳、一副篮板架及篮球、羽毛球等体育教学用品，进一步完善学校的教育教学设施。与此同时，民进水城总支委员会文化艺术界的演员们还与滥坝小学全体师生同台表演了一出有舞蹈、男女生独唱、相声、小品、笛子独奏等异彩纷呈的文艺节目，庆祝孩子的节日。

当晚，陈帅回到家后，就把他要去六安县公安局的想法告诉了妻子刘莉，妻子说："陈帅啊，你不能去，你去了万一被你的同学扣留在六安，那怎么办？或者你的同学喊她的家人打你一顿，你不是白挨了吗？"

听了了妻子刘莉的话后，陈帅觉得也有道理。

陈帅对妻子说："干脆，明天上班的时候，我先不去请假，先到山城县公安局去咨询一下，这种情况我是去，还是不去？还可以在单位咨询法工委的张主任，他以前是我们山城县司法局的副局长，让他帮我出出主意再说。"

妻子刘莉说："是嘛，你明天就去咨询了再说，不要别人一喊你你就去，这肯定是不行的。若六安县公安要调查你，他们自己会来找你的，你一定不能去啊！"

第二天上班前，陈帅就去了山城县公安局法治科。他把事情的来龙去脉向公安局法治科的工作人员说了以后，法治科的工作人员说："你可以不去，他要调查你，会到你们单位来找你的。"之后，陈帅回到单位，又到山城县人大常委会法工委办公室，把事情如此这般地向张主任说了，张主任说："你不能去，公安机关要调查人，还要通过被调查人当地的公安机关之后，才能开展调查工作。"

张主任接着又说："假设北京的公安机关、上海的公安机关有人传唤你，你也去啊？那在途中产生的费用谁来负责？你说是不是？公安机关破案是他们的职责，他们要调查会上门来找你的，你没有必要去，他们会来的。"

走出三楼法工委张主任的办公室后，陈帅才知道昨天六安县新华派出所的李警官是在传唤他。之后，陈帅又去了二楼人大常委会办公室王主任的办公室，把这几天发生的事情向自己的直接领导作了汇报。王主任安慰陈帅说："如果没这回事，你管都不要去管它，怕什么？"陈帅说："现在也只能这样了，反正我又没做什么违背良心的事，六安公安局我是坚决不去的，他们要查就来，我随时奉陪。"陈帅边说边走出了王主任的办公室。

陈帅通过到公安局法治科、人大法工委咨询的情况和领导的安慰后，真是如释重负，心一下就放松了许多。这下他就可以安心地工作了。没想到时间过得这么快，在办公室写了一条消息稿后就到下班的时间了。

回到家后，陈帅就把早上咨询的情况如此这般地向妻子刘莉说了，妻子刘莉说："我就是觉得你不应该去六安公安局的嘛！说你还不相信？"

下午，陈帅在办公室为编辑第5期《山城人大》杂志组稿，

　　　　　　　　　　　　都是爱情惹的祸

在他修改"代表风采"栏目的一篇稿子时，他办公室的座机响了。陈帅用右手拿起话机的手柄靠近右耳说："喂，我是县人大常委会办公室，请问你是？"

对方说："我是县政协办的，请问陈帅在吗？"

"我就是陈帅，什么事？"陈帅说。

对方说："陈哥，我是小赵，十天之前我们下发的召开山城县政协第九次常委会的文件你收到了吗？明天就要开常委会了，怕你忘了提醒你一下。"原来，陈帅在2006年12月中国人民政治协商会议第六届山城县委员会换届时，还被协商为政协委员，选为政协常委。

陈帅说："文件是早都收到了，好像是上午8点40分签到，9点钟正式开会，是不是？"

小赵说："嗯，是的。"

陈帅说："好的，小赵，谢谢你！明天我准时参加会议。拜拜。"

小赵说："陈哥，明天见。"

八

挂了电话，陈帅举起双手张大嘴巴长长地伸了个懒腰后，继续修改稿子。这时，陈帅才想起上周收到的县政协办公室下发的文件，随手拉开他办公桌左下角的第一个抽屉，拿出了《中国人民政治协商会议第六届山城县委员会关于召开第九次常委会的通知》的文件。

陈帅认真看了文件上的会议议程，这次会议议程一共有七项内容：一是组织学习有关科学发展观的理论文章；二是县政协各委室通报2009年上半年视察调研报告；三是协商通过成立县工商联政协委员工作室相关事项；四是人事任免；五是县委领导讲话；六是县政协领导讲话；七是其他。

其中第四个议程是人事任免。陈帅在心里想："明天的这次政协常委会上的人事任免应该是与自己有关吧？这几天那件烦心事简直把自己弄得焦头烂额啊……要是自己提拔的事能在这次会上通过就好了，那之后，自己就是山城县政协副秘书长、山城县政协办公室副主任了。"想到美处，陈帅的心情一下就舒畅了许多……

中国人民政治协商会议第六届山城县委员会常务委员会第九次会议如期举行。会上，陈帅被任命为政协副秘书长、政协办公室副主任。

2009年6月4日上午9点，陈帅在山城县纪委参加了新任科级领导任前党风廉政建设培训学习后，回到山城县人大常委会办公室，向办公室王主任移交办理自己的工作。在移交工作时，办公室王主任告诉陈帅其他工作可以不管，但第5期《山城人大》杂志的组稿、编辑工作还是由他完成。

陈帅说："这个没问题。在人大办公室工作两年来，多谢领导的关心和帮助。"

人大办公室王主任说："真还舍不得你走啊！小陈，能力像你这样强，又能吃苦耐劳的年轻人，现在不多了。人大和政协就是隔壁邻居，以后多来走走啊！"

陈帅说："主任过奖了，能力谈不上强不强，但吃苦耐劳自己还可以，像我这样从农村出来的，吃点苦，受点累，根本算不了什么。人大和政协离这么近，今后，我肯定是会常来的，不管怎么说，我毕竟在人大工作了两年，对人大还是有感情的啊！"

王主任说："今天晚上由办公室安排，在双山城区文苑路的重庆豆花饭庄和办公室的几个喝一杯，吃一顿饭，算是欢送你了。"

陈帅说："王主任，就算了吧，反正人大和政协是挨着的，以后再说吧？"

王主任说："时间过得真快，一晃就两年了，虽说时间不长，但大家相处得融洽，还是很有感情的，你就不要再推了，就这样定了。"

陈帅说："好的。"走出王主任的办公室后，陈帅回到自己的办公室收拾了一些书籍和资料并用袋子装好，他用一个8G的优盘把前两天整理的第5期《山城人大》稿件的电子文档拷在了里面，之后就把钥匙交给了和他是一个办公室的小李。

这两天，陈帅绷紧的心弦终于放松了。还好，这几天，他的同学张琳没有给他打过电话。就在昨天召开的政协常委会上，他又被提拔为副科级干部了。看来，针对那件飞来的横祸，陈帅的第三种猜测是不存在的。那么，他的同学张琳应该是被坏人以陈帅的名义骗了。

在家吃过中午饭后不久，陈帅接到了山城县政协办公室高主任的电话，说下午3点钟，中共山城县委组织部黄副部长要送在山城县政协常委会上通过的新任命的干部到政协，到时新任的干部要作个简短的表态发言，也就是两三句话的发言，让陈帅做好表态发言的准备。

山城县人大和山城县政协就一墙之隔，下午两点半一上班，山城县人大常委分管办公室的廖副主任就把陈帅送到县政协。其他三名新任命的干部，由中共山城县委组织部黄副部长送到县政协。并在县政协会议室组织召开了算是新任职干部作表态发言的一个会议。

县政协主席、副主席，组织部黄副部长、县政协秘书长、县政协办公室高主任及新任命的四个同志参加了会议。会上，新任命的四个同志先后作了任职的表态发言。

陈帅在会上的发言就两句话，第一句话是："多谢领导、组织多年来的培养、关心和信任，我在这里向领导和组织表示衷心的感谢！"第二句话是："到了新的工作岗位后，我将尽快加强学习、转变工作角色，认真履行工作职责，努力工作，决不辜负领导和组织厚望。"

会议结束后，政协为陈帅安排好了办公室。陈帅正在整理办公室时，接到了山城县人大常委会办公室小李打来的电话，小李告诉陈帅，让陈帅一下班就到人大常委会办公室，他们办公室的同志在办公室等着呢，等陈帅来后大家一起去文苑路的重庆豆花饭庄吃饭，包房已经定好了。

下班后，人大常委会办公室的七八个同志和陈帅分坐两台小轿车，前往文苑路的重庆豆花饭庄进了"8888"包房，小李叫服务员拿菜谱点菜，点好后，一看时间才5点40分，说廖副主任在开会要7点钟才到，便交代服务员说7点半准时上菜。

小李面对着陈帅看着其他两个人说："陈哥，你和他们两个先坐坐，我给大家泡茶。"小李说完后，就用一次性的塑料杯子给每人倒了一杯刚泡好的"山城春"茶。

7点10分，廖副主任在服务员的引导下走进了"8888"包房。大家一看到廖副主任，便异口同声地说："廖主任到了。"

廖副主任问："安排几点钟上菜？"

"7点半。"小李说。

7点30分，服务员就开始陆陆续续地上菜。10分钟过后，服务员对小李说："先生，你们的菜上好了。"

"吃饭。"小王说。

小李叫服务员又拿了两瓶128元的金沙回沙酒后，安排廖副主任坐在面朝门的主位席上，办公室主任和办公室副主任先后坐在了廖副主任的两边，陈帅坐在办公室王主任的旁边，其他的人依次围成了一圈。待大家坐好后，小李从廖副主任开始，除女士外，依次给每人满上了一小杯酒。办公室王主任对廖副

都是爱情惹的祸

主任说:"廖主任,开始剪彩吧!"

廖副主任看着陈帅说:"陈帅和大家在办公室共事了两年,也算是一种缘分,两年来与大家团结协作、和睦相处,办公室工作做得有声有色,但因组织上的安排,现被提拔到政协任副秘书长、政协办公室副主任。今天,特让办公室安排吃这顿便饭,也算是欢送陈帅。一句话,大家要吃好、喝好、玩好。"廖副主任边说边举起手中的酒杯说:"来,让我们大家干一杯,向陈帅祝贺!"

酒过三巡,陈帅与大家相互各自敬了一杯。之后,他们吃饭的吃饭,喝酒的喝酒。宴席结束后,廖主任便一一和大家握手告别之后,走出了"8888"包房回家了。

九

第二天,也就是2009年6月5日,陈帅就正式到政协办公室上班了。

上午,政协办公室高主任召集了办公室的三名副主任和秘书科的几位秘书,召开一个办公室主任会议,就办公室的工作做了明确的分工。陈帅分管秘书科、打印室及信息、信访工作,负责组稿编辑今年创办的《山城政协》季刊。

下午4点钟,陈帅在政协办公楼前参加政协机关的"五城联创"活动。虽说是"五城联创",但对于县政协机关这样的单位来说,主要就是卫生和文明两块,无非就是做到办公环境干净整洁,车辆停放有序,机关干部职工办事说话文明礼貌、热情周到。

当陈帅和县政协机关干部职工在打扫卫生时,两名穿着公安服装的人员从隔壁人大办公楼来到政协办公楼门前。其中一名公安人员向正在打扫卫生的政协机关干部职工问:"请问,哪位是陈帅？"

陈帅抬起头说："我是陈帅。什么事？"这时，其他人员都停止了扫地，面面相觑。

刚才问话的那名公安人员说："哦，你就是陈帅，我们是六安县公安局的，走，就到你办公室，我们有事找你。"

"好的，走吧。"陈帅说着走在前面，两名公安人员跟着陈帅向他的三楼办公室走去。现场的人，根本不知道陈帅发生了什么事……

走进了陈帅的办公室后，刚才在楼下问话的那个警官亮出了他的警官证并对陈帅说："我是前几天与你通话联系过的李俊，我们两个都是六安县新华派出所的警官，你的同学张琳到我们派出所报案说你借了她8万元钱，可你不承认。今天，我们专门过来找你了解下情况，这究竟是怎么回事。同时也把笔录做了，希望你配合。"

"没问题，我一定配合。"陈帅一边招呼他们坐下，很热情地为他们各泡了一杯"山城春"茶，一边在听李警官说话。陈帅坐下后接着说："我希望，你们公安机关尽快侦查，把案破了。"李警官让另一名警官认真做好笔录，他就问陈帅："把你的生活和工作经历大体上说一下。"

陈帅倒背如流地汇报了自己的学习和工作经历："我1995年7月毕业于盘山市师范学校，师范毕业在山城县金钟中学教了两年书；1997年参加盘山地区成人高考后，从1997年8月至1999年7月在贵州教育学院脱产进修学习；1999年参加贵阳地区成人高考后，从1999年八月至2001年7月在贵州师范大学脱产进修学习；2001年8月至2002年2月在盘山市双钟区第四中学教书；2002年9月至2003年12月在《山城报》当记者、编辑；2004年1月至12月在山城县委政法委办公室工作；2005年1月至2007年5月在山城县委政策研究室工作；2007年6月至2009年5月在山城县人大常委会办公室工作；昨天，我才来这里（政协），今天算是正式上班。"

听完陈帅回答后，李警官说："没想到，你的生活工作经历还挺复杂的嘛！"

陈帅说："这有什么复杂的，就只是多待了几个单位而已，我觉得也没什么复杂的嘛！"

李警官问："张琳是你哪个时候的同学？"

陈帅回答："张琳是我盘山市师范学校的同班同学，我们从1992年8月进校，1995年7月毕业到现在，差一个月就14年了。"

李警官问："你们毕业经常联系吗？"

陈帅回答："没有啊，就只是在去年上半年的一天，具体是哪个月哪一天我记不清了，张琳和她的老公到过我们山城县双山城区。当时，我还在我所住的楼下的'山里人家'餐馆请他们吃了一顿饭，之后近一年的时间，我们都没有联系过。"

陈帅接着说："直到十多天前，大概是在五月二十一或二十二号吧，张琳才到山城联系到我，我们一见面，她就问我，你现在还在化处乡上班吗？我说没有，这两年我一直在人大上班啊！之后，张琳还问了我住在什么地方？我的房子卖了没有？真是把我弄得一头雾水。"

李警官说："你接着说。"

陈帅又接着说："张琳问我，我现在用的这个中国移动的手机号码变了多久，我说快一年了。她说她还不知道，她是通过刘老师（我们读师范时的文选与写作课的刘凯老师）才知道的。她还说在去年快过春节的时候，我还让她给我交了400元的电话费呢！我问她，她交费的手机号码是多少？机主的名字又叫什么？她没有说号码是多少，她说反正机主不是我的名字。更让我惊诧的是，她说我向她借了8万元钱，弄得我莫名其妙的。我记得她去年来山城时用的电话还是一个小灵通的号码，她十多天前来山城用的是一个中国联通的手机号码，她给我打电话后，我才知道她现在的这个中国联通号码。我们之前相互都不知道对方的电话，怎么联系？就更不要说我向她借钱了，真是莫名其妙！"

李警官问："你现在住在哪儿？离上班单位多远？"

陈帅回答："山黄路旁边的腾飞龙门阁住宅小区，步行就十七八分钟时间，大概就两公里吧！"

李警官问："你现在的这个手机号码用多久了？"

陈帅回答："我刚才不是说了吗？快一年了。"

李警官问："你用过朋友的手机打过电话没有？"

陈帅回答："用过啊，有时候和朋友们在外面吃饭，自己的手机没电了，就借朋友的电话打过？"

李警官问："139×××××××、136×××××××这两个手机号码你用过没有？"

陈帅回答："没有。"

李警官问："那你的朋友用过没？"

陈帅回答："也没有。"

李警官问："你确定你和你的朋友都没用过这两个手机号码吗？"

陈帅回答："确定都没用过。"

李警官问："王某某、黄某某这两个人你认识吗？"

陈帅回答："王某某、黄某某这两个人我都不认识。"

李警官说："真的不认识吗？"

陈帅说："不认识就不认识了，还有什么真的假的。"

李警官问："2009年5月11日这天，你在什么地方？在做些什么？"

陈帅拿出手机翻看了日历，2009年5月11日这天，是个星

　　　　　　　　都是爱情惹的祸

期一。放下手机后，陈帅回答："2009年5月11日是星期一，那天，我应该是在单位上班啊。"

李警官问："5月11日下午快2点钟的时候，应该是要到上班的时间了，你应该是从家往单位的方向走，但你却不是，而你恰好相反，是从单位往家的方向走，这你怎么解释？"

陈帅回答："这我就不记得了，因为那时我是在山城县人大常委会办公室上班，办公室的事情很多，也许是去送文件或者去做其他什么事情，时间长了，我真的想不起来了。"

李警官说："我们到天羿茜凤苑小区前的中国农业银行山城县支行调了监控看了，就在5月11日下午快2点钟的时候，你是从单位往家的方向走，在你刚好走过农行门口的时候，正好有两个人在农行里从8万元钱中取出了79000多元钱，然后就上车离开了，这你又怎么解释？"

陈帅回答："我刚才不是说了吗？5月11日这天，我具体在什么地方，又具体做了些什么，由于时间长了，我真的忘记了，至于你刚说的有两个人在天羿茜凤苑小区的中国农业银行山城县支行从8万元钱中取走了79000多，我更不知道了。钱是谁取走的，你们可以找他问啊！我怎么知道他们是谁？"

李警官说："这样吧，今天就到这里了，以后如果还需要你的话，也请你积极配合，好吗？"

陈帅说："一定积极配合，我也希望你们公安机关及早破案，弄清真相，给我一个公道、还我一个清白。"

十

一番问答结束后，李警官让陈帅仔细看笔录的内容，若无异议，就在笔录纸上签字画押。陈帅接过另一名警官记下的询问笔录看了一遍，没什么异议，就按照李警官的指点，在有自己的名字及相关的时间处签上了自己的名字，并用大拇指蘸上红红的印泥画了押。

一切整好后，已是下午6点钟了。陈帅说："现在已是吃饭的时候了，二位，我请你们把饭吃了再走吧？"两位警官都说不吃了，还要去办事。

之后，他们就离开陈帅的办公室。这时，单位上的同事都已下班回家了，整栋楼空空的。陈帅把两位警官送到办公楼前，目送两位警官走了后，又回到办公楼一楼的值班室，给保安打了个招呼就回家了。

在回家的路上，陈帅边走边想，通过与六安县公安局新华派出所那个李俊警官的一番问答，再结合张琳及张琳老公通话的内容，再想到前几天贵州电视台2频道播放的那个诈骗案的情况，陈帅对飞来的这件横祸进行分析和判断，对发生这件事的来龙去脉作一个猜测。

也许是在半年多之前，李警官在询问时提到的黄某某或者王某某，采取手机打电话的方式对张琳实施诈骗活动。也许是黄某某或者王某某在某次的无意之中胡乱地，也是正好地拨通了张琳的电话，于是就说是张琳的同学，然后就让张琳猜，可能张琳一听黄某某或者王某某声音，便误认为是陈帅。之后，黄某某或者王某某就顺水推舟地说，是啊，自己就是陈帅。

就这样，黄某某或者王某某就以陈帅的名义一直和张琳联系，或打电话或发短信，并且说了或者发了一些两人之间暧昧的语言、短信等甜言蜜语，尽量获得张琳的信任，不是吗？张琳说在过春节的时候她不是为"陈帅"交了400元的电话费吗？这足以说明黄某某或者王某某已经充分取得了张琳的信任。

然后，某一天黄某某或者王某某就对张琳说，他家发生天灾人祸的大事情，急需8万元，让张琳先借给他，待事情处理完毕后，就尽快把房子卖了，然后再及时地把钱还给张琳……于

都是爱情惹的祸

是，便出现了之前的那一幕。

　　回到家后，陈帅就把当天六安县公安局新华派出所两名公安干警调查询问他的情况如此这般地对妻子刘莉说了。当陈帅提到王某某、黄某某这两个人的名字时，妻子说："这两个人好像经常到中国移动山城营业厅交话费。"陈帅的妻子刘莉一直在中国移动山城营业厅上班，能记住常来缴费的客户名字。陈帅说今天太晚了，明天一早就到中国移动山城营业厅去收集检查一下话费的收费单，看能否找到王某某和黄某某的名字。

　　第二天早上8点钟，陈帅起床洗漱完毕后，就与刘莉一起走到中国移动山城营业厅。刘莉让陈帅将存放在大厅后一间储藏室的三大箱子话费收费单搬到大厅，一起查看话费单上的名字。

　　他们找了近半个小时，翻查了近千份话费单，终于在一张话费单上找到了黄某某的名字。陈帅认真端详着，对这张话费单似乎不想漏掉一个字。从这张话费单上，陈帅除了清晰地看到了黄某某这个名字外，他还获取到一条特别重要的信息，就是黄某某这个人具体的家庭地址——山城县马场乡某某村某某组。从话费单上的时间看，黄某某于2009年5月13日下午3点53分的时候，还在中国移动山城营业厅交过电话费。

　　陈帅问妻子："营业厅安装监控没有？"妻子说："有，就安装在二楼的沃尔玛购物广场的办公室。"这时已是上午9点钟了，沃尔玛购物广场已开门了。刘莉关好营业厅的大门并上好锁，拉下卷闸门后，与陈帅上了沃尔玛购物广场二楼的办公室，调出了监控。但不知是陈帅他们不懂操作，还是监控的原因，从监控调出的画面一是跑得太快，二是画面不怎么清晰。看了几分钟后，陈帅也没看出个所以然来，只好和妻子离开了监控室。

　　返回营业厅，陈帅便拿出手机拨打了六安县公安局新华派出所李俊警官的电话。电话接通后，陈帅激动地对李警官说："李警官，昨天你说的那两个人王某某和黄某某，我是不知道的。但昨晚我回到家后，给我老婆提到了这两个名字，我老婆说这两个名字好像很熟，还经常到她上班的中国移动山城营业厅交过电话费。刚才，我就在我老婆上班的地方，找到了一张黄某某于2009年5月13日下午3点53分的电话费交费单，从这张话费单上的信息看，黄某某应该是我们山城县马场乡某某村某某组的人。"

李警官说："据我们目前掌握的情况看，黄某某的确是你们山城县马场乡某某村某某组的人，这我们已经知道了。这个营业厅安装有监控没？"

"有啊，刚才我还调出监控看了一下，但不知是我操作不当，还是别的原因，画面跑得太快，也不怎么清晰，没看清人的形态和外貌。要不，你们抽个时间过来，调监控看看嘛，看是不是在天羿茜凤苑小区的中国农业银行山城县支行从8万元钱中取走了79000多的那两人中的其中一人？"陈帅激动而又迫切地说。

李警官说："那好，今天是星期六，过两天我们过来调监控比对一下再说，以后你若有什么新的线索就及时与我们联系。"

陈帅说："好的。我还是那句话，一定积极配合你们把案子破了，让这些犯罪分子绳之以法，以免再去祸害其他无辜的人们。"

李警官说："那就这样，过几天我们就过去看看。"

之后，张琳一家再也没与陈帅联系过，李警官也没再打陈帅的电话。

大概是在2009年12月的一天，陈帅的一位读师范时的同班同学张霞，请他们师范1992级（2）班在盘山市城区上班的同学吃饭，当然，还有他们师范时的班主任袁老师和文选与写作的刘凯老师。席间，张霞就顺便邀请大家，她将在2010年的元旦节操办乔迁宴，到时请大家光临图个喜庆。

当时，陈帅问张霞，他们师范1992级（2）班的同学，她都请了谁？张霞告诉陈帅，盘龙县太远了，盘龙的同学一个都没请，她就只请了六安县、山城县和双钟区的同学。因为元旦节是放假，大多数同学都说一定来，就只是六安县的张琳说她不一定来，她说她怕遇到陈帅。

张霞还对张琳说："师范毕业快15年了，同学们都很想见个面，故意遇都要遇，你怎么害怕遇到陈帅呢？"当时，张琳也没有说出她怕遇到陈帅的真正原因。张霞诡秘地看着陈帅说："是不是她做了对不起你的事？"陈帅对张霞说："我也不知道，但有一件事你可能还不知道？"之后，陈帅就把2009年5月以来他和张琳之间发生的这件事一一告诉张霞。张霞才明白了张琳怕遇到陈帅的原因。

十一

2010年的元旦节说到就到了，张霞在双钟区荷源街道办事处的毕节酒楼操办乔迁宴。当天，来自六安县、山城县和双钟区的同学基本上都到了，还有班主任袁老师和刘凯老师也到了，张琳果然没来。老师和同学有近20人，为了营造气氛，他们就自行把相邻的两张桌子拼凑在一起，组成了一大桌。

有少部分同学是毕业后第一次见面，大家都说，虽然毕业15年了，但变化都不大，还能相互叫出对方的名字。大家认为变化大一点的就是陈帅，他的头发基本上掉光了，但还是凭借他那高高的花尖（即额头），一眼就能认得出。以前陈帅的头发又黑又亮，还留着披肩长发。当时，学生科科长让他把头发剪了，陈帅说没钱剪也就算了。

　　说到头发，陈帅还说："当时，我到理发店去理发，理发师还问过我，你的头发染了多久了，还这么黑这么亮，我就说，快20年了。"听了陈帅的话，大家都说陈帅太幽默了。

　　不错，在读师范时，陈帅的头发的确是很好的，额头也很高，因此，很多同学都戏说他是"官样头"，印堂发亮，以后肯定要当官的。陈帅是从师范一毕业后就开始掉头发的，那时，他一洗头，脸盆的水中就会漂满一层头发。10多年过后，居然基本掉光了，成了一个大光头了。许多人碰到陈帅都说他聪明绝顶，每次陈帅都幽默风趣地说："这不叫聪明绝顶，应该是憋得无法（发）。"

　　陈帅说："当时，我还在山城县金钟中学教书时，我一位同事的3岁孩子，还称呼我是'光头老者'呢！还有前几天，我到幼儿园去接我的女儿，你们猜我女儿的同学怎么说？说出来你们也觉得好笑。我女儿的同学对我女儿说，看，你爷爷来接你了。"陈帅的话，逗得大家哈哈大笑。不是吗？头发掉光了，人就显得苍老了许多。

　　陈帅和他的老师、同学们在说笑之间，开席的时间到了。第一次见面的同学们都说，若不是张霞为他们提供这个机会、搭建这个平台，说不定大家要等到猴年马月才能见面呢！大家纷纷建议，15年了才见面，今天要好好喝几杯。觥筹交错间，大家喝得高兴、喝出了气氛。

　　一喝高兴了，陈帅就提到了他和张琳之间发生的这件烦心事。刘凯老师说："陈帅，你不要再提了，现在罪犯已经查找到了，钱也退还了一部分给张琳了。"没有听说过这件事的同学一时间都弄得莫名其妙，个个面面相觑。什么罪犯查找到了？又是什么钱退还了？

　　没听说过这件事的同学都用一种询问的眼光看着陈帅，他

　　　　　　　　　　　　　　　都是爱情惹的祸

们似乎一定要弄明白究竟是发生了一件什么事。面对同学们询问的目光，陈帅不顾刘凯老师所说的话，把他和张琳之间发生的事用简单的几句话告诉了同学们。同学们都感到这件事极为蹊跷。

大家都说，即使同学之间要借钱，应该是要亲自上门去借啊！这个张琳怎么这么糊涂呢！并且像这样8万块钱的一大笔钱，张琳应该还要与家里面的人商量之后，才能确定借与不借。再退一步说，即使是同学间相互借钱，数额小的就不说了，像这样8万块钱大数额的，应该要写下一纸欠条啊！亲弟兄都要明算账，不要说同学了，何况又是很少联系的同学……

同学们还说："你对这件事应该还要感到骄傲和自豪，这说明张琳还是对你挺好的，也很信得过你的嘛，要不怎么你一个电话打过去，人家就给你汇了8万元呢？要是其他的同学不要说8万元了，怕8千元、8百元她都不一定借啊！"

陈帅说："大家不要开玩笑了，我没有那么大的魅力。我感到骄傲和自豪吗？这简直是飞来横祸啊！算了算了，就不要再说了，以免破坏喝酒的气氛，来刘老师、袁老师，我再敬你们一杯。"陈帅一边说，一边离开座位走到两位老师身旁举起酒杯一饮而尽。

在毕节酒楼用完餐后，李薇说："大家毕业后到现在已经15年了。15年来，在盘山市城区上班的像陈帅啊、朱彤啊、黄丽啊、张霞啊，我们这七八个同学是经常聚会的。但像今天这样有这么多同学集中在一起，还是毕业以来的第一次，恰好今天刘老师、袁老师也在，我做东，请大家去唱歌。"

刘老师说："大家都喝高了，算了，改天再玩了。"

陈帅、李薇和朱彤异口同声地说："就是喝高了，才去啊！喝高了胆子才大。要不大家去了，歌也不唱，舞也不跳，多没意思啊！"说着，李薇就掏出了手机，她说她有盘山名人丽都KTV吧台的电话。随后李薇在电话中说："请问，你是名人丽都吗？给我预订一个'大包'，我们有20来个人。"

吧台的工作人员回答："有，刚好还剩下我们这儿最大的包房——'夜来香'包房。"

李薇说："好的，我们就定'夜来香'包房，大约10分钟就到，给我们留着。"

陈帅他们同学有三个是开车来的，同学们陆陆续续上了那三辆车，每车坐了五个人，最后还剩下四个人。剩下的四个人打车跟随前面的三辆车往名人丽都赶。10分钟过后，他们就来到名人丽都的楼下。在服务员的引导下，他们19个人鱼贯进入了名人丽都二楼最大包房——"夜来香"包房。

"夜来香"包房的装修富丽堂皇，就像现代作家杨沫在《青春之歌》描写的那样："堂皇富丽的大厅上，吊着蓝色的精巧的大宫灯，灯上微微颤动的流苏，配合着发着闪光的地板和低低垂下的天鹅绒的蓝色帷幔，一到这里，就给人一种迷离恍惚的感觉……"

十二

"夜来香"包房内急促的霓虹灯光，吸引着陈帅和那些喝得满脸通红的同学和老师，在暗淡温柔的光线中，他们有的倒在沙发上休息，有的在开始点歌。而李薇在安排服务员拿酒水和其他瓜子、花生之类的吃食。

刘凯老师点了一首很切合现场实际，流行于20世纪80年代，由张枚同作词、谷建芬作曲、任雁原唱的歌曲——《年轻的朋友来相会》。音乐响起后，大家一起唱起了这首耳熟能详的歌曲：

年轻的朋友们

今天来相会

荡起小船儿

暖风轻轻吹

花儿香，鸟儿鸣

春光惹人醉

欢歌笑语绕着彩云飞

啊，亲爱的朋友们

美妙的春光属于谁

属于我，属于你

属于我们八十年代的新一辈

再过二十年，我们重相会

伟大的祖国，该有多么美

天也新，地也新，春光更明媚

城市乡村处处增光辉

啊，亲爱的朋友们

创造这奇迹要靠谁

要靠我，要靠你

要靠我们八十年代的新一辈

……

挺胸膛，笑扬眉

光荣属于八十年代的新一辈

光荣属于八十年代的新一辈

光荣属于八十年代的新一辈

大家合唱完《年轻的朋友来相会》，便共同举杯饮了一杯啤酒后，李薇充分发挥了她师范时担任文艺委员的特长，点了一首《同桌的你》、朱彤点了一首《香水有毒》、张霞点了一首《爱情买卖》、陈帅点了一首《萍聚》……

同学都相继把自己第一轮点的歌曲唱完以后，有两位女同学便邀请两位老师开始跳舞。其他的同学有的在唱歌，有的在点歌。灯光虽耀眼，却没有那般喧闹，音乐虽劲爆，却是如瀑布般让人畅爽。

陈帅一一敬了老师和同学们的一杯酒后，便邀请李薇跳了一曲舞。一时间，大家趁着酒兴唱歌的唱歌、跳舞的跳舞。他们喧嚣的歌唱正如法国大作家莫泊桑在《一生》中描写的那样："有时完全淹没了乐器的声音；那微弱的音乐，通过骚嚷的歌声，割裂成支离破碎的音节，零零落落，像是从天上降下的破片片。"

优美的旋律，优雅的舞姿。真是一片醅歌妙舞，香风弥漫的景象啊！昏暗的灯光下，温和的服务员轻轻地摆动着身体，成了这里最美的点缀，为陈帅的同学们递话筒、开啤酒、倒啤酒、拿纸巾……

嘈杂的空气中弥漫着烟酒的味道，音乐开到最大，几乎要震聋人的耳朵，大家都在舞池里疯狂地扭动自己的腰肢和臀部。音乐声充满了整个包房，最使人欣慰的是，他们的脚有节奏地踏出舞步，追随着那或舒缓或急促的乐声。他们没有人想起忧愁的事情，这是一个狂欢之夜……

最后，他们随着一曲震耳欲聋的迪斯科音乐，疯狂地晃动自己的身躯。因都穿得比较厚，他们笨拙的躯体在摇曳的灯光下格外引人注目，女孩们长长的头发在左右上下地来回摆动，霎时间暧昧的气息笼罩着整个包房。

他们走出盘山名人丽都KTV的时候，已接近晚上12点了。大家都说，今晚玩得太尽兴了，也太困了。之后，近处的同学

　　　　　　　　　　　　　　都是爱情惹的祸

把远处的同学安排在酒店住下后，就各自回家休息了。

第二天一早，陈帅记起了昨天在双钟区荷源街道办事处毕节酒楼张霞家乔迁宴上，刘凯老师不是说，叫陈帅不要再提他与张琳之间的那件事了吗？刘凯老师还说，现在罪犯已经查找到了，钱也退还了一部分给张琳了吗？昨天晚上，刘凯老师虽然对陈帅说，叫陈帅不要再提了，可陈帅怎么能不提呢？毕竟，这差点把自己的名声给毁了呀！他一定要弄个水落石出才甘心啊！但因为昨天晚上人多，加之又喝了点酒，陈帅不便多问。

为了弄清事实的真相，吃过中午饭后，陈帅就给刘凯老师打了一个电话。陈帅打通刘凯老师的电话，就说："刘老师，我与张琳之间的这件事，昨天，我在酒席上听得道明不白的，你说犯罪分子查到了，究竟是谁？钱也退还张琳一部分，怎么不把犯罪分子抓去坐牢？还有，就是钱究竟退还了多少？我很想知道。"

刘凯老师告诉陈帅，张琳那8万元钱的事，据张琳给刘凯老师说，在六安县公安局新华派出所的李俊警官调查陈帅之后，通过李俊警官提供的一些资料和对陈帅笔录情况进行分析、判断，陈帅应该与这起诈骗案无关。

随后，六安县公安局新华派出所两个警官和张琳、张琳的老公到山城县双山城区蹲守了几天，两个警官的吃住都是由张琳负责。蹲守两三天后，张琳他们看没什么进展，就让两个警官先回六安了。

张琳和她老公根据李俊警官提供的一些线索，继续在双山城区蹲点，与黄某某联系，通过10来天的周旋，最终查找到了黄某某在山城县双山城区租住的房屋，并找到了黄某某及黄某某的妻子。经过核实，黄某某的确是山城县马场乡某某村某某组的人，与妻子在双山城区租房住。

黄某某及其妻子也当场承认了向张琳所谓"借"的8万元钱的事实。张琳还问过黄某某认不认识陈帅，黄某某说他不认识陈帅。张琳和她老公看到黄某某一家也没什么值钱的东西，若真让公安局的人把黄某某抓了去坐牢，那8万元钱也不知什么时候才能得到，对他们也没什么好处。

　　就这样，经过再三考虑和权衡之后，张琳和她老公与黄某某及黄某某的妻子就采取私了的办法解决。经过双方协商，由黄某某及黄某某的妻子分期分批逐步偿还向张琳所谓的"借"给他们的8万元钱，据说当时已偿还了25000元……

　　这起蹊跷的诈骗案虽然已经慢慢浮出了水面，从实质上说根本就与陈帅无关，但令陈帅想不通的是，既然这起案件与他陈帅无关，他的同学张琳出于道义和良心，都应该是要给他说清楚啊！还有那个六安县公安局新华派出所的李俊警官出于职责，也应该要告知陈帅这起诈骗案的具体情况啊！可是到如今，他们都没有给陈帅一个交代。

　　之后，陈帅再也没与张琳联系过，六安县公安局新华派出所的那个李俊警官也没有与陈帅联系过，张琳也没与陈帅联系过。而令陈帅更想不通、也弄不明白的是，虽然说那个叫黄某某的人找到了，黄某某向张琳所谓"借"的8万元钱也退还了一部分，但那个叫黄某某的人究竟是怎么与张琳联系上的？采取什么手段向张琳"借"的钱？现在钱又具体偿还了多少？这一切的一切对陈帅来说还是一个谜。

　　　　　　　　　　　　　　　　　都是爱情惹的祸

爱情一路走来

一

2003年的春夏，是一段令人难忘的岁月。那一年疯狂肆虐的"非典"，席卷中国大地，特别是中国南方几个省的"非典"疫情极为严重。那是一场没有硝烟的人民战争，在各级党委、政府的坚强领导下，国人众志成城，团结一心，全面抗击"非典"疫情。人们的生活方式、心理状态也在悄悄地发生着变化。消毒、隔离、吃饭、睡觉成为那个特殊时期生活的主题。也许，那场"非典"疫情，对于大部分中国人来说，只是一种并不遥远的记忆。但对陈帅来说，那场持续了半年之久的"非典"疫情，给国人带来的恐慌至今还令他记忆犹新，尤其是在那场"非典"疫情中，他与刘莉的那段爱情经历更是刻骨铭心。

那一年，陈帅从黔地凉都的一所山村中学借调到《山城报》报社工作已半年有余。说起陈帅其人，正如他的名字，人确实高大帅气。一米七的身高在中国东北也许属于普遍高度，但在中国南方的黔地来说，也算是高个子了。要说陈帅的不足或缺点，就是年龄才二十七八岁，就谢顶了。话说得好听点是显得成熟，说得不好听点就是显得有几分苍老。熟人遇到陈帅总看着他光溜溜的脑袋说他聪明绝顶，对此，陈帅还很幽默风趣地说："怎么会是聪明绝顶，我简直是憋得无法（发）啊！"

在《山城报》上班的陈帅，既当编辑，又任记者，虽然苦，但很充实，工作干得顺风顺水。唯一令他烦心的是，自己已经二十七八岁了，在农村来说也是老大不小的了，却一直还没有找到心仪的伴侣。逢年过节回农村老家，父母总要为他的婚事唠叨半天。这样久而久之，弄得陈帅居然不敢回家面对自己的父母双亲。

其实，从1992年进师范学校读书到2003年的10余年时间里，陈帅也没少谈过女朋友，至少也谈过七八个吧，也曾饱尝过爱和被爱的幸福与痛苦，但因种种原因，均以失败而告终。

陈帅的初恋女友是他进入师范学校二年级的时候，他的同桌李薇。据陈帅说，他很喜欢李薇，李薇也很喜欢他。但因当时陈帅总觉得自己是农村人，而李薇是城里人，心里总是有那么几分自卑，也没有足够的勇气向李薇表白自己的心意。加之陈帅和李薇又不是一个县的，怕不现实，陈帅只好委婉地拒绝了李薇。陈帅回忆说，他与李薇的那段感情很微妙，可以说是一段还没有真正开始就结束了的初恋情结。花朵是美丽的，果实是有价值的。可是在陈帅与李薇的爱情之树上，无花也无果。

陈帅的第二、三个女朋友是他读师范学校三年级时，他隔壁班两个关系特别要好的女孩萧婷和顾茜。原本陈帅一门心思追求萧婷，陈帅还冒着有可能被萧婷一家拒之门外的尴尬，在寒假期间独自一人造访了萧婷家。还好，萧婷一家对陈帅很热情。萧婷的父母对陈帅很满意，萧婷也很高兴。之后，就在萧婷正要答应做陈帅女朋友的关键时刻，萧婷的好姐妹顾茜抓住这一有利时机，在陈帅和萧婷之间插了一杠子，彻底拆散了陈帅与萧婷即将开始的美好姻缘。

陈帅在顾茜主动热烈的攻击下，最终被顾茜的真情所打动，勉强答应了顾茜，顾茜便成了他的女朋友。因顾茜父亲的反对，陈帅与顾茜分手。

陈帅说，他与顾茜之间那段感情是师范学校三年生活或美好或伤感的一种纪念，抑或是一种回忆罢了。

二

陈帅在盘山市师范学校毕业后，曾因被分配的事弄得很不开心。他们那一届的师范生，在进校的时候虽然说是没有定向分配，但原则上是从哪一个乡镇来的，毕业后就分回到哪个乡镇。若是有背景、有关系的，也可以在全县，甚至是在全市范围内进行选择。

当时，离山城县县城较近的黄屯乡的一位副乡长（陈帅同学的一个哥）想要陈帅分到黄屯中学，这位副乡长没有告诉陈帅，也不知他在什么时候想到什么办法，在山城县教育局是怎么操作的，居然在陈帅的档案资料上，把陈帅的家庭地址改为了黄屯乡。

毕业分配时，和陈帅同是玉兰乡的一名同学先到县教育局拿报到证，他向教育局分管政工的人员了解，玉兰乡的同学们都是分在哪些地方？当他看到陈帅的报到证填写的是山城县黄屯乡教育辅导站时，他自言自语或者是说给县教育局政工股的人员听："陈帅是我们玉兰乡的，他分在黄屯乡，离城区要近点，还可以嘛！"

然后教育局政工股的人员对他说："看来，你的这个同学陈帅还是很调皮的啊，他居然把家庭住址改成了黄屯乡来糊弄我们，他不老实，就把他分到山城县最边远落后的花水乡去。"

这是陈帅的那位同学拿到他的报到证后，在玉兰乡场上赶场时告诉陈帅的。陈帅想："也许，当时自己的这位同学是无意的，当然自己也不会责怪他。可是，就是他不经意的几句话，就改变了自己分配的去向，改变了自己的命运。"

大概是在1995年8月8日，陈帅到县教育局政工股拿报到证，分管政工的人员问他："你叫什么名字，是哪个乡的？"

陈帅说："我叫陈帅，是玉兰乡的。"

分管政工的人员说："那么你的地址为什么填的是黄屯乡呢？如果我没猜错的话，你家就是玉兰乡坞铅村的。"因为陈帅的父亲是玉兰乡坞铅小学教务主任，分管政工的人员认识陈帅的父亲，大概他是以此推断陈帅是坞铅的。

陈帅说："我是玉兰乡的，但不是坞铅村的，是玉兰村的。至于我的地址填写成黄屯乡，我也不知道是怎么弄的，也许是黄屯乡的领导想要我吧。"

一番问答之后，陈帅说："既然地址填成黄屯乡，那就把我分到黄屯乡去算了。"

分管政工的人员也没有说要把陈帅分到山城县最边远的花水乡去，而是让陈帅回玉兰乡。分管政工的人员说："这是原则。"

陈帅坚持要去黄屯乡，分管政工的人员坚持让陈帅回玉兰乡。三番五次争论一番后，没有结果，陈帅便走出了三楼的政工股办公室，到一楼时，陈帅横心一想："不让老子去黄屯乡，那老子就去比玉兰乡还要偏僻落后的金钟乡吧！"

陈帅当时想："偏僻落后的地方，人们的感情要纯朴得多，相对来说社会关系也不复杂，人际关系要好处一点。说不定去偏僻落后的金钟乡，以后还有机会继续读书深造呢！"陈帅这样想，就返回三楼政工股的办公室。一进门，陈帅就说："去金钟乡！"分管政工的人员连问了三次"是你自愿去的吗？"

陈帅没有回答他，也不想回答他。他也就没再说什么，便

　　　　　　　　　　　　　　爱情一路走来

从办公桌的抽屉里拿出了已经填好了的陈帅的报到证。陈帅一看，报到证上果然清晰地写着"黄屯乡教育辅导站"的字样。于是，分管政工的人员将"黄屯"两个字改为了"金钟"，也没说什么这是原则之类的话了，然后又加盖了一枚公章将报到证递给了陈帅。

　　他盖完章后，陈帅不屑地从他手中拿过报到证，话也没说一声，就跨出他办公室的门，头也不回地走了。后来，陈帅想："要是自己当时给那分管政工的人员几十块钱的烟酒（即所谓的'人情'），送送礼物意思意思，也许自己就能如愿以偿地分在黄屯乡了。"

　　但陈帅就是不送，也宁愿到最艰苦的环境中去磨炼自己的意志，陈帅牢记"生于忧患，死于安乐"这句话。环境可以毁灭人，也可以造就人。陈帅希望自己能在艰苦的环境中振作起来，坚强地面对这残酷无情的社会现实。

　　1995年8月28日，陈帅到金钟乡教育辅导站报到时，金钟乡教育辅导站的杨站长说："听说你是自己愿意来金钟乡的？像你这样能自愿来金钟的人太少了，前几年，盘山市师范专科学校、盘山市师范学校定向在金钟乡的学生，毕业时都通过关系分配到其他条件好的地方去了，这几年都没有一个来的，但话又说回来，金钟这个乡也实在是太偏远落后了，没有人愿意来，也是情理之中的事。"

　　"是的，是我自愿来的。"陈帅说。

　　"金钟乡的教师，若按编制算还差80多人，每年都向教育局要人，但教育局的领导说，因为偏远，没人愿意来也没办法啊！每年定向在金钟乡的师专或师范的毕业生，都要拐弯抹角地去找他们那些七大姑八大姨的关系，想办法分到其他地方去。要是每年都能有像你这样的年轻人哪怕三五个愿意来，那就好了。"杨站长很无奈地说。

陈帅说："我现在很想再到高一级的学校去读书深造，真希望上了一至两年的课后，能得到领导的帮助，帮我签个字再让我去读书。"

杨站长笑着说："小伙子很有上进心啊！只要你工作认真，到时候我就给你签字，成全你实现你再去读书深造的愿望。"

由于学校没有教师宿舍，教辅站安排陈帅暂时住在还未修建好的金钟中学教学楼一楼的一间窗户还没有安装玻璃的办公室。教辅站给了陈帅200元钱，算是安家费。陈帅先把简单的一套行李寄放在教辅站的办公室。

陈帅走出教辅站后，就到金钟街上买了脸盆、毛巾之类的日常生活用品。陈帅带着买好的东西返回教辅站，将行李一起搬到了教辅站指定给他的那间办公室。两天之后，陈帅被金钟乡教育辅导站安排在金钟中学上课。

三

1995年，师范学校毕业的陈帅主动要求分配到了山城县北部最边远的乡——金钟乡中学担任了一名语文教师。因对自己的工作环境很不满意，陈帅一心想改变自己工作的环境。在金钟乡中学教了两年书后，也就是在香港回归祖国的那一年春天，他参加了盘山地区的成人高考，并顺利考取了贵州教育学院，在教育学院汉语言文学专业专科班脱产进修学习。澳门回归祖国的那一年，他又在省城参加了成人高考，考取了贵州师范大学，在师范大学汉语言文学专业本科班脱产进修学习。陈帅在金钟乡中学教书和到省城读书的四年时间里，与远在河南省一名叫彭玥的乡中学女教师，通过书信结交为笔友，因有相似的经历，共同的爱好，有积极进取的人生理想，他们由笔友慢慢地发展成了恋人。

1998年的深秋，于贵州教育学院读书的陈帅在学校收发室收到彭玥一封薄薄的信时，他预感到情况不妙。因为，彭玥之前给他的信总是厚厚的，有时一个信封中就装了三四封信，几乎要把整个信封撑破。陈帅细看信封，贴邮票处倒贴着一张面值50分的邮票，打开信封，有一张写满字的信笺和一张明信片。在明信片上彭玥写了如下内容："想说的话说也说不完，想写的字写也写不完。太多的曾经我们未曾把握，太多的机会我们一再错过，与其时过境迁之时感叹，不如用心地好好珍惜所有。"

陈帅读着信，慢慢悟出邮票倒贴的含义：我很爱你，但是我却无法向你倾诉衷情！陈帅想，他与彭玥长达三年之久的这场精神恋爱真的要结束了吗？陈帅不敢去想。那个深秋飘着细雨的夜里，面对那张泪痕斑斑的明信片和信笺，陈帅脑子一片空白，心中一片茫然。

彭玥在给陈帅的信上写道："几年来，特别是这半年多来，我总是感到孤独寂寞，空虚难耐。虽然说'两情若是久长时，又岂在朝朝暮暮'，但是无人相伴的日子总是凄楚的，我们远隔千山万水，天各一方，而且还不知道要等到何时才能相见。'曾经沧海难为水，除却巫山不是云。'为我们的未来，我曾度过无数个热泪沾巾的不眠之夜，真苦啊！哥哥，能不能狠狠心，断了这份情缘。听了这句话，你会很生气、很难过，我又何尝不是如此。可是，我真害怕这遥远的距离。害怕最终，你我都是彼此的奢望。这样的夜晚，有谁会来安慰我，有谁会为我擦掉满脸的泪痕。哥哥，如果我的话伤了你的心，诅咒我好了。在你心里，愿怎么处置就怎么处置。哥哥，听我说，我爱你。可是，我的爱不能让你没有寂寞和痛苦，它是多么的缥缈无力，浮游在来往的邮车里。"

之后的一个多月里，陈帅进入紧张的期末复习考试阶段，他除了复习和思念彭玥外，每天都要到学校前的河滨公园跑步锻炼，用剧烈的运动来发泄心中的忧郁、麻醉心中的苦痛。

　　带着失恋的伤感和落寞，在澳门回归祖国的1999年的春天，陈帅参加贵阳地区的成人高考，并顺利考进了贵州师范大学汉语言文学成人教育班。在师大读书期间，陈帅在一家文化公司——贵阳正阳文化有限责任公司打工，主要工作是改稿和校对，以换取薪酬补贴读书、生活所需。与陈帅在这家文化公司同时打工的，还有一名贵州师范大学美术系成人教育班的女孩，她叫潘淑娟，是当时黔西师范学校的一名美术老师，到师大进修的，她的工作主要是书籍方面的策划及美术编辑。

　　在正阳文化公司打工的一年多时光中，每逢周末，陈帅与潘淑娟经常是一起吃完早餐就从学校出发到公司，下班后，也是一起从公司回到学校用餐。久而久之，陈帅与潘淑娟便相互产生了好感，他俩都心知肚明。

　　在盛夏的一个周末，他们从文化公司下班后，一起有说有笑地向学校前行。

　　途中，陈帅半开玩笑半认真地对潘淑娟说："淑娟，我很喜欢你，我没有女朋友，做我的女朋友好吗？"

　　"陈帅，其实，我也很喜欢你，也很想做你的女朋友。但我已经有男朋友了，他是我们黔西师范学校的一名数学老师，我该怎么办？"潘淑娟平静地说。

　　"你该怎么办？和他分手呗。我是真心喜欢你的，毕业后，我们一起去山城，可以吗？"陈帅听潘淑娟的话语中留有余地，便果断地说出自己的心里话。

　　潘淑娟显出一副无可奈何的神情说："陈帅，我的男朋友也很喜欢我，我这样做就是背叛了他。我不安心啊！"

　　陈帅带着调侃的语气说："娟子，你不选择背叛你的男朋

　　　　　　　　　　　　　　　爱情一路走来

友，那你就只有选择背叛你自己了，难道这样你就安心了吗？"

面对陈帅的回答，潘淑娟无言以对。他们陷入了沉默。看着潘淑娟犹豫不决的表情和含情脉脉的眼神，陈帅很自然且果断地牵上了潘淑娟滚烫的玉手。瞬间，仿佛有一股强大的电流接通两颗渴求已久的心。那天晚上，他们没有回到学校的宿舍，而是在灯火通明的都市街头轧了一夜的马路。

不知不觉中，他们手牵着手走到贵阳人民广场，时间已到凌晨5时，天空已呈现出鱼肚白，早起锻炼的老年人们，也三三两两出现在人民广场上。轧了一夜马路的陈帅和潘淑娟，这时已有了一丝倦意，他们不约而同地朝人民广场与贵阳一中之间的那片林荫小道走去，并在林荫小道中的一张长椅上相互拥抱着小憩，直到天大亮才恋恋不舍地离开回到学校。

自那晚过后，潘淑娟背叛了她以前的男朋友，做了陈帅的女朋友。直到毕业时，因各自都要回到自己的学校，他们只好分道扬镳、劳燕分飞。在贵阳客运站，陈帅送别了满眼含着泪花的潘淑娟，最终有情人未成眷属。

四

2001年7月，在贵州师范大学毕业后的陈帅，想着拿了个汉语言文学本科的文凭，是应该改变一下自己的工作环境了。当年，他参加了盘山市第一中学语文教师招聘考试，自己虽然考了个第二名，但偏偏盘山市第一中学当时只招聘一名语文教师，真是与这所中学无缘。之后，他又被借调到盘山市双钟区第四中学上了半年的课。在双钟区第四中学，陈帅上两个班的语文课。

在市区工作、生活的半年里，陈帅的一位也在市区一所小学教书的表姐给她介绍过两位女孩。一位女孩是在市区的另一所小学教书，据陈帅的表姐说，女孩的父亲是山城矿务局的一名领导，若陈帅同意的话，女孩的父亲可以把陈帅正式调进市区的学校工作。听了表姐的介绍，陈帅还没有与这名女孩见面就婉言谢绝了。陈帅认为，用条件交换的爱情是不牢靠的，更是陈帅不想接受的。

另一名女孩是陈帅表姐她们学校的一名教师，是四川綦江的。陈帅的表姐对陈帅说，这名女孩有能力，很不错。听了表姐的话，陈帅答应与女孩见面。经表姐的精心安排，在一个周末的晚上，陈帅与这名女孩在表姐家正式见面。见面之后，表姐对陈帅说，女孩对陈帅的印象不错，可以做进一步接触了解。但因陈帅对这名女孩没感觉，便很委婉地谢绝了表姐的好意，说自己很想出去打工，怕耽误女孩的青春。

在双钟区第四中学教书的半年，陈帅很认真，也很卖力。2002年4月22日是第32个世界地球日，为保护好人类共同的母亲——地球，双钟区环保局、双钟区教育局联合举办了"环保杯"中小学生征文竞赛活动，共收到双钟区所有乡镇、街道办事处及县直各中小学学生参加的200余篇征文。

受双钟区环保局、双钟区教育局的委托，200余篇征文由双钟区第四中学组织开展评选活动。当时，双钟区第四中学的校长就把200余篇征文交给了陈帅，让他进行初评。陈帅经过一个星期的努力，终于从200余篇征文中，评出了一等奖1篇、二等奖3篇、三等奖6篇、优秀奖10篇，最后经双钟区环保局、双钟区教育局组织相关专家进行终审，认为陈帅的初评很公平、公正，真正评出了写得好的文章，每篇的评语都写得恰到好处，很有真知灼见，专家们一致通过陈帅初评的结果。

在这次征文活动中，陈帅所辅导的双钟区第四中学一名初一的学生和一名初二的学生，分别获一等奖及二等奖。为此，双钟区环保局、双钟区教育局还为他颁发一个"环保杯"中小学生征文竞赛活动优秀教师辅导奖。双钟区第四中学还获得由双钟区环保局、双钟区教育局联合表彰的"环保杯"中小学生征文竞赛活动优秀组织奖。

就在陈帅在双钟区第四中学教书期间，他还请他在省城读书时，他打工的贵阳市正阳文化有限公司的老总，找了盘山市教育局和双钟区的领导，帮忙为他调动工作。当时，盘山市教育局和双钟区的领导认为，陈帅有能力、有水平，是可以调到双钟区第四中学工作的，但需要些调动费用。

陈帅告诉贵阳市正阳文化有限公司的老总，说自己刚读书出来，因读书还欠了一屁股的债，没有多余的闲钱去送人。老总告诉陈帅，钱由他出，叫陈帅自己负责找人送钱。陈帅在心里想："送什么钱？老子情愿不调进城区，也绝不会做为领导送钱这种违背良心的事情。"最终结果不言而喻，陈帅没有如愿以偿。

陈帅在双钟区第四中学教了半年的书，感到在城市教书压力特大，不但学校、学生要选择老师，给老师压力，而且社会、家长也要选择老师，也给老师压力。陈帅在双钟区第四中学工作了半年，一个最大的感受就是：在城里教书真"苦"啊！不要说还要花钱了，就是一分钱不花，陈帅也不想在双钟区第四中学教书了。

与此同时，贵阳市正阳文化有限公司的老总三番五次劝陈帅，叫陈帅到他公司去做编辑工作，文化产业属于朝阳产业，利润空间大，三至五年给陈帅80万元，或者直接利用陈帅的编辑、改稿等技术参与公司入股，到时候按一定股份给陈帅分红。那时，陈帅真想凭借自己的能力，到贵阳市正阳文化有限公司去闯一番的，但最终在父母、朋友及同事们的阻止、劝说下，陈帅才没去。就这样，陈帅又回到以前教书的金钟乡金钟中学去上课了。

五

在金钟乡金钟中学上课的陈帅，没想到遇到了一次改变自己命运的偶然机会。那是2002年8月的一天，陈帅在金钟乡政府门口，刚好碰到金钟乡党委钱书记，钱书记说："小伙子，前几天，我在县里面开会时，中共山城县委常委、宣传部徐部长（2002年11月起任金钟乡党委书记金书记高中时的班主任老师）直接在大会上点名要你，徐部长说他发现金钟乡中学有一位语文老师名叫陈帅，陈帅这个人字写得好，文笔也很不错，像这样的人才，在适当的时候应该拿来用用。"

钱书记接着又说："陈帅，这个星期你就不要回玉兰乡老家了，你等着，过两天我亲自把你送去交给宣传部的徐部长，小伙子好好干，前途是光明的。"刚过了三天，钱书记带上陈帅坐着一辆绿色的吉普车开往山城县双山城区，直接把陈帅送到了徐部长的办公室。

天生我材必有用啊！陈帅被安排在山城报社工作，他在报社当记者，搞新闻采访工作。能到他梦寐以求的报社工作，对陈帅来说，真可谓踏破铁鞋无觅处，得来全不费工夫！在报社当记者，采访、写稿子，是陈帅喜欢的工作。

陈帅到山城报社工作后，为上班方便，他在县城离单位步行20分钟的商贸区，每月花50元的租金，租了一间10余平方米的房间作为寝室。在他进城之前，和他关系密切的金钟乡教育辅导站的一位王老师调到县城的双水小学，这位老师和他租住的房子是同一家人的。不同的是，这位王老师一家三口租的是在四楼，面积80余平方米，而陈帅租的房间是在六楼。因陈帅是一个人居住，又经常下乡采访，再加上他租的房间没有厨房，他自己不做饭，而是买一些生活物资，和这位要好的王老师家合伙做饭吃。

陈帅刚到报社的那一个月，主要是在办公室学习如何办报纸和当记者等方面的业务知识。从第二个月起，陈帅主动出击，下到他曾工作过的金钟乡等山城县北部的四个乡镇进行采访。陈帅每到一个乡镇，就要待上个三四天，写四五条新闻稿件。那时，还没有普及电脑，陈帅用笔每写好一篇稿件后，就到乡镇党政办找传真机把稿件传到报社编辑部。应该是在2003年3月中旬吧，下乡采访了一个多月的陈帅才返回报社。

在报社工作的同事中，因陈帅是唯一还没有女朋友的男同胞，报社的同事们对陈帅的婚事极为关心。一次，报社办公室的驾驶员徐哥关心地对陈帅说："我发现山城县邮政局有位女孩，人长得还挺水灵的，现在还没有男朋友，我看和你很般配的，要不哪天我把她介绍给你。"

"行啊！徐哥，先谢谢了。"陈帅高兴地说道。

几天过后，徐哥很气愤地对陈帅说："现在的女孩太现实了，我把你的情况给邮政局的那位女孩说了，你猜她怎么说？她问你有几套房子、有多少存款？你说气不气人？"

陈帅很幽默地说："徐哥，请你回去对这位女孩说，我陈帅一套房子也没有，现在是租房住，至于存款倒是还有100多万元，只是存的是死期，一年就只能取个万把块钱（当时，陈帅每月的工资就700多元）。"

徐哥安慰地说："陈帅，婚姻是人生大事，不能草率马虎，我也不再去给她说了，等以后看到有合适的，再给你介绍。"

陈帅说："好的，多谢徐哥关心，这个女孩真的也太现实了，我本人她都还没见过，谈什么房子和钱，她要嫁的是房子和钱，还是人？这样的女孩不要也罢。"

陈帅心里想："现在的女孩子也太现实了，没有房子和钱，还真的不好找女朋友。看来，只有好好努力工作，待挣到了钱后，买了房子，还要有存款，才有基础和资格谈女朋友了。"

2003年3月下旬一个周末的下午，应居住在双钟区场坝菜园路陈帅的初中同学黄平的邀约，陈帅到黄平家聚会。在黄平家吃晚饭的时候，黄平的老婆张倩对陈帅说："你调到城里半年多了，找到女朋友没？要不我给你介绍一个。"

陈帅说："还没有，现在的我没房、没钱，怕人家看不上我。前不久，我们单位的一位同事说给我介绍山城县邮政局的一名女孩，那名女孩开口就问我有几套房子、有多少存款？现在的女孩真的太现实了。"

张倩说："是的，现在的女孩讲的就是现实，但我要给你介绍的这名女生，是我初中时我姐姐的同班同学，人挺漂亮的，又善解人意，也很温柔，我很了解她，她主要看重的是人，而不是其他物质方面的，我觉得你和她年龄差不多很合适的。她名字叫刘莉，现在也没住重庆江津老家了，是在广东的一家公司上班。"

原来，张倩是重庆江津四面山镇的，是黄平在遵义医学院的同学。他们从医学院毕业后，便来到山城，开了一家私人小诊所，日子过得还蛮滋润的。

听了张倩的一番介绍，陈帅的心暖暖的。是啊，自己都快到而立之年了，也是该成家的时候了。待张倩说完话后，陈帅颇为欣慰地说："可是，刘莉远在广州，我们怎么联系啊？"

"我有刘莉的电话号码，你现在就把她的电话号码记下，就用电话联系。她的电话号是136×××××××。"张倩说着，告诉了陈帅刘莉的手机号码。

　　　　　　　　　　　　　　爱情一路走来

六

在知道了刘莉手机号码的第二天晚上，陈帅怀着忐忑不安的心情，鼓起了勇气第一次拨通了刘莉的电话。电话嘟嘟地响了七八声后，终于接通了。

"喂，你好！请问你是刘莉吗？"陈帅用略有些生硬的山城普通话客气地说道。

"是啊，我就是刘莉。请问你是谁，怎么会知道我的手机号码？给我打电话有什么事啊？"刘莉标准、自然、流利的普通话让陈帅很是佩服。陈帅稍微停顿了几秒钟后，还是用他那生硬的山城普通话回答道："我的名字叫陈帅，你的手机号码是你初中时候的同班同学的妹妹张倩告诉我的，她希望我们能相互认识，多了解一下，交个朋友，行吗？"

"哦，原来你就是陈帅，昨天晚上我同学的妹妹张倩给我说过你，那你应该是贵州省盘山市山城县的，张倩还给我说了你是在报社工作，还是一名记者，是她丈夫黄平的初中同学，是吗？很高兴能认识你。"听了刘莉的话后，陈帅在心中窃喜，心想张倩说得对，刘莉这个女孩确实很善解人意，说话干净利索，话语极为温润。

接着，陈帅对刘莉说："刘莉，能与你认识，我也很高兴，我冒昧地问一句，你在广州哪个单位高就，具体是做什么工作的？工作如不如意？辛不辛苦？"陈帅一番体贴温馨的话语，顿时拉近了他和刘莉的心理距离。

刘莉说："我是在广州一家生产电子产品的公司上班，当质检员，具体工作就是检查产品的质量，工作还算如意，也不怎么辛苦。每周周一至周五，吃住都在公司，周末就到我哥哥家与家人小聚，我父母也在广州和我哥哥住在一起。生活很幸福，日子也挺不错的。"

刘莉的快言快语及对陈帅的坦诚相待，让陈帅更加充满信心和期待，于是，陈帅便把自己目前的工作、生活状况向刘莉和盘托出。紧接着之后的一个多月里，陈帅每天下班后的第一件事就是给刘莉打电话，那时，电话费挺贵的，通话一分钟就是一元钱。每次通话，不知不觉一两个小时就过去了。才一个多月，陈帅就用去3000多元的电话费。于是，陈帅与刘莉商定，以后不打电话，就改用手机短信交流。

每天晚上一到八九点钟，陈帅就会给刘莉发手机短信，内容多数都是一些嘘寒问暖的话。有一天晚上，陈帅给刘莉发出了这样一条手机短信："刘莉，晚上好！通过近两个月的通话和短信联系，我感觉你是一位很温柔、体贴的女孩，我很想见你，一睹你的芳容，能否邮寄一张你的玉照给我，让我先睹为快？"

几分钟后，陈帅就收到了刘莉发来的手机短信："陈帅，晚上好！经过这段时间的联系交流了解，我觉得你是一个很有能力的人，我也很想见你，但因疫情，暂时不能离开广州，我想我们会见面的。好吧，明天一早我就去邮局给你寄上一张我的照片。你也寄一张你的照片给我，好吗？"

陈帅用手机短信回复刘莉："是的，现在全国正处在'非典'疫情严重的时期，我天天看《新闻联播》，关注着全国的'非典'疫情，特别是极为关注广州的'非典'疫情，因为你在广州，我不放心。先谢谢你答应给我寄你的玉照，明天一早我也给你寄一张我的照片。我的通信地址是：贵州省盘山市山城县山城报社编辑部，邮编553600，你的通信地址及邮政编码是？"

刘莉回复陈帅："陈帅，谢谢你的关心和信任！我的通信地址是广东省广州市番禺区石桥镇莲花苑小区叠翠居201室，明天一早我用特快专递给你寄出，请注意查收。"

陈帅回复刘莉："刘莉，对我不要那么客气和见外嘛！关心你是我的责任，至于信任是我们双方认识、了解和交流的基础，我们应该要相互理解和信任，你说是吗？我明天一早也用特快专递给你寄出，也请你注意查收。现在时间也不早了，早点休息，晚安！祝你今晚做个好梦！"

刘莉回复陈帅："再一次谢谢你的关心和信任，是的，我们双方正如你所说，要相互理解和信任。你也早点休息，晚安！也祝你做个好梦，希望我能闯入你的梦中！"

陈帅回复刘莉："希望我们好梦成真！晚安！"

第二天上午10点15分，陈帅在编辑好一个版的稿件后，就步行了约10分钟的路程到山城县邮政局，将事先准备好的几天前请同事给自己照的一张还算满意的照片，花了21元人民币用特快专递寄给刘莉。

三天之后的下午快下班时，陈帅如期收到了刘莉从广州邮寄的一封特快专递。收到快递的当天，陈帅刚从山城县的一个镇采访回来。陈帅一回到自己租住的小屋，就迫不及待地拆开快递。

快递里面除了装有刘莉的一张清新可人的照片外，还有一封简短的书信。从照片上看，刘莉的个子还算中等，身高应该在一米六左右，脸圆圆的，皮肤白白的，眼睛大大的，留了一头披肩长发，具有重庆美女的气质，显得楚楚动人。就在收到刘莉玉照之初，陈帅在心里想："这个刘莉还真的很漂亮，是自己的菜。"欣赏完刘莉的玉照后，陈帅接着看刘莉写的那封简短的信，信的具体内容如下：

　　陈帅：

　　　　你好！

　　　　给你寄这张照片的同时，为了让你更进一步了解我，或者说是表达我对你的思念，提起了多年来未提起的笔，给你写信。你是记者，文笔一定很好，若我写得不好，请不要见笑。经过一个多月的通话聊天和短信的沟通联系，我们之间相互对对方的工作、生活都有一定的了解。我们虽然远隔千里，又未曾谋面，但是我们的心灵应该是相通的。你说，是吗？但愿我们有一个美好的明天！

　　祝：幸福、快乐、开心！心想事成！

刘莉

2003年5月18日晚

七

　　陈帅看完刘莉的信，正在构思如何给刘莉编发短信时，他放在桌子上的手机发出了收到短信的"嘀嗒"声，他打开短信一看，是刘莉发来的，短信的内容是："我寄给你的特快专递收到了吗？"

　　陈帅回复刘莉："今天下午快下班时，我收到了你寄给我的特快专递，刚欣赏完你的玉照，拜读完随照片寄来的那封信，正准备给你编发短信，没想到你的短信就发过来了。"

　　刘莉回复陈帅："看了我的照片后，有何感想？喜欢吗？"

　　陈帅回复刘莉："欣赏了你的玉照，没想到，你比我想象中的还要可爱漂亮，看出你很有气质，是我喜欢的类型，你是我的'菜'。想必我寄给你的照片也应该收到了吧？"

　　刘莉回复陈帅："谢谢你的夸奖，你说我是你的'菜'，那我就等着你来吃吧。我们是同一天相互寄出的，应该是到了，等周末回我哥哥的家就知道了。"

　　陈帅回复刘莉："我是不会轻易夸奖任何女生的，你真的很可爱，很漂亮，很有气质，我还真想能尽快吃到你这道'菜'。"

　　刘莉回复陈帅："再一次谢谢你的夸奖，我应该没你说的那么好！但愿明天能收到你的快递，看看我梦中的白马王子长得怎么样？时间不早了，早点休息，祝好梦连连，晚安！"

陈帅回复刘莉："你也早点休息，祝你做个好梦！并希望我能闯入你的梦乡！"

下班时间到了，其他同事陆续回家了。只有陈帅一个人还在办公室加班赶写一篇下乡采访的通讯，办公室空荡荡的。陈帅刚写了个头，大概两三百字吧，放在办公桌上的手机发出"嘀嗒"的短信提示声。陈帅打开短信看，是刘莉发来的。内容是："你寄的照片今天中午收到，我父母看了，还满意，就只说你的头发太少了，个子还将就。你猜，我侄女看了你的照片，她说什么？我敢肯定你猜不到。"

陈帅回复刘莉："你父母满意不满意不关键，关键的是你要满意啊！第一次看了我照片有何感想，头发少了，是不是显得有些苍老？真的被你说中了，你侄女看了我的照片，说了什么，我真还猜不到，你告诉我吧，她说了什么？"

刘莉回复陈帅："我父母满意，我更满意！看了你的照片，让我想起了葛优和孟非，头发少是睿智的象征。我侄女看了你的照片说了什么，我说出来，请你不要介意，毕竟侄女才七八岁，不懂事，侄女说看你照片，就像爷爷。"

陈帅回复刘莉："你满意就好，至于你的侄女说我像爷爷，看上去我有那么老吗？其实，我没那么老，听你同学的妹妹说，我应该只比你大一岁啊！现在我正在办公室赶写一篇通讯稿子，写好后再聊。"

刘莉回复陈帅："好的，你忙吧，侄女是童言无忌，我觉得你没那么老，再聊。"

陈帅写好通讯稿后，已经是晚上8点过了。回到租住小屋已是8点半了。眼看自己的婚姻大事有了点眉目，陈帅心中自然暗暗高兴了几天。陈帅在自己租住的10余平方米的小屋里设想着自己未来的新家。就在前几天，陈帅还在华飞房开公司订购了一套近140平方米的商品房。说起陈帅订购这套房子，还费了一些周折。算下来，陈帅虽然已参加工作有8个年头了，但除去在省城读书的4年，实际工作也只有4年。陈帅在省城读书的4年虽然是带薪读书，但因那时工资不高，一个月就只有300多元钱，再加上读这几年书，工资只勉强够交书学费。读书期间的生活费还是他在省城一家文化公司打工或做家教维持，陈帅基本上没什么钱。

就在前几天，陈帅订购房子时身上就只有1000元。之前，陈帅找过他曾经教过书的金钟乡党委的金书记，请金书记帮忙在信用社贷款2万元交房子的首付。还好金书记答应帮助陈帅贷款，并对陈帅说："不怕，兄弟，我帮助你贷款，退一万步说，如果在信用社贷不了款，我先让我老婆借你2万元交房子的首付。"陈帅先向房开商交了1000元的定金后，就向亲戚、朋友和同学借了10000元。

之后，陈帅就和金书记联系，了解请金书记帮助贷款的情况，金书记说："之前，信用社的主任是答应贷款的，就在前两天我再一次找他说贷款的事，他说现在贷不了款。"

陈帅说："金书记，信用社不肯贷款了，那只有向嫂子借了。"金书记说："兄弟，没问题，明天我让你嫂子把钱取出来，你来拿就是了。"

陈帅无不感激地说："好的，请嫂子把钱取出来，我明天来拿，先谢谢金书记，谢谢嫂子了。你们对我的帮助，我将永世不忘，将一辈子记着你们对我的恩情。"

金书记说："明天一早10点钟，我在黄土坡工商银行门口等你，你来后我就把钱取给你。"

陈帅说："好的，书记。谢谢了！"

第二天，陈帅很顺利地从金书记那里借到了2万元钱，加上

　　　　　　　　　　　　　　爱情一路走来

向亲戚、朋友和同学借的10000元，总算把购房的首付30000元
凑齐了。一个星期过后，陈帅正式和房开商签订了购房合同，
并交了首付款。

八

就在签了购房合同的当天，陈帅就给刘莉发手机短信：
"刘莉，你好！告诉你一个好消息，我买房子了，有近140平方
米，希望你早日来山城共筑我们爱的巢穴。"

刘莉回复陈帅："这几天，我都没收到你的信息，原来是
在忙买房子。好，的确是个好消息，有近140平方米，也是够大
的嘛！有几室几厅几厨几卫？"

陈帅回复刘莉："是啊，这几天没和你联系，就是想给你
一个惊喜！其实140平方米房子也不算大，有四室两厅一厨一
卫，一家人住绰绰有余。你何时能来山城共筑我们爱的巢穴还
没告诉我啊！我都快等不及了。"

刘莉回复陈帅："这几天你没看《新闻联播》吗？现在广
州严格控制人员流动，禁止人员流入或流出。你问我何时能来
山城共筑我们爱的巢穴，很抱歉，我还真不能回答你。但请你
相信我，只要'非典'疫情一有所缓解，允许人员外流，我就
第一时间向山城飞奔，向你飞奔。"

是啊，刘莉说得对，不要说"非典"疫情严重的广州，
就是我们"非典"疫情不严重而又闭塞的山城，人们也是人心
惶惶，谣言四起，众口相传哪里又增加多少例"非典"疫情患
者，哪里又死了多少人。虽说，山城不是"非典"严重的地
区，学校也没停课，但当地党委政府也是高度重视，特别是对
学校、医院、车站等这些人口密集的场所，都制定一系列防控
措施，天天都要对这些场所进行消毒，到处都张贴有宣传预防

"非典"的常识和标语。

陈帅回复刘莉："作为一名新闻记者，我是天天都在看《新闻联播》的，当一名小报的编辑、记者，看新闻了解国家大事就是我的职责之一。况且，我看《新闻联播》，也是在关注'非典'疫情啊，特别是要了解广州的'非典'疫情是否有所缓解，你如今生活、工作在广州，说句实话我也很为你担心。衷心希望这场'非典'尽快结束，我们能尽早团聚，圆我们有情人终成眷属的美梦！期待着你的到来，我可爱的天使！"

刘莉回复陈帅："现在广州的'非典'疫情有所缓解，不是有一个成语叫否极泰来吗？物极必反，不管什么事只要发展到了极点，就会向相反的方向转换的。相信我们团聚的日子不会很长，谢谢你的关心！同时，告诉你一个好消息，我们的事，我父母和我哥都很支持，我们的未来不是梦。"

陈帅回复刘莉："你分析得真好，好一个否极泰来，好一个物极必反。我也相信这场可恶的'非典'不会持续太久，也许过不了几天事态会转向好的方面，让我们共同向上天祈祷，风雨过后，定能见到美丽的彩虹！"

刘莉回复陈帅："但愿如此吧，时间也不早了，早点休息，晚安！"

陈帅回复刘莉："好吧！你也早点休息，做个好梦！"

接下来的日子，陈帅除了做好记者、编辑外，虽然没有像白衣战士那样在前方冲锋陷阵，但是他却以一颗热切心时刻关注着"非典"战"役"的进展情况。要不是"非典"，也许刘莉早就来到了山城，投入陈帅的怀抱。果不其然，正如陈帅和刘莉分析的那样，真是否极泰来、物极必反啊！才过了个把星期，在各级党委和政府的坚强领导下，采取强有力的措施，通过全国人民的奋起抗击，同心戮力，之前在全国上下极为严重的"非典"疫情终于得到了缓解，从中央到地方的电视新闻和

爱情一路走来

报纸等新闻媒介，纷纷报道抗击"非典"取得的阶段性成果。

　　时间又过了十来天的光景，到了6月中下旬，"非典"疫情终于得到了控制，给陈帅和刘莉带来了福音。全国各省、各个城市对人员流动控制没那么严格了，允许人员流入或流出。一允许人员流动，刘莉首先给她在广州上班的公司请了10天的假期，并买了6月27日从广州至贵阳的K813次列车的火车票。买火车票的当天，刘莉就给陈帅发了手机短信，说她将于6月28日12点30分左右抵达贵阳，希望陈帅到贵阳接她。

　　刘莉给陈帅发的短信："亲爱的帅哥，广州的'非典'疫情终于得到完全的控制了，昨天通过电视新闻，知道了从今天起，广州不再严格控制人员流动，允许人员流入或流出。不用说，当我知道这一消息，我们相见团聚的时间终于等到了，我是多么激动啊！今天一早起来，我就向公司领导请了10天的假，随后就到广州火车站买了火车票，因从广州没有直达山城县的火车，我买了从广州至贵州省省会贵阳的火车票，广州站火车出发时间是6月27日上午10点28分，估计到达贵阳火车站的时间是6月28日中午12点30分。我从来没有去过贵州，希望你能准时到贵阳火车站接我，好吗？"

　　当陈帅认真读了刘莉的短信后，心情无比激动，仿佛有一头小鹿在胸中蹦跳。读完短信后，陈帅抑制住激动的心情，迅速回复刘莉："亲爱的，这是必须的，6月28日不就后天吗？后天中午12时我就赶到贵阳火车站，提前半个小时到贵阳火车站出站口等你！不见不散。"

九

　　在收到刘莉将要来山城的短信后，陈帅在心里盘算着，今天是6月26日星期四，还好后天是6月28日星期六。正逢双休日，不需要向单位的领导请假，因此，陈帅没有告知单位的领导及同事，也来不及告知远在农村的父母。

下班，陈帅回到租住的小屋。陈帅租住小屋地处山城县县城的商贸区，距上班的地点约1.5公里。小楼位于6楼，也是顶楼。顶楼就只有这间小屋和一个蓄水池。小屋10余平方米，屋内的布置极为简单。面对门的正前方的墙角，摆了一张单人的木床，这是陈帅当初在市场上买的。床边靠窗户的一方摆了一张旧课桌和一张木椅子，是陈帅在城区某小学教书的同学送他的，课桌上有一沓印有"山城报"字样的方格信笺纸，几张近几期出版的《山城报》，还有几本有关新闻写作、报纸编辑的相关书籍。床的另一边放有一个简易衣柜。靠门边的墙角放有两个塑料盆，一个用来洗脸，一个用来洗脚。一根尼龙绳一头系在窗户的窗条上，另一头系在门窗的钢条上，尼龙绳上挂有洗脸毛巾和衣服。

陈帅没有自己做饭吃，他是与一起和他从金钟乡教育辅导站调到双水小学的王老师一家做饭吃，陈帅和王老师家同租住一栋楼，不同的是王老师家租的4楼，一套三室一厅一厨一卫的套房。平常时间只有王老师及他的父母和女儿住。王老师家的爱人还在金钟乡党委上班，只有双休日和节假日才来小住几天。

陈帅打扫了一遍租住的小屋，把水泥地板拖洗得亮亮的，把课桌上的物件弄得整整齐齐的。之后，陈帅便下到4楼到王老师家吃晚饭。吃完饭，陈帅就给王老师讲述了他与刘莉之间的爱情故事，并将要到贵阳火车站去接刘莉的事告知了王老师。王老师对陈帅说，这真印证了"有缘千里来相会，无缘对面不相逢"啊！

陈帅走进自己租住的小屋，就给刘莉发了条手机短信，短信的内容是："明天上午一下班，我就到盘山市火车站买6月28日早晨8点钟的K8356次列车的车票，从盘山到贵阳就三个半小时，如果火车不晚点，我11点半就到贵阳，我一定会接到你的，你放心地来吧，我的天使！"

刘莉回复陈帅："好吧！亲爱的帅哥，我明天上午10点28分从广州站上火车，若不晚点的话，后天中午12点30分到贵阳火车站。我相信你！我们一定能相遇、相聚、相爱的，等着我的好消息！"

陈帅回复刘莉："好吧！那你早点休息，明天好坐火车。我还得赶两篇新闻稿件，明天要上报，后天中午贵阳火车站不见不散！"

刘莉回复陈帅："那我就不打扰你，你赶快写新闻稿子吧！祝晚安！"

陈帅回复刘莉："亲爱的，晚安，做个好梦！"

6月28日，陈帅6点半就起床，刷牙、洗脸，在简易衣柜中取出一件白衬衣和一套咖啡色的西装，脱了睡衣，穿上衬衣和西装，配上一双黑色的皮鞋。把装有500元钱的钱夹放进一个褐色的皮质挎包就走出了小屋，一看时间，已经到6点50分了。两分钟后，陈帅走到盘山大道的公交车站旁，1、2路公交车上稀稀拉拉坐着七八个人。陈帅怕坐公交车耽误了时间，便在公交车站旁等了两分钟，索性打了个的士，20分钟就到达了盘山火车站。一看时间才7点25分，还来得及吃碗羊肉粉。陈帅快速地进了车站旁的一家山城羊肉粉，点了一个小碗的羊肉粉，吃完羊肉粉刚好7点40分。

陈帅走进候车室，就听到车站播音员正在广播："从盘山开往贵阳的K8356次列车正在检票，列车始发时间为上午8点，请还没有上车的旅客尽快到三号检票口检票上车。"听到广播，陈帅在心里想，来得正是时候，播音员那标准清晰的声音，不管是用哪种语言说出来，听起来都是亲切悦耳的。

陈帅检票上了车才7点52分，看还有8分钟才开车，陈帅下车抽了一支烟。刚好列车员说，马上开车了，陈帅跳上车到自己的位置坐下，开车铃声一响，车就启动了。

"哐当……哐当……"的火车与铁轨碰撞的声音越来越急，穿过十几个隧道后，"哐当……哐当"的急促声渐渐变得缓慢，列车员说列车马上到达六安站，请在六安站下车的旅客拿好自己的行李准备下车。当列车停靠在六安车站，陈帅打开摩托罗拉手机一看，已是9点10分，随手就给刘莉发了条短信："亲爱的，你现在到什么地方了？我已经到达六安了，应该两个半小时就可以到达贵阳火车站。"

刘莉回复陈帅："亲爱的帅哥，已从湖南省进入贵州省境内，还好火车没有晚点，应该到达贵阳是正点，估计在中午12点30分左右。估计你要先到达贵阳，看来你要在贵阳多等一个多小时了。另外，看你能否从人群中认出我来，我要考验你的眼力和感应如何？"

陈帅回复刘莉："亲爱的，你已经进入贵州境内，应该是进入铜仁地区了，只有三个多小时，快了。我应该是要比你早一个多小时到达贵阳。没关系的，我在贵阳读了4年的书，对贵阳也有感情，在贵阳溜达溜达时间就过去了。为了你，不要说多等一个小时，哪怕是等一辈子我都是值得的。我想，在人群中，我应该能认出你来，我们之间虽然没有见面，但看过照片，再说了我们有心灵感应，心是相通的。"

刘莉幽默风趣地回复陈帅："等一辈子太长，等一生足够了。能否认出我，就看你的感应和眼力了。"

十

风驰电掣的列车缓缓驶入筑城贵阳的车站，陈帅随着熙熙攘攘的人群涌向出站口，走出出站口，车站前又是另一番景

爱情一路走来

象，艳阳高照，万里无云。车站前广场上供旅客休息的水泥靠椅上，有睡觉的，有聊天的，有吃东西的，还有四处走动无所事事的，更多的是站着，目光不时地扫过来来往往的人群。英俊潇洒的男人提着考究的旅行包匆匆而过，气质优雅的女人左顾右盼，还有漂亮的女孩拎着精致的小包怡然自得。

当某一班次的列车进站之后或要出发之前，车站广场都可能会有一个个团队过来激起小小的涟漪。陈帅坐在车站广场后角的水泥靠椅上，双眼不停地欣赏着从他眼前飘然而过的一个个美女，那真是一种很美的享受。陈帅一边观察她们的表情，一边猜测她们所从事的职业。陈帅像是在做一件秘密的事情，而又不会引起她们的注意或介意。

刘莉为了与陈帅相遇、相聚、相爱，从广州坐了26个小时火车，就快要见到朝思暮想的陈帅了，心里有说不出的紧张。刘莉知道此时的陈帅在贵阳火车站的出站口等自己，想到这心脏跳得很快，快得自己都快窒息了。随着车站播音员的"从广州至贵阳的K873次列车马上就要进站了，请列车员做好接车准备"的广播，陈帅看了一眼手机，中午12点28分，再过10来分钟，就可以见到刘莉了，亢奋伴着期盼，进入了自己的心扉。陈帅拿着手机的手不由自主地冒着汗。

火车到站了，刘莉背着一个双肩的小旅行包往出站口走，边走边往检票口的大门看，在人群中她想试试自己是否能认出陈帅，她和陈帅从没见过面，只是在一个多月以前，他们双方相互寄过照片，又通过电话和手机短信聊了近3个月。可以说，刘莉和陈帅虽然是未曾谋面的恋人，但通过照片，他们相互之间不仅知道对方的长相，而且他们的内心都不陌生，了如指掌。陈帅期待啊！期待看见刘莉身影的那一刻终于即将来临，陈帅随着人群走到了出站口，目光紧紧地注视着从出站口走出来的每一个女孩。

夏日的太阳火辣辣的，照得人昏昏欲睡。人来人往的火车站出站口，人声鼎沸。出站口一批批旅客来来往往，陈帅默默地站在出站口，深陷在人海中翘首以待，盯着出站的人流，盼望着即将出现的那熟悉而又陌生的刘莉的身影。刘莉的呼吸似乎也紧张急促，心快速地跳跃着。刘莉走向出站口，奔驰的心仿佛遨游在那蓝天白云里找不到栖息的场所，渴望与陈帅相聚的心跳动在那快速流逝的分秒之间。

　　此时的出站口，人们鱼贯而出，熙熙攘攘。在这里等待接人的人很多。刹那间，在距出站口5米远的人流长龙里，陈帅眼睛一亮，一位亭亭玉立，穿着粉红色短袖衬衫，背着浅蓝色双肩旅行包的女孩在左顾右盼，扎成一束的乌发末端很自然地分散搭在浅蓝色旅行包的上部。陈帅想起了刘莉寄给他的照片，顿时在心里做出了正确的判断，对，这位女孩就是刘莉。蓦然间，陈帅心像鸟儿展开了双翅，快乐地翱翔于天际，喜悦遍布手脚，蔓延至全身。

　　刘莉随人流缓慢移动到距陈帅两米处，陈帅向刘莉招了招手，喊出了"刘莉"二字说："我在这儿。"刘莉看见陈帅在向自己招手，并大声地叫出了自己的名字，便注视着陈帅，瞬间，隔着人群的刘莉双颊涨得通红，扑通扑通的心跳声大得宛若回响在整个站台、整个车站，甚至整个世界。当刘莉走到陈帅的面前时，喜悦的笑颜，在她脸上绽放如花。刘莉开心地望着陈帅，瞬间的相互对视，刘莉的眼睛太大太亮了。刘莉也在大大方方地观察着陈帅。接着他们两人会心一笑，算是认识了。其实，可以说他们已经认识了三个月了，今天的见面只不过是水到渠成。

　　陈帅看着刘莉轻松的样子，估计刘莉背的小旅行包应该不沉，但还是对刘莉说："把包给我，让我背。"

　　"一点都不重，包里就只装了一套换洗的内衣裤。"刘莉

　　　　　　　　　　　　　　　　　　　　爱情一路走来

欣慰地说。

接着陈帅带着刘莉走出人群，走出车站，才感觉到肚子有点饿了。陈帅边走边说："我还没有吃中午饭呢，你坐了一天一夜的车，辛苦了，想必你也一定饿了，我们先找一家小餐馆吃饭，顺便休息一下，再回山城吧！"刘莉说："好吧！累倒是不累，就是感觉有点饿了。"

陈帅带着刘莉向贵阳的遵义路一路走去。没几分钟，他们就在遵义路找到了一家小餐馆，面对面地坐在靠墙的一张餐桌旁。陈帅把菜谱递给刘莉说："看看菜谱，你喜欢吃什么？贵阳有很多风味的菜，喜欢吃什么就点什么。"

刘莉说："就我们两个人不要炒菜了，随便炒个饭吃还快点，我们还要赶路。"

陈帅说："好吧，你吃什么炒饭？我炒个怪噜饭。"刘莉不知道什么是怪噜饭，就点了一个蛋炒饭。陈帅说："你喝什么饮料？自己选。"刘莉要了一瓶红茶饮料，陈帅要了一瓶矿泉水。

他们吃完饭，走出餐馆，陈帅鼓足勇气很自然地伸出右手牵着刘莉左手，刘莉先是一颤，最终没有拒绝。陈帅建议说："太阳很大也逛不了马路，我们干脆到火车站去，先把去山城的车票买了再说。"刘莉看着陈帅说："客随主便，就按你说的办吧！"

陈帅和刘莉边走边聊，他们快走到火车站时，路边就有一些人问，你们要到哪儿？坐不坐大巴，遵义、毕节、安顺、盘山的马上就要发车了。陈帅对路人询问充耳不闻。不到两分钟，他们进了火车站的售票窗口，向售票员询问了贵阳至盘山的车次及开车时间，得知下午才有一趟贵阳至盘山的列车，且要到下午6点钟才从贵阳发车，其他经过盘山的过路车都没有座位了。

陈帅说："干脆去坐大巴吧，坐大巴也就3个多小时，跟火车差不多，只是坐大巴车一是车费过高，二是没有坐火车安全。"

　　刘莉说："那就坐大巴吧！"就这样，他们坐上贵阳至盘山的大巴车后，刘莉兴许是累了，上车没多久，就自然而然地把头靠在陈帅的胸口上。陈帅看着她雪白的脖子，有一股女性特有的幽幽的淡香味，从刘莉粉红色短袖衬衫的领子处散发出来。这是她的体香？还是她的心香？陈帅享受着淡淡的香味，让刘莉安详静谧而又温馨地躺在自己的怀里，陡生一种莫名的幸福。大巴车快到山城县时，刘莉缓缓地伸了个懒腰，微微地睁开了惺忪的睡眼，发现自己居然是躺在陈帅厚实坚强的怀里，可爱的脸蛋红扑扑的，像染上了一层红霞。陈帅说："睡醒了，正是时候，我们快到山城了，马上就要下车了。"

　　刘莉说："没想到，我真的是有点困了，一睡就睡了两三个小时。"刘莉话音刚落，大巴司机就说，山城县的可以下车了。

　　下车走了没几分钟，陈帅将刘莉带到他租住的小屋，已经是下午快接近6点钟了。打开门走进小屋，陈帅一下紧紧地抱住了刘莉，刘莉也主动配合。刘莉含情脉脉地注视着陈帅，陈帅慢慢地低下头，刘莉仰起头。就这样，四叶薄唇就紧紧地贴在一起。这一幕是他们已经期待很久的，这一天终于来了。长吻结束后，刘莉动情地对陈帅说："我愿意与你一起度过这最心动的时刻，我将把自己给你。"陈帅抱着刘莉说："这是真的吗？我们一步一步走来真的很不容易，要不是这场'非典'疫情，我们早都在一起了。"刘莉说："我知道你心里有我，对此我从没后悔过，我爱你。"

十一

　　陈帅和刘莉下到4楼，在王老师家吃了晚饭后，回小屋收了几件换洗的内衣内裤，就到楼下樱花浴池洗了个澡，才双双回到小屋。他们在小屋稍坐片刻，便纷纷解带松衣上床休息。

　　在温馨的灯光下，陈帅一米七身材，鼻梁高挺，面若中秋之月，眉如墨画，目若秋波，生得风流韵致；结实的体格，分明的轮廓，再加上他似乎是与生俱来的洒脱气质，整个人散发出一种迷人的男人味，展现出一种漫不经心的成熟感。这一切的一切，令刘莉舍不得把视线从他脸上挪开。

　　刘莉一双丹凤眼，两弯柳叶眉，身材苗条，容色绝佳，玉体修长，淡然自若，清逸脱俗，洁白的皮肤温润如玉，乌黑的长发披于双肩，略显柔美；胸部丰满，面似芙蓉，肌肤如雪，显出一种别样的风采；大大的眼睛一闪一闪仿佛会说话，樱桃小嘴不点而赤，娇艳若滴，一对小酒窝均匀地分布在脸颊两侧，浅浅一笑，酒窝在脸颊若隐若现。

　　他们面对面地躺在床上，刘莉向陈帅靠过来，陈帅伸出双手紧紧地把刘莉搂在怀里。刚开始，刘莉还想轻轻地推开陈帅，但后来她却又不由自主地伸出双手，也是紧紧地抱住了陈帅，她的羞涩在一瞬间全部荡然无存。他们恨不得要将对方融化，不容许相互之间有一丝缝隙，然后两个人融为一个人。瞬间，仿佛天地间所有的声音都消失了，他们只听见相互之间急促而强烈的心跳。随着逐渐加快的心跳和呼吸的频率，刘莉微微地闭上了双眼，红润的嘴唇微微地颤动着。陈帅将嘴唇迎上去，仿佛是一个干渴已久的路人发现了一口甘甜的山泉那样欣喜若狂……

　　嘴唇与嘴唇紧紧地贴着，舌头与舌头相互缠着、绞着。这一长吻，是他们美好人生的序曲和精神生活诗篇的开端。刘莉依偎在陈帅的怀中，陈帅搂着刘莉纤细的腰肢。刘莉羞怯地闭着双眼，把脸颊贴着陈帅的胸膛，喘着粗气，并发出轻轻的甜蜜的呻吟和幸福的呢喃。陈帅沉浸在甜蜜的幸福之中，好似进入梦幻般的乐园。他们在相互注视着对方的眼睛，仿佛进入了另外一个时空。在不断的热切亲吻和相互抚摸之中，刘莉感觉到一股疼痛使她的脑袋化作一片空白……最终他们都拥有了对方。这一夜，陈帅没有离开过刘莉的身体。

不知不觉，天已破晓，又将迎接新的一天的到来。当陈帅醒来的时候，刘莉显出一种满足的模样而依偎在他的臂弯里沉睡着，呼吸很均匀，像一朵合起来的睡莲恬静而安详。陈帅轻轻地抽出胳膊来，把刘莉的头轻轻地挪到枕头上。今天是星期天，陈帅不上班，他不想叫醒刘莉，让刘莉好好地睡到自然醒。等刘莉睡醒后，再一起出去吃早餐一起出去玩。陈帅洗漱好后回到床边，刘莉在睡梦中轻轻地哼了一声。陈帅俯下身子，轻轻地吻了吻刘莉的脸颊和耳朵。他们终于共同在陈帅租住的小屋里，拥有了一个属于他们自己的"家"。这个"家"看似从天而降，却又是他们三个多月来与"非典"疫情抗战相互思念祷告的结晶。

在陈帅的亲吻中，刘莉睡醒了，并用双手拢了拢耳朵背后的长发，用鼓励而又热情的眼神望着陈帅。陈帅像被电轻轻击了一下似的，俯身抱住了刘莉，刘莉迎身而起，他们像磁铁一样紧紧地贴在了一起。陈帅的嘴唇像着了火一样滚烫，刘莉闭上了双眼。直到刘莉快要透不过气来，她才轻轻推开了陈帅。之后，刘莉才起床洗漱，待刘莉洗漱完毕，他们手挽着手走出了小屋。

下楼梯的时候，陈帅说："亲爱的，今天是星期天，我不上班，今天的早餐，带你去吃山城的特色小吃羊肉粉。吃了早

　　　　　　　　　　　　　　　爱情一路走来

餐后,先去看看我们未来的新居,再去逛逛街,给你买一套衣服。怎么样?"

刘莉动情地说:"陈帅,你真好,看来我没有爱错人。能让我在这茫茫人海中与你相识、相知、相爱,这是上天的安排,我们真是有缘千里来相会啊!好吧,我听从你的安排。"

就几分钟时间,他们走进了山城尝回头羊肉粉馆。陈帅说:"你是重庆人,应该能吃辣椒的吧!有关概括重庆、湖南和贵州三个省的人吃辣椒,有三句话,你知道是怎么说的不?"

刘莉说:"可以吃一点,不要太多。有关吃辣椒的三句话,我还真不知道,说来听听。"

一时间在座的顾客都用一种期待的目光望着陈帅,陈帅一边向粉馆的老板说来两个小碗的,有一碗少放点辣椒,一边看着刘莉说:"这三句话是这样说的,重庆人不怕辣,湖南人辣不怕,贵州人怕不辣,这体现了贵州人吃辣椒是最厉害的。"在座的有几个顾客说:"总结得好!总结得好!之前也听过有人这么说,贵州人怕不辣,还是我们贵州人厉害。"陈帅接着又说:"贵州山区阴雨重,湿气大,吃辣椒是造热驱寒的,各方各俗,饮食是与生存环境分不开的。"

"这味道还不错!好香啊!"刘莉一边吃一边不停地说着。吃完羊肉粉,陈帅指着马路对面一栋盖好不久的楼房说:"我买的房子就是这栋楼中间单元的五楼501室,现在就去看看,看我们的新房怎么装修?你多提提建议。"

刘莉高兴地说:"走嘛。"他们穿过马路上了中间单元的五楼,陈帅用右手在皮带上的钥匙扣上取下钥匙打开501室的防盗门。走进房间,陈帅走在前面,刘莉紧跟着陈帅,从客厅到卧室到书房,再到餐厅到卫生间。陈帅一边走,一边给刘莉做介绍。刘莉一边听陈帅介绍,一边认真地看。刘莉说:"140平方米，还是够大的。"满意之情溢于言表。

陈帅没有向刘莉说出借钱买房子的事，只是说每平方米580元，首付30000元，按揭10年，每月的按揭款为600元。陈帅还说："等想办法借钱，争取在七八月份把新房装修好，装修好后，再过两个月就可以入住了。"

刘莉说："想不到，你还考虑得挺周到，是的，是要两个月的时间才能装修好，装修好是要等完全干，待异味消失后，才可以入住的。"

陈帅开玩笑地说："考虑得不周到，怕留不住你啊！说真的，真害怕失去你，失去上帝派遣到我身边的小天使。"

"我不远千里来到你的身边，这就是上帝的安排，注定我会用一生的时间来陪伴你。"刘莉双眼放出熠熠生辉的光芒，用斩钉截铁的口气说。

陈帅幽默风趣地说："听你的这句话，与《诗经·邶风·击鼓》里说的'执子之手，与子偕老'有异曲同工之妙。就凭这句话，我必须给你买衣服，走，逛街去。"

十二

走出新房下了楼，陈帅牵着刘莉的手往公路对面的1路公交车站走去。他们是要坐1路公交车去盘山市最为繁华热闹的商业街——黄土坡，逛街，逛商场，为刘莉买衣服。自从一早起来，陈帅就说要带刘莉去买一套衣服。虽然刘莉并不是那种现实重物质的女孩，但是听了陈帅要带她去逛街，逛商场买衣服，刘莉还是喜形于色，心里暖融融的。

到了黄土坡商业街下公交车后，刘莉很自然地挽着陈帅的手臂并肩前行。他们在商业街上边走边看边聊，还不时地进出商业街两旁的女装商场。星期天，商业街人很多，他们慢慢地

爱情一路走来

走着，一间间店铺看过，都没有看到合适的衣服。

　　在商业街拐角处，当他们走进一家名叫靓女服饰的店后，一位可爱的女服务员热情地说："谢谢光临，我们店的女装是今年新上市的，看看喜欢哪一款？"女服务员一边说，一边引导刘莉在店里看看那些各式各样的新潮女装。女服务员打量着刘莉苗条的身材，向刘莉推荐了一款浅绿色且为紧身的长袖衬衫。女服务员对刘莉说："美女，凭你的身材，穿上这款衬衫肯定好看，你可以试试。"刘莉回答说："你取下来，我试试。"

　　几分钟过后，刘莉从试衣间走出来，看她穿着这件浅绿色的衬衫，不大不小刚好合身，显得更加丰满高挑。刘莉对着试衣镜左转右转，看前看后，并走到陈帅面前说："陈帅，你看怎么样？"

　　陈帅说："我看，还好，关键是你喜不喜欢？"

　　"还将就。"刘莉满意地说。女服务员接着对刘莉说："不错，你穿上蛮好看的！"

　　陈帅风趣地说："人长得好看，穿什么都好看。"

　　女服务员看着陈帅说："看不出，这位帅哥还挺幽默的嘛，你是她男朋友？"

　　陈帅说："你看看我们般不般配？"顿时，站在旁边的刘莉脸颊绯红，还带有一丝羞涩。女服务员看着刘莉："天造地设，般配般配。"

　　陈帅欣慰地看着服务员说："般配就好，衣服多少钱？"

　　女服务员说："280元。"

　　刘莉心疼地说："280元，也太贵了吧！"

　　"一分钱一分货，这件衬衫不光款式新潮，布的质量也好。"

　　刘莉和陈帅猛砍价，最后砍到180元。刘莉仍是舍不得，在陈帅的极力怂恿之下，终于成交。

刘莉返回试衣间，换下浅绿色的衬衫递给女服务员说："就要这件，帮我装好。"女服务员用包装袋装好衣服递给刘莉提着，陈帅到收银台付钱。

女服务员看着陈帅说："帅哥，您女朋友真好啊，有您这样好的男朋友，她可真有福气，真是让我们羡慕啊！"

当刘莉挽着陈帅即将离开靓女服饰店时，女服务员望着他们说："两位慢走，欢迎下次光临！"

他们走出靓女服饰店，陈帅从腰间套在皮带上的手机袋子取出手机一看，时间已是中午12点过8分了，是该吃中午饭的时候了。陈帅说："先把中午饭吃了再说。"陈帅说着，带着刘莉往商业街旁边的滋润餐馆走去，这家餐馆虽然开张时间不长，但因饭菜味道好，生意还不错。这时正是吃午饭的时间，顾客不少。

滋润餐馆的一楼是自助套餐，挤满了吃饭的人。二楼可以点菜。陈帅和刘莉从中间的楼梯上了二楼。还好，二楼的左角处刚好还有一个位子，他们走到左角处的位子上坐下来。这时服务员拿着菜谱走来对刘莉说："美女，你们要吃什么菜，随便点。"陈帅请刘莉点菜。刘莉坐在陈帅的对面，在埋头看着菜谱点菜时，陈帅便乘机细细打量着她，她全身上下没有一件饰品，没有戒指，没有手镯，也没有耳环和项链之类的佩戴饰品。她的脸没有化妆的痕迹，清清爽爽，犹如一朵刚出清水的芙蓉。

刘莉点了一盘酸豇豆炒肉末、一盘鱼香肉丝、一盘茄子拌青椒，还有一钵三鲜汤。没想到这些都是陈帅喜欢吃的，真是心有灵犀啊！刘莉点完菜后说："喜欢吗？这些都是家常菜，也比较清淡一点，我很喜欢！不像广州的那些菜，总是有一股甜味，还比较油腻，很不好吃。"

　　陈帅欣慰地说："刘莉，请你点菜，就像是为我专门点的一样，这些菜点得不错，我都喜欢！"

　　听了陈帅的溢美之词后，刘莉满意地说："我只是随便点了几个家常菜，这些也很合我的口味。重庆和贵州一衣带水，山水相连，饮食和习俗应该差别不是很大。"

　　刘莉接着说："就气候而言，夏天重庆的气温很高，我老家江津四面山的气温没有重庆高，但要比盘山高。广州气温也很高，昨天我一下火车就明显地感觉到了。就拿这几天来说，广州的气温是三十七八度，每天坐在办公室都会冒汗；而盘山也应该就是一二十度吧，特凉爽的。还好刚买了件长袖的衬衫，正合适。"

　　陈帅说："重庆被称为中国的'四大火炉'之一，当然夏天肯定是很热的，盘山接近云南，云南昆明四季如春，盘山是四季分明，冬暖夏凉，春秋相连。"在陈帅与刘莉谈论交流间，饭菜陆续上好了，他们开始用餐。周围的桌子人们也正在用餐，整个餐馆变得热闹嘈杂。然而，陈帅和刘莉仿佛置身在这喧闹的世界之外，独享一个自由自在的时空。陈帅之前一个人或者跟朋友也在这儿吃过饭，但这一次是与刘莉在一起吃饭，感觉餐馆也变得崭新温馨了许多。

　　吃完饭结了账后，陈帅用征求的口气对刘莉说："下午，我们去清碧公园玩，等下我与我的同学黄平联系，今天去他家吃晚饭，你看怎么样？"

　　刘莉说："行，你说的黄平是不是我同学的妹妹张倩的丈夫，我十多年前与张倩的大姐是初中的同班同学，张倩矮我一个年级，我和张倩也十多年没见了，她还是我们的'红娘'呢，要不是她从中撮合，我们不要说能走到一起，怕这辈子都不会遇着。"

　　陈帅说："正是，那就这样定了，我马上就给黄平打电话。"

清碧公园距离商业街不远，步行就20分钟。走出餐馆后，刘莉挽着陈帅，陈帅一边走，一边拨通了黄平的电话。

　　黄平说："陈帅，今天没下乡采访了。你在哪儿？吃中午饭了没有？"

　　陈帅说："你忘记了，今天是星期天，不上班。给你打电话，是想告诉你一个好消息。你媳妇姐姐的同学刘莉从广州来了，现在和我在一起，我们刚在商业街吃了饭，在去清碧公园的路上。逛了公园后，就直接到你家来，我还给刘莉说了，准备在你家吃晚饭呢，欢迎吗？"

　　黄平说："你兄弟还行啊！你们的事搞定了，还真是快啊！欢迎欢迎，怎么不欢迎？等下我给张倩说一声，我们把晚饭准备好等着你们。"

　　陈帅说："好的，兄弟，先谢谢你了。"

　　黄平说："自家兄弟，不客气，下午见。"陈帅说了句下午不见不散，就挂断了电话。

十三

　　陈帅和刘莉到了清碧公园，买了入园票。他们进了公园，公园里的每一条路，陈帅都很熟悉，即使闭着眼睛也知道怎么走。毕竟，陈帅在这个城市读书和工作已经有五六年了，来清碧公园少说也有一二十次了。但是，陈帅走在公园里，感觉跟以前完全不同。因为今天他爱的人刘莉就在自己的身边。虽然是周末，但是正值中午，公园里游玩的人不是很多。清碧公园湖水碧波荡漾，湖岸四周婀娜的垂柳随风摇曳。环境优美，空气清新，游人寥寥，还真是个谈情说爱的好地方。

　　刘莉挽着陈帅慢慢地在公园的小径上溜达，还不停地指着这树、这草、那花、那鸟问陈帅，这是什么树，那是什么花，这是什么草，那是什么鸟，刘莉的每一句询问，无不挑起了陈帅对公园的新奇感。很快，他们来到一个凉亭，看凉亭里没人，便极为默契地走了进去。凉亭被葱绿的树木掩护着，亭内设置有木板制作的供游人休息的长凳子。灿烂的阳光从树木枝丫处漏下来，在凉亭的地板上和长凳上留下斑驳的光影，煞是好看。

陈帅和刘莉在椅子上并排坐下来后，刘莉脱掉鞋子，将双脚平放在长凳上，上身倒下来把头靠在陈帅的双腿上。刘莉轻声说："陈帅，你对我这么好，我真的很感动，要是我们一辈子就像现在这样该多好啊！"陈帅轻轻地将刘莉搂紧说："你对我的真心真情没有辜负我对你的思念、对你的爱，相信我，我一定会给你幸福和快乐的。"刘莉看着陈帅说话的眼神多了几分温柔，看得陈帅一时动了情。刘莉微闭着双眼，陈帅俯下身子，一阵清香向陈帅弥漫开来，四叶薄唇轻轻地贴在了一起……

时间过得真快啊，不知不觉就到下午4点钟了。公园的人渐渐多起来，宁静中又有了那么一点喧哗。陈帅和刘莉从长凳上站起来，相视一笑，便走出凉亭。他们沿着湖岸旁的步道转了一圈，到公园的入口处，穿过旁边出口处的一扇铁栏杆焊接的小门依依不舍地离开了公园。

陈帅和刘莉在公园前的公交车停靠站，上了开往人民路的2路公交车。经过20分钟车程下车后，他们到车站旁的水果批发市场买了一箱苹果和五斤香蕉，陈帅双手抱着那箱苹果，刘莉提着香蕉，走了两分钟不到，就来到了住在双钟区场坝菜园路的黄平家。黄平和张倩正在忙着做饭做菜，陈帅和刘莉把东西放在茶几旁的地板上。看见陈帅和刘莉到来，张倩放下手中正在洗着的菜，笑盈盈地看着陈帅和刘莉高兴地说："想不到，你们会这么快就走到了一起，刘莉我们有十多年没见了吧？越来越漂亮了，准备在山城待多久？"

　　刘莉对张倩说："我们应该有十二三年没见过了，你比以前胖了一点。准备在山城待七八天吧，我只向公司请了十天的假期。"陈帅见刘莉和张倩谈得火热，不好插话，就知趣站起来，去帮助黄平做饭、洗菜。刘莉和张倩聊了一阵后，张倩问黄平饭菜做得怎么样了？黄平回答说，估计半个小时就可以开饭了。

　　陈帅和刘莉在黄平家吃完晚饭，又聊了近一个小时，才打的士车回到租住小屋，回到他们共同的小家。他们洗漱完毕，就迫不及待地上了床。他们幸福地拥抱着躺在床上，肩并着肩，在温馨的灯光下，断断续续窃窃私语。陈帅抚摸着刘莉光滑而又温润的脊背，刘莉慢慢侧转身体平躺着，整个身体像睡莲一样向陈帅张开……

　　后来，他们迷迷糊糊地不知不觉睡着了。整个晚上，他们都睡得很香，似乎很久都没有这样睡得沉。直到天已大亮，刘莉才睡醒，发现自己蜷缩在陈帅温暖而厚实的臂弯里，感到了一种从未有过的安全和温暖，就像一粒种子找到了一片能让它生根发芽、开花结果的沃土。

　　刘莉轻轻推醒陈帅说："时间不早了，今天你不上班吗？"

　　陈帅看了下手机说："要上班的，现在还早，7点半不到，单位规定9点钟之前到办公室就行。再睡半个小时，起来洗漱好，我带你去把早餐吃了，再去上班也不迟。"

　　刘莉说："山城的生活节奏还是没有广州的快，在广州是8点半之前就要到办公室。等我们吃了早餐，你去上班，我把被子、床单和衣服洗了。"

　　陈帅带刘莉下楼吃了小笼包子和稀饭后，就去上班了。刘莉回到他们的小家开始洗被子、床单和衣服，并在楼顶的两根之前搭好的铁丝上晾好。陈帅中午下班回来，喊上王老师一家

　　　　　　　　　　　　　　　　　　爱情一路走来

在楼下一家餐馆吃中午饭。饭后，陈帅和刘莉回到小屋休息片刻，他们一起出门，陈帅去上班，刘莉去逛街。下午下班后，一起在王老师家做饭吃。

以后的几天里，白天，陈帅去上班，刘莉要么在他们的小屋洗洗衣服，要么上街逛逛。至于吃饭，早餐都是陈帅带刘莉在早餐店吃；中餐和晚餐要么由陈帅安排王老师一家在楼下小餐馆吃，要么就是在王老师家做饭吃。晚上，陈帅和刘莉就在他们的温馨小"家"卿卿我我，相亲相爱，翻云覆雨，共度良宵。

就在刘莉到了山城的第六天的晚上，她希望陈帅和她一起去广州看看未来的岳父岳母，要争取她父母的同意，好商量他们下一步装修新房、结婚的相关事情。陈帅极为爽快地答应了刘莉，说句实话，他从小至今还没出过省，虽然读了十多年的书，也参加工作八年，但不论是读书，还是参加工作，都是在省内。在刘莉希望陈帅和她一起去广州时，他欣然答应了。他也想去祖国的大都市广州开开眼界，增长见识。再说他又是和自己心爱的人一起去，何乐而不为呢？他们在2003年7月4日，提前两天订了两张7月6日上午8点30分贵阳至广州K812次列车的硬卧票。他们准备提前一天到贵阳，在贵阳住一晚上。因此，也同时订了两张7月5日下午5点盘山至贵阳的K1223次列车的火车票。

就这样，陈帅和刘莉在山城共同居住的近十天里，对陈帅来说，虽只是短短的十天，但仿佛是与刘莉过了一辈子。对刘莉而言，这次在山城待过的十天，仿佛过了一生，又好像只是昙花一现般那么短暂，十天里的每一分每一秒钟，都像一幅幅电影画面定格在她生命的相册里，令她回味无穷。对他们而言，这十天胜过十年，相互都真真实实地与相爱的人一起生活；十天里，他们相依相伴，相濡以沫，俨然是老夫老妻了，他们已商讨、策划未来的日子、生活及家庭。陈帅承诺，等把新房装修好，就料理与刘莉的婚事，组建一个温馨的家庭。刘莉表示，回广州去辞掉公司的工作，就来山城寻一份工作，与陈帅一起生活，厮守一生。

十四

第二天一早，陈帅按时到单位办公室。陈帅到办公室门口时，正好遇到单位的领导《山城报》的徐总编。陈帅尊敬地对徐总编说："徐总，早上好！我正好有事找您，想向您请十天的假。"

"小陈，你有什么事？是大事还是急事，为什么要请这么长时间的假？"徐总编一边说，一边走进他的总编辑室。陈帅跟着徐总编走进了总编辑室，待徐总编坐下后，也招呼陈帅坐下。在总编辑室，陈帅把自己和刘莉这几个月来的恋爱经历，以及这几天他和刘莉一起生活的情况告知了徐总编，希望徐总编能批准他十天的假期。

在听了陈帅的叙述后，徐总编发出爽朗的笑声，幽默地说："陈帅，你小伙不错嘛！居然能把在大都市广州上班的重庆美女骗到贵州来，不简单，不简单。这不仅是一件大事，还是一件好事，是件大喜事啊！要去广州见见未来的岳父岳母，这是应该的。前几天，还听到单位的职工说到你这事，我还以为他们说的是假的呢！这样嘛，你回头写张假条来，我给你签个字就可以了。"

陈帅无不感激地说："先谢谢徐总，但要向徐总说明的是，我不是骗她的，我们是真心相爱的。我还想等我和刘莉去广州回来，我们就开始装修新房，待把结婚证办了，就结婚呢！等会儿我去办公室把假条写了，就请徐总帮我签字。"

　　　　　　　　　　　　　　　爱情一路走来

　　徐总编说："真心相爱就好，你也老大不小的了，也是该成家的时候了。你去把假条写来，我就给你签字。"

　　陈帅说："谢谢徐总，我现在就去写，写好后就来请您签。"

　　走出总编辑室，陈帅回到自己的办公室，5分钟不到，就把假条送到总编辑室。徐总编在请假条上签字时，还祝福陈帅说："结婚时，记得请我喝喜酒啊！"

　　陈帅说："谢谢徐总，到时候，不光请您喝喜酒，还想请您主持婚礼当证婚人呢！"

　　徐总编说："好！祝广州之行平安快乐！"

　　陈帅说："谢谢徐总的关心和祝福！"

　　7月5日下午3点，陈帅和刘莉在租住小屋里忙得不亦乐乎，整理准备带到广州去的行李和礼品。在陈帅不大的行李箱内除装了几件换洗的衣物及几本书外，还有几天前背着刘莉买好的两瓶贵州茅台酒和两条软中华香烟。陈帅一边装行李和礼品，一边对刘莉说，第一次去广州见未来的岳父岳母，总不能空着手去，还是要带上一些礼品，并把前两天如何背着刘莉请人买烟酒的事告知了刘莉。当陈帅说两瓶贵州茅台酒和两条软中华香烟共花去了2000多元钱时，刘莉虽然有些吃惊，但是从她的表情上看，还是极为满意的。刘莉仍然背着从广州来时的那个浅蓝色小旅行包，刘莉说换洗的衣物就不带了，广州的家里有的，只装了一些瓜子、花生之类在旅途中吃的零食。

　　下午4点，陈帅和刘莉从山城县城打车前往盘山火车站。5点，陈帅带着刘莉乘坐盘山至贵阳K1223次列车，晚上9点抵达贵阳。他们在贵阳河滨路一家餐馆吃了饭后，就近住进了教苑宾馆。教苑宾馆是贵州教育学院开办的，位于贵州教育学院教学大楼前。当年陈帅就读贵州教育学院，对学院附近的餐饮和住宿都很熟悉。陈帅想到带刘莉住教苑宾馆，一是怀恋在教育学院读书时的岁月，二是住学院开办的宾馆安全，三是教苑宾馆离火车站很近。如今，贵州教育学院已经改为了贵州师范学院，之前的贵州教育学院变为了贵州师范学院的一个学科院校。

7月6日上午8点30分，陈帅和刘莉乘上贵阳至广州的K812次列车。因陈帅是第一次出省，也是第一次去广州，上了火车的硬卧车厢，心情还是有那么一丝激动，再加上又是白天，陈帅完全没有爬上卧铺的想法。刘莉上车后，也没有爬上卧铺，而是一直陪着陈帅面对面地坐着，并向陈帅介绍她家的家庭情况。

刘莉父母已经退休多年，刘莉就只有一个哥哥，她哥哥不论在什么地方打拼，她的父母都一直跟随她哥哥转，在家带孩子和做饭。刘莉初中毕业后，读的是职业高中，学的是旅游管理专业，毕业后在重庆市江津区国家5A级景区四面山景区工作。因她的父母在五年前就跟随她哥哥在广州居住，四年前刘莉辞掉四面山景区的工作，到广州一家电子产品公司担任质检员。

陈帅也向刘莉介绍他家的家庭情况。陈帅的父亲是一名教师，即将退休，母亲是农民在家种地。陈帅共有五姊妹，陈帅排行第二，上有一个姐，出嫁在山城县城；下有三个兄弟，二弟已经结婚并有了孩子，在所住的村小学教书；三弟在山城县城打工，在县城安家并有了孩子；四弟还在省城读大学。

在陈帅和刘莉相互介绍和相互倾听的同时，他们还不时地看看车窗外的景致。K812次列车一路向东行进，穿越了贵州、广西和广东3个省，穿越了山区、丘陵和平原。每到一个站，陈帅就把站名记下来.陈帅算了一下，列车穿越了26个小时，经过了贵州省境内的贵定南、都匀、独山、麻尾4个站，广西壮族自治区的金城江、宜州、柳州、来宾、黎塘、贵港、玉林7个站，广东省的茂名东、春湾、新兴县、肇庆、三水、佛山和广州7个

　　　　　　　　　　　　　　　　　　　爱情一路走来

站。从贵阳火车站至广州火车站共19个大站，近2000公里。

陈帅是第一次走出省外，更是第一次到广州。时令虽进入仲夏，但火车上安装有空调，在车上没感觉到那么热。7日上午10点半，陈帅在广州火车站一下火车，就感觉到一股热气直往脸颊扑来，一浪浪热风直往裤脚口、衣袖口窜进来，顿时满身燥热。待走出火车站出站口，陈帅已是汗流浃背。陈帅忍不住地向刘莉说："广州的气温很高，太热了，全身都出汗了。"刘莉说："广州现在的温度应该在三十七八度。"陈帅说："怪不得这么热，现在山城顶多也就是二十四五度。"陈帅和刘莉走出拥挤的火车站，宽阔的街道车水马龙，马路的两旁高楼林立、人来人往。陈帅在心里默默地念着，广州不愧是广东省省会、国家中心城市、特大城市，是国务院定位的国际大都市、国际商贸中心、国际综合交通枢纽、国家综合性门户城市、国家历史文化名城。从秦朝开始，广州一直是华南地区的政治、军事、经济、文化和科教中心。

没几分钟时间，陈帅和刘莉就来到了广州火车站的地铁站。刘莉说，坐地铁比较方便，坐了地铁再转乘公交车，要不了20分钟就可以到她的哥哥家。地铁对陈帅来说，之前只是在电视电影上见到过，没想到这次来广州，第一次真切地体验了一回坐地铁的感受。因为是第一次，让陈帅留下了深刻的印象。

十五

在广州火车站的地铁入站口，陈帅跟着刘莉从地面乘坐下行的阶梯式电梯往地底下钻。下了电梯，步行两三分钟，来到地铁闸口处。在闸口处的两侧，各安放有七八台售票机。刘莉带着陈帅走到闸口处左侧的第二台售票机处，在售票机的屏幕上点出所到的大石站，显示金额为每张4元。接着刘莉再点购买车票的数量为2，显示金额为8元。刘莉在投币口投一张10元的纸币，跟着哗啦啦的响声过后，刘莉伸手往出票口处摸了一下，拿出了两个面值1元的硬币和两枚稍比1元硬币大的塑料质地的绿色圆片。

刘莉递给陈帅一枚圆片说："这就是地铁票。"陈帅翻看了一下塑料质地的绿色圆片，上面还印有"单程票、广州地铁、国有资产出站回收"及一些英文字样。陈帅在心里想，大城市就是大城市啊，在这枚小小的地铁票上，也要提醒国有资产与每个老百姓切身利益攸关，国有资产需要社会公众的尊重、保护，国有资产保护更需要社会公众的参与、监督。这不但提醒市民注意车票性质，还降低车票的流失。

在刘莉操作买地铁票的整个过程当中，陈帅一直在旁边看着。等到刘莉拿出硬币和地铁票，陈帅才恍然大悟，原来地铁票是这样买的呀！心想，现代的科技真是高啊！真是增长了见识，要是让自己买，犹如老虎吃天——无处下口啊！

陈帅和刘莉拿着地铁票走到闸口处，看闸口处有两扇小板子式小门隔着。陈帅就有意让刘莉走在前，看看刘莉是怎么进入闸口处的关卡的？刘莉走到闸口处，用草绿色的圆片在闸口处的右侧上方的验票区域接触感应一下，紧闭的两扇小板子门就倏然打开，待刘莉走进闸口的瞬间，打开的两扇小板子门就倏然闭合。陈帅一下就明白了怎么进入闸口处关卡的，进入闸口处关卡后，陈帅指着闸口处的关卡对刘莉轻声幽默地说："这家伙只认票，不认人。"不知怎么的，陈帅居然一下想到了高晓声短篇小说《陈奂生上城》中主人公陈奂生进城的经历和奇遇。

陈帅跟刘莉按照地铁站内的相关标牌提示，随着人流一会儿上阶梯式电梯，一会儿下阶梯式电梯，七上八下，左弯右拐。整个地下的地铁站少说也有三四层，处处灯光通明，感觉不像是在地底下。最终陈帅和刘莉站在2号线开往广州南站方向的站台处，候车处有一排长龙式的小火车，门窗完全紧闭着，静静地安放在铁轨的两侧，在候车处站台与铁轨交接处的地面上画有一条黄色的长长的警戒线和一排排上下车的箭头标示。候车的人们站在警戒线旁边的上车箭头标示处。

刘莉告诉陈帅："先乘坐2号线，到昌岗站后，转乘8号线，到客村站后，再乘坐3号线，在大石站下车。"陈帅对刘莉说："乘坐地铁还真有点复杂。"刘莉说："不复杂，就是需要转乘两次而已。"没过两分钟，听见一阵阵轻微的隆隆声从远处传来，几十秒钟过后，地铁靠近站台时，便听到广播发出的"注意站台和列车之间的距离"的提示音，随着几声清脆的"滴滴"声，之前那排长龙式的小火车门窗打开，接着打开地铁车门，待下地铁的人下完，上车的人鱼贯而入。

陈帅和刘莉踏进地铁车厢，那明快简洁吹着凉风的环境，真让人舒服。地铁上一个椅子一般可以坐四五个人，有的人坐得紧凑些，还可以多坐个把人，而有的人坐得宽松些，就少坐了个把人。地铁在地下穿越得很快，一两分钟就是一个站，这让陈帅大吃一惊。在每个地铁车门的上方均设置有这一号地铁线所有站名的显示牌，地铁每快到一个站时，广播都要提示乘客，并用普通话、粤语、英语三种语言播放即将要到的站名和下一站的站名。每到一个站，地铁打开车门与关闭车门的时间都是固定的，且伴随有几声清脆的"滴滴"声。这样，让每次上车、下车都井然有序，充满效率。陈帅心想，车启动与停止显然是有严格的操作，应该是电子控制。人类借助科技，实现了在地底下穿行的遁地之术，保障了时间，实现了效率，实在是很了不起。难怪现在有那么多城市想修地铁，地铁确实是一种极好的交通工具。

正当陈帅这样想的时候，广播正好用普通话、粤语、英语三种语言播放即将要到昌岗站。陈帅和刘莉在昌岗站下车后，根据标牌提示，也是随着人流或乘坐电梯或步行，七上八下，左弯右拐转乘了8号线，到客村站再乘坐3号线，最后在大石站下了地铁。出站时，也要通过闸口处的关卡，把草绿色的圆片投入闸口处右侧的一个投卡口，绿灯一亮，紧闭的两扇小板子门就倏然打开，待人通过后，打开的两扇小板子门就倏然闭合。陈帅和刘莉从大石站的A出口走出了地铁站。走出地铁站时，陈帅才想到一个问题，怎么才能把草绿色的圆片带回来作为纪念呢？

　　走出大石地铁站，已是上午11点28分。广州的太阳并不是那么火辣，紫外线也不高，但就是特别热。一股热浪扑面而来，连吹来的一丝丝微风都是热的。陈帅对刘莉说："还是地铁里舒服，一点都不热。"刘莉说："当然不热了，一是地铁是在地底下，二呢地铁站和地铁车厢内均安装有空调。"接着，刘莉给在家的父亲打了一个电话，说她和陈帅已经到了大石地铁站，正等公交车。刘莉的父亲回答说，估计刘莉和陈帅也应该到广州了，正准备打电话问问，中午饭已经做好了，就等着刘莉和陈帅回家吃饭。刘莉给父亲打了电话后对陈帅说："现在快11点半，我父亲说中午饭做好等着我们。我们坐公交车，到我哥哥那里也就20分钟。"说话间，刘莉带着陈帅走到了地铁旁的公交车站，刚好开往刘莉她哥哥家番禺区大石镇莲芳园的公交车正好停靠车站。

　　陈帅和刘莉上了公交车，真好，广州街道红绿灯不多，红绿灯之间相隔几公里，但基本没什么交通拥堵的现象发生，一路畅通无阻，秩序井然。哪像贵州盘山市的街道，没过几百米就要遇上红绿灯，到处是红绿灯不说，还时常堵车。这就是发达和落后地区之间的区别，城市管理和城市文明的区别所在啊！20分钟不到，陈帅和刘莉就到莲芳园住宅小区。莲芳园住

　　　　　　　　　　　　　　　　　　　爱情一路走来

宅小区位于广州市番禺区大石朝阳东路与大涌路之间，建于20世纪90年代中后期。地处繁华都市与桃源之地的接合部，小区环境幽雅，花木扶疏，流水潺潺。

　　小区地理位置优越，配套完善。内有独立幼儿园、游乐休闲场、停车场、大型绿化休闲区。周边有好日子商场、志丰家电商场、源美商场大石分店等，满足购物需要。楼房均为八层的步梯楼，刘莉的父母和她哥哥家就居住在二楼。

十六

　　从小区的入口处，没走几分钟，刘莉带着陈帅走进她哥哥家。家中只有刘莉的父母和她哥哥的女儿在家，餐桌上已经摆满了丰盛的菜肴，正等待陈帅和刘莉吃午饭。陈帅和刘莉放下行李箱、旅行包后，便与刘莉的父母及刘莉的侄女一起吃午饭。在吃饭时，刘莉及刘莉的父母不停地招呼陈帅夹菜。看得出刘莉的家人很高兴。这些都可以从刘莉一家人，特别是刘莉的父母对陈帅热情、周到的照顾中看出来。

　　吃完午饭后，因旅途劳累，再加上天气太热，刘莉招呼陈帅冲了个凉后，自己也冲了个凉，便休息了一个下午。陈帅和刘莉休息好起来，已经是下午5点过了。待陈帅和刘莉洗漱完毕没几分钟，刘莉的哥哥和嫂嫂已从公司下班回来了。刘莉的父母也做好了晚饭，吃了晚饭，一大家人一边看电视，一边聊天。其他人都在认真地看电视，刘莉的父亲和哥哥与陈帅聊了近一个小时，谈的内容多是问陈帅的家庭情况，刘莉一直在旁边陪着。

　　第二天，吃过早餐后，刘莉的哥嫂就去了他们自己开的公司上班。刘莉的父亲送孙女上幼儿园，刘莉的母亲收拾家务。刘莉带着陈帅到了她上班的那家电子产品公司，刘莉向公司分管人事的领导说明了来意，并作了口头辞职申请。得到同意后，公司分管人事的领导让刘莉到公司财务室结算工资。刘莉让陈帅和她一起到她的宿舍，收拾行李及洗漱用品。一切办理妥当后，刘莉便与昔日的同事或当面告别，或电话辞别，并相互说了祝福生活幸福、快乐美满之类的吉祥话。

在回莲芳园住宅小区的途中，刘莉告诉陈帅，她父母和哥嫂对陈帅很满意，但最关键的还是由她自己做主。陈帅高兴地对刘莉说："好啊！那么你是什么态度呢？"

"陈帅，我已经考虑清楚了，今天我辞去了公司的工作，过几天我就和你一起到贵州山城生活，如你之前所说的，去筑我们爱的巢穴。"刘莉坚决而又充满信心地回答。

听了刘莉的回答后，陈帅心里别提有多高兴。

在广州生活的八天中，刘莉带着陈帅去了北京路步行街、孙中山纪念堂，还去了具有"小蛮腰"之称的广州塔。每天，他们大多是早晨出门，直到晚上了才回到刘莉父母的家。他们还为双方的父母各买了一套衣服，也算是报答父母的养育之恩。不知不觉，他们在广州度过了美好、幸福、快乐的八天。

在广州待了八天，刘莉的父母及兄嫂对陈帅很满意。经一家人商议，刘莉的父母要与陈帅和刘莉一起到山城看看。看看准女婿陈帅工作、生活的地方，看看自己的女儿刘莉今后的生活环境，看看陈帅购买的新房。只有亲自到实地看了以后，他们才会更加放心。

就这样商量确定后，由刘莉的哥哥为刘莉的父母及陈帅和刘莉购买了7月14日的四张从广州至内江途经盘山的K827次列车软卧火车票。

7月16日下午，陈帅、刘莉与刘莉的父母经过36个小时长途的艰辛，终于安全到达了盘山市山城县陈帅租住的小屋。晚上吃完晚饭，找了一家小旅馆安顿好刘莉的父母后，陈帅才和刘莉回到他们那温馨的小家。第二天一早，陈帅和刘莉带着刘莉的父母到山城尝回头羊肉粉馆吃了早餐后，就到羊肉粉馆前马路的对面看了陈帅新买的房子。

看完房子后，刘莉的父母对新房很满意。刘莉的父亲对陈帅和刘莉说："140平方米，也不小了，房屋的结构不错，趁现在天气好，尽快把房子装修好，争取在年底把婚事办了。"

听了刘莉父亲的话，陈帅用鼓励的眼光看着刘莉没说话。幸好，懂事的刘莉回答父亲："陈帅买房子时交了3万元的首付，现在他没钱装修了。"刘莉的父亲接着对陈帅和刘莉说："装修房子的钱，大家想想办法，我可以支持一点，我们回广州后，给你哥哥说说，也请他支持一下，应该没问题。"

刘莉对父亲说："若爸爸支持一点，哥哥那儿支持一下，陈帅再借一点，就可以装修了。"看完了新房，陈帅说他要去上班，让刘莉带父母在县城走走。之后的几天，陈帅下班后，与刘莉带着刘莉的父母到盘山市和山城县到处走走看看，他们还到陈帅的同学黄平家，也就是刘莉同学的妹妹张倩家做了一次客，受到了黄平一家热情的款待。刘莉的父母在山城县住了一个星期，先回了一趟重庆江津四面山的老家逗留两天后，就去了广州。

刘莉的父母离开山城后的几天里，陈帅除了上班外，就四处向朋友和同学借装修房子的钱。陈帅曾经向既是他初中、师范的同学，又是他同乡的赵伟借2000元钱，但因赵伟的老婆不同意借，最终还是没有借成。还好，陈帅向他读师范时的一位女同学借了3000元。同时，陈帅的父母也给陈帅10000元。随后远在羊城的刘莉的父母汇了2万元，刘莉的哥哥汇了2万元。这样一来，陈帅和刘莉的手中就有53000元。当时，花了三个月的时间，到了国庆节过后没几天，陈帅装修房子花了将近33000元。陈帅把装修剩下的2万元，还了购房时向金书记所借的首付债款。

新房装修过了一个多月后，陈帅和刘莉就搬进了新家，办理了结婚证，并开始筹备婚礼。确定在2004年的元旦节结婚。他们的婚事极为简单，没有彩礼钱，没有钻戒、项链等之类首饰，没有婚车，更没有拍婚纱照。他们在山城县的一家极为普通的餐馆预订了十多桌酒席，陈帅只请了读初中、师范时要好的同学，再加上部分亲戚朋友和单位的同事。婚期的前两天，刘莉的父母及哥嫂赶到了山城，陈帅的父母及兄弟姐妹也来到陈帅家帮忙料理事务。

　　结婚当天，婚礼现场没有鲜花、没有音乐，也省去拜天地、拜高堂和夫妻对拜等仪式，而是直奔主题。一切都是简简单单、平平淡淡的。陈帅请了单位的领导《山城报》的徐总编作为婚礼见证人。下午2点整，陈帅和刘莉站在徐总编的旁边，徐总编指着陈帅说："这位英俊潇洒，一表人才的帅哥就是我们今天的新郎官陈帅先生，他旁边的这位温柔漂亮的人儿就是我们今天的新娘刘莉小姐。他们虽远隔千里，但有情人终成眷属，是一对天作之合。此时此刻，让我们共同见证陈帅先生和刘莉小姐的结婚现场。请各位来宾举起手中的酒杯，共同为我们的陈帅先生和刘莉小姐祝福吧！祝福二位永结同心，白头偕老，早生贵子，干杯！最后祝在场的所有来宾家庭幸福、生活美满、身体健康、万事如意！"就这样，陈帅和刘莉的朴实无华的婚宴在一片热烈的掌声中拉开了序幕……

　　2003年春夏之交，也许，对于大部分中国人来说，那场"非典"战役，只是一种并不遥远的记忆。但对陈帅来说，2003年春夏注定是一个不平凡的春夏，他和刘莉的爱情注定是必然中的一个偶然，那场"非典"时期的爱情历程成为他一生难以忘却的记忆。

　　　　　　　　　　　　　　　　　　　　　　爱情一路走来

那些年的爱情

第一章　关关雎鸠

> 关关雎鸠，在河之洲。窈窕淑女，君子好逑。
> 参差荇菜，左右流之。窈窕淑女，寤寐求之。

——《诗经·周南·关雎》

第一节　符号的信

彭玥：

　　远方的朋友，你好！

　　我冒昧地给你写信，请见谅！当你收到这封信时，你一定会感到惊讶吧！在万丈红尘中、茫茫人海里，我有幸在内蒙古海拉尔主办的《中专生文苑》上拜读过你的大作《我是一名自信美丽的中师生》，同时，也得知了你的芳名和地址。从《我是一名自信美丽的中师生》的字里行间里，我读出了你的自信、自强。我赞同你的观点，我也认为，我们师范生是最美丽的一群人。

　　我是来自G省乌蒙山区的一名乡村教师。四个月前，我师范学校毕业后，被分配到S县J乡中学任教。我是一个缪斯女神的钟情者，在心血来潮或灵感来临时，总爱涂抹一些美其名曰"散文"或"诗歌"的东西。文学是神圣的，我永远都不能去玩弄文字的游戏，唯恐侵犯了心中那一块神圣的净土，虽然投寄发表的不多，但是我从不悲哀，很多事情，只要自己去争取了，就应该无怨无悔。最起码，我的心灵已得到足够的宣泄。我总觉得，每篇文章都是作者一种心情的流露、一种心灵的寄托、一种感情的宣泄，自己写、自己读也是一种享受，你说是吗？

本来，我是不能接受给陌生人写信这种冒昧行为的人。但是，因为你的《我是一名自信美丽的中师生》，更因为你的名字——彭玥是一个极为文雅的名字，所以我一眼就选择了你，相信你也和你的名字一样文雅！从你的地址H省H市师范学校九三（2）班看，想必你还有半年才毕业吧？说来也巧，读师范时，我也在（2）班。我读的是G省L市师范学校九二（2）班，只不过比你高一届罢了。

虽然你在遥远的北方，我在祖国的西南，但我们可以交为朋友。不是说，多一个朋友多一条路吗？我想，我们应该有共同的爱好和语言。此刻，我以一颗真诚的心想与你成为文学路上的朋友，好吗？让我们共同携起手来，创造美好的明天。如果在学习上有什么问题，我们可以一起讨论；如果在工作中有什么烦恼，我们可以相互倾诉一起承担；如果在生活中有什么欢乐和幸福，我们还可以一起分享。希望我们双方常写信，这样，既可以相互交流、增进友谊，又能提高写作水平，你说是吗？

但愿能通过这封信，让我与素昧平生的你交个文学路上的朋友，也愿我们的友谊天长地久！

最后，告诉你，我是一名自尊心很强的农村山里男孩。今年20岁，自认为英俊，但不潇洒。

遥祝：快乐开心！学习进步！

乌蒙山下的男孩：符号
1995年12月18日

那些年的爱情

第二节　彭玥的信

符号老师哥哥：

　　您好，这样称呼您，好吗？很高兴收到您的来信。其实，在没收到您信之前，我也在湖北仙桃主办的《师范生周报》和您信中所说的《中专生文苑》上拜读过您的一篇好像是《趁我们还年轻》的散文诗及《昙花》的一首诗，从诗文中，我很敬佩您的文学才气，还有您的名字也很有诗意啊！当时，我还产生过想给您写信的一种冲动呢，但没想到您却先我而为之。可以说，我们的相识是上天注定的一种缘分，我们一定要好好珍惜。

　　符号老师哥哥，我也是一个缪斯女神的崇拜者，对文学很执着，也很热爱写作，经常写一些小诗小文。在将近三年的师范生活中，自己给自己加压，每天都要坚持抽时间写写日记，并且还得到教我们文选与写作的张老师的精心指导。有一次，张老师在指导我时说："要苦苦地写，通过自己的努力，写出自己高水平的佳作，让大家心悦诚服。"在张老师的指导下，我真的获益匪浅，写作上也大有进步。

　　符号老师哥哥，在今后的学习、生活、工作中，我一定与您有福同享，有难同当，我要把您作为学习的榜样，与您共同努力。对拿"中师"文凭，我很不满足。我们学校办有大专班，师范毕业后想报考本校的大专班，继续深造；三年的师范，我很努力，自认为成绩还不错，也想参加学校的"优秀生"选拔，尽力为今后的工作、生活创造一些必要的基础和条件。

　　对了，符号老师哥哥，您读师范时，学"三字一话"（钢笔字、粉笔字、毛笔字和普通话）吗？我们学校对学生的"三字一话"特别严。"三字一话"中，我的钢笔字、毛笔字还可以，就是粉笔字总是写不好，普通话自认为还不错，在师范的近三年时间里，还两次获得学校举办的演讲比赛一等奖呢！

当教师快一个学期了，教书苦不苦，能谈谈当教师的体会吗？真的，我很想跟您学学。

我们H省属于中原大地，H市是一座"煤城"，也许，经济条件要比您家乡好得多。《诗经》中的"淇水汤汤"写的就是我家乡Q县的淇河，我从小就是在淇河边长大的。因《诗经》，淇河成为了一条诗歌的河流，我很喜欢读读《诗经》，也喜欢在淇河畔散散步。能介绍您家乡L市的情况吗？你也喜欢读读《诗经》吗？

正如您在信中说的那样，就让我们经常通信，谈学习、谈生活、谈人生、谈理想，在相互增加了解、增进友谊的同时，也会不断提高自己的写作水平和能力。请放心，我一定会珍惜我们的这份友谊，以后多联系。这几天，我们正进入期末考试，时间也不多。据学校的安排，下学期一开学我们有可能就要进入实习阶段，还有很多事以后再告诉您。寝室快要关灯了，就写到这儿。还有，您一写出新的作品，就寄给我拜读，好吗？我愿意当您的第一读者。

遥祝：新年快乐！工作顺利！

您远方的诗友：彭玥

1996年1月8日

第三节　符号的信

彭玥诗友妹妹：

见信好！凭我的感觉、凭你的真诚，我就这样称呼你，好吗？从来信中可以看出你是一位纯朴、率真和直爽的好妹妹，

那些年的爱情

能结识你这样一位遥远的北国朋友，是我今生的造化。滚滚红尘中，我们凭借缪斯文艺女神能彼此通信相识相知，这可是一件值得庆幸而又幸福的事情啊！珍惜这份难能可贵的友情和友谊，我们都有相同的责任和义务，你认为呢？

千里之外能觅到你这样一位知音，我觉得高山流水般的传说至今也没有失去光泽。彭玥妹妹，走文学这条路，心特别苦、特别累，但只要坚持不懈、坚定不移地走下去，前面一定是一道美丽的风景线。记得印度大诗人泰戈尔写过这么一句诗："人生的道路没有撒满鲜花。"的确，不经一番风霜苦，哪来梅花扑鼻香呢？面对人生的风风雨雨、坎坎坷坷、是是非非，我觉得自己要勇敢地去接受、去面对，成为搏击风浪的勇士，做社会生活的强者，才能真正体现出人生的价值和生命的内涵。

你的夸奖，我受之有愧，叫我老师，我愧而受之，何必呢？我们之间是平等的，我只不过是提前比你早毕业早参加工作一年罢了，没什么值得让你夸奖的。在人生的道路上，生命的旅途中，我们要相互鼓励、相互帮助、相互支持、相互鞭策、共同前进。你说你每天都要坚持抽时间写日记，且有一位老师指导，这真是太好了，我真羡慕你！希望你能坚持不懈地写下去，正像你的指导老师说的那样："要苦苦地写，通过自己的努力，写出自己高水平的佳作，让大家心悦诚服。"写出佳作后，你可别忘了寄给我拜读拜读啊！芸芸众生中能有几位像你这样互倾衷肠的知心朋友，有福同享，有难同当，这可是人世间一件多么美好的事情啊！

对文学的执着，对写作狂热的眷恋，我与你一样。一个人若没有目标、没有理想地生活着，那与一条没有航向的船有什么区别呢？对拿"中师"文凭，我也很不满足。读师范时由于太贪玩了，没有什么大的收获，毕业后颇感悔恨。我常常在心里反省自己，读了三年的师范学校，就等于浪费了三年的光阴，荒废了三年的青春和生命。自然到毕业时，就没有资格保送去读什么师范院校之类的学校继续深造了。说句实话，现在的我很想读书，很想到高一级的学府去进修深造。没想到你们学校还办有大专班，你也想继续报考大专班，你的选择正确，我支持你。你还想参加"优秀生"选拔，上进心也强啊，但一定要将"优秀生"所具备的一切条件创造齐全，我相信你一定能成功的，先预祝你了，到时候你可要告诉我啊！若你有什么烦恼和忧愁，可以尽情地向我倾诉，让我与你一起承担；有什么欢乐和幸福，可以无畏地告诉我，让我与你一起分享。这才算是真正意义上的朋友，你认为呢？

作为一名师范学校毕业的学生，"三字一话"是必须具备的基本功，是以后做教师的必备条件，是我们做好教育事业的基础，当然是少不了的。幸好，我自认为我的钢笔字、粉笔字和毛笔字还是令自己满意的，告诉你，我在师范时参加硬笔书法还获过三等奖呢！就是普通话差一些。我很留恋在师范生活过的美好时光和曾经朝夕相处的同学，你要好好珍惜师范生活的最后时光啊！

要说当教师的体会，当老师近半年来，略略体会到做教育教学工作的艰辛，同时，也尝到做教师的快乐。苦的是，要备课、批改作业、辅导学生，还要主动去了解每个学生的心理特点和思想动态，才能对症下药、因材施教，引导教育好学生；乐的是，当我的学生能轻松愉快地接受自己传授的知识和做人的准则时，心里总是那么欣慰，简直就是一种莫名的享受。我在学校担任的是初一（1）班的班主任兼语文课教学工作，每天总有很多工作等着我去做。教我初中语文的吴老师（她现在在L市第三中学教书）在给我的一封信中是这样写的："我认为医生误诊害的多是一个人或几个人，而教师误导害的则是一群

那些年的爱情

人、一批人甚至一代人。"可不是吗？怕误导学生，更怕误人子弟。我总是精心准备好教案，虚心向老教师请教，尽力上好每一堂课；经常与学生谈心，与他们交朋友，先让他们从心里接受我，这样才便于开展教育教学工作。告诉你，在学生的心眼里，我不仅是他们的大哥哥、大朋友，还是一位才高八斗、学富五车的大学者。

你说你们H市是一座"煤城"，它是地级市，还是县级市？我们L市属地级市，辖L特区、P特区、Z区和S县（1978年以前只有L特区、P特区和S特区，L这个地名就是三个特区的第一个字组合而成的。1978年撤销S特区，设Z区和S县）。L市素有"钢城之都"和"西南煤都"之美誉。

L市是一个待开发的工业城市，S县属国家级贫困县，地处高原山区。我们家就住在S县一个边远贫困落后的小山村里，比起你的家乡，也许要贫困落后得多，至今还没通电。晚上，村民们都是用墨水瓶制作的煤油灯照明，我的小学和初中生活就是在这种煤油灯下度过的。也许，你还没见过这种煤油灯呢！我们这儿属云贵高原的乌蒙山麓，毛泽东的七律诗《长征》中的"五岭逶迤腾细浪，乌蒙磅礴走泥丸"的诗句，说的就是红军长征途经G省时的场景。

我家乡的大山一座连着一座，连绵起伏，高大雄伟，给人一种阳刚之美。也许是山的缘故，造成了我家乡的封闭、贫穷和落后。"天无三日晴、地无三里平、人无三分银"就是对我们G省气候、地形和人民群众生活状况的高度概括。但当地也有许多古老的民间传说和美丽动人的神奇故事。世界上最高的公路天生桥——"S县J乡干河天生桥"，就在我教书的J乡境内，距我教书的学校15公里，关于天生桥就有很多美丽的传说。今年农历的二月十五日至十八日（公历的4月3日至6日），中国科学院地质研究所将在S县J乡干河天生桥举办首届国际洞穴单绳技术比赛活动，届时有来自罗马尼亚等八个国家的运动员将在这里进行攀绳比赛。也许，你收到这封信的时候，比赛就已经结束了，否则我定要欢迎你来旅游参观。

　　原来，《诗经》中的"淇水汤汤"的诗句描写的就是你家乡的淇河，不是有一方水土养一方人的说法吗？那它肯定是条美丽而富有生命的河流，才养育了你那颗美丽而善良的心，我真为你生活在美丽的淇水河畔而感到骄傲和自豪。你问我是不是也很喜欢读读《诗经》，告诉你，我很喜欢读《诗经》，特别是《诗经》中那些关于描写爱情唯美的诗句，我曾经反反复复阅读、品读过多次，有些重要篇什及很多诗句我还能随口背诵出来呢！

　　我一写出新的作品，就一定先寄给你，我很愿意你当我作品的第一读者。哦，对了，你们何时在何地实习，毕业后分向何方？还有你家的详细地址，这一切你一定要告诉我，以便今后联系。

　　远方的朋友，随时欢迎你来我家乡做客。我的家庭地址：G省L市S县N乡玉兰村一组，邮编：553026。现给你寄上一张我读师范时在校园内照的照片，喜欢吗？能否给我寄上一张你的玉照，让我能一睹你的芳容？

　　扯了这么多，烦了吧！就此停笔，下次再叙了。随寄《青春美丽》，请斧正！

　　祝：随着你不断的努力，一切愿望和梦想都能实现！

你远方的朋友：符号

1996年3月26日晚

　那些年的爱情

青春美丽

踩着岁月的印痕向流逝的童年告别。

陶醉了16岁的花季，度过了17岁深深的雨季。奏起青春的旋律伴着生命的乐章迎来了风华正茂的青春年华。

青春，是人生的驿站、生命的骄傲。不要随意把它抛于岁月的长河付之东流而空自悲切。更不要认为青春是一笔永远花不完的积蓄，而无限度地支取和挥霍。

青春，是人生命运征程的港口。人活着的目的是要努力实现自己的理想，为自己走出一条人生之路。为自己的事业、为自己的一切争分夺秒逐星赶月地去拼搏、去奋斗、去创造。不要因偷得一时的欢悦而在人生苍茫的海上毁损了前进的风帆，迷失航向。青春之舟，把握在自己的手中，自己就是舵手。

青春是一个铁树也会开花的季节。用青春的眸子认识世界、探测世界；用青春绿色的心灵思考人生、探索人生、拥抱世界、憧憬未来；用青春的旋律谱写人生颂歌；用青春的热血描绘生命的辉煌。

青春美丽！珍惜青春，珍惜拥有！

踏着时代的最强音，扬起青春的风帆，去开拓人生的海洋和海洋的人生。

背起行囊，与朝阳同步、与春天对峙，去耕耘人生的阳光和阳光的人生。

第四节　彭玥的信

符号大哥：

您还好吗？在您收到这封信之前的日子里，是否产生过一种受骗的感觉，是否因我的杳无音信而失望、难过和恼怒；或者，您只是在焦灼而真诚地等候我的回音。哦，原谅我，符号大哥，这么长时间没有给您回信！其实，这对我也很残酷——为了惩罚自己在实习前误犯下的一个不可饶恕的错误，我给自己订下了几条特别苛刻的规定。其中有一条就是：不许给任何一位朋友写信，当然，也包括您了，可笑吗？但我不认为这是荒唐，我应该要故意刁难自己，这样才可以使我的心智得到磨炼。

今晚是我实习后返校的第一天晚上，这封信我可能在今晚上完不成（我觉得学校的作息制度不利于我做事），只有到明天再补了。

我在家里排行第四，上有三个姐姐，下有一个弟弟（上小学一年级），我没有哥哥。进入师范学校以后，班里的一些男同学开玩笑要挟我叫他们"哥"，可是，我是死也叫不出口的。虽然很喜欢很希望有位长兄的呵护，但要强的我却不肯屈身做他们的"乖小妹"。我应该很独立、很坚强，我希望做一棵挺拔的大树。但是，从今以后，我却决定要称呼您为大哥了，因为您的真诚，因为我们的缘分，因为我们未来的生命之路。符号大哥，让我这样称呼您，好吗？不需要您牵我的手，不烦您给我买冰糖葫芦，只渴望您站在乌蒙之巅沉思的时候，能想到远方有一位同您一样用功努力的妹妹。

我没有报考本校的大专班，也没有参加学校的"优秀生"选拔，我也说不清自己为什么要如此"沉默"，但当到了必须要面对毕业分配的时候，我又有一种很深很重的失落，未曾对人说，也不能说，根本就是一种无法用语言来描述和表达的心境。我并不留恋在师范生活过的美好时光和曾经朝夕相处的同学。让我痛心的是，毕业后的日子里，我担心能否拥有如师范学校那样充裕的学习时间。我必须要努力、拼命地学习！前途尽管渺茫，我还是充满了信心，也担心，因为生活是变幻无常的。我害怕环境对人产生的作用，环境可以造就人，同时，环境也可以毁人，我能有一个好的生活、学习环境吗？或者说，我能战胜将来环境对我产生的副作用吗？真的不敢对此自信。因此，如果将来您知道我颓废了、沉沦了，一定要骂我、批评我，让我清醒，好吗？

毕业后，我准备先进修大专（参加自学考试），然后再向本科进军。我喜欢学习，也自认为不笨（可是现在我并不能自由支配自己的时间），我想我会成功的。符号大哥，支持我吗？

在这一个月的实习期间里，我却与人吵了一次。其实，根本就是一些无所谓的事，白白地惹恼了一位朋友。事后，我很认真很仔细地想了想，当时，我为什么会那么冲动？那么心胸狭窄呢？现在，我才清楚地感觉到，在那一个月里，我是完全把自己的心思牢牢地锁在心的底层，我不敢也不想流露自己真正的喜怒哀乐。就这样，我那压抑、沉闷、烦恼、忧虑等种种复杂的感情，便火山般地爆发了。我现在很担心，毕业以后，生活在家庭、社会、校园的夹缝中，如果我不能独处，又没有心心相印和共同语言的朋友沟通和交流，那我就必将面临精神和情感的双重危机。我性格内向，也不喜欢说一些多余的话去讨好别人，只盼望将来您多鼓励我、支持我，让我加倍地努力工作、学习和生活。若是这样，也许我会很充实很高兴地去面对现实生活的。

H市是H省的一个地级市，包括Q县、J县两个县及S区、J区和H区三个区。由于偏僻落后，难免会有很多人不知道。我家在Q县H乡L村，属于丘陵地带，所幸我们村的土地较为肥沃，若无大的天灾人祸，这里的人民是完全可以丰衣足食的。近年来，人们的生活水平及生活条件均有所提高和改善。您在信中说，你们村至今还未通电，仍然用煤油灯来照明，这使我很吃惊，也很感动。您是从那个贫困的山区走出来的，您一定拥有它赐予的一切优良品质，我相信，您一定会成功的。我更加渴望有机会到您家乡去看看，真想！

我们这儿在农村的饭食一般是这样的：早晚是吃馍和玉米稀饭；中午吃面条，有时吃大米、饺子，算是改善生活。你们那儿是不是这样呢？我很想知道。

我会给您寄照片的，可是现在没有，将来一定有，等着好消息！我已把您寄来的《青春美丽》抄在了笔记本上，如果您需要原稿，我下次寄回。谢谢您给我寄的照片，您们师范学校的环境真好啊！"符号"这个名字很富有诗意，告诉我，它是您的真名，还是笔名？

不知您何时才能收到这封信，我想你们那儿快放假了吧？不过，总会收到的。还有两个多星期就要毕业了，我得全力以赴。再谈吧，大哥，祝您工作顺利、学习进步、更上一层楼！祝愿您在忙碌的生活中拥有自己心灵的闲暇和快乐！

我的家庭地址：H省H市Q县H乡L村。邮编：345682。欢迎您到我们家来玩，我可以更详细地告诉您路线。对了，最好别往家里寄信，因为偏僻，常常很难收到，半路就遗失了。

您的妹妹：彭玥
1996年6月3日

第五节　符号的信

彭玥妹妹：

你好！虽然有近三个月没收到你的来信，但是我并不是那么失望、难过和恼怒，更没有产生过受骗的感觉。因为你有一颗真诚善良的心，怎么能忍心去骗人呢？你能叫我一声大哥，我感到莫大的欣慰。同时，我也有了一种责任，我要以一个兄长应有的责任来鼓励你、帮助你、包容你、呵护你，好吗？请你不要太过于自责了，这样，我的心会很不安的。

告诉你，我在家排行第二，上有一个姐姐，下有三个弟弟，我没有妹妹。真好，是你为我填补了没有妹妹的遗憾。今后，我一定要以一个做大哥的形象真诚地关心你、呵护你，把你当作家庭中的一名成员，决不能让你失望和受到任何委屈。若有机会，我还真想牵牵你的手，为你买冰糖葫芦，让你高兴高兴呢！你愿意吗？

你为什么不参加"优秀生"选拔呢？其实，不参加"优秀生"选拔也罢，虽然说有"优生优分"（优秀的学生优先分配）的说法，但现在这个社会，没关系没背景，评得"优秀生"又怎么样呢？评得"优秀生"，不一定就能得"优分"。我清楚地记得，有位与我一级的校友评得"优秀生"，但毕业后还不是一样被分回老家分到农村，还没有那些劣等生分得好。写到这里，我突然想到诗人北岛的《回答》：

卑鄙是卑鄙者的通行证，
高尚是高尚者的墓志铭，
看吧，在那镀金的天空中，
飘满了死者弯曲的倒影。

冰川纪过去了，
为什么到处都是冰凌？
好望角发现了，
为什么死海里千帆相竞？

我来到这个世界上，
只带着纸、绳索和身影，

为了在审判之前，
宣读那些被判决了的声音。

告诉你吧，世界
我——不——相——信！
纵使你脚下有一千名挑战者，
那就把我算作第一千零一名。

我不相信天是蓝的，
我不相信雷的回声，
我不相信梦是假的，
我不相信死无报应。

如果海洋注定要决堤，
就让所有的苦水都注入我心中，
如果陆地注定要上升，
就让人类重新选择生存的峰顶。

新的转机和闪闪星斗，
正在缀满没有遮拦的天空。
那是五千年的象形文字，
那是未来人们凝视的眼睛。

　　哎，就不要说这些烦心事了。彭玥妹妹，其实你还可以报考你们学校的大专班，继续读书深造嘛！面临毕业，谁都会产生一种莫名惆怅的心境和情绪的，可是，总有一天我们是要离开校园生活而走进社会这个大染缸的，是要去面对现实生活的。虽然我们就像无权选择父母一样无权选择生活，但是我们

　　　　　　　　　　　　　　　那些年的爱情

要有足够的信心和勇气去适应社会、适应生活，谁叫我们是社会关系的总和呢？我的好妹妹。

去年的这个时候，我也与你一样，心里充满着矛盾。在实习结束回校时，我的心里也产生了一种怪怪的失落感。当时，我还想准备出门打工呢！毕业时，学校让我交回进师范时办的身份证，规定若不交回得罚款10元人民币，很显然学校要的是钱，最终我向学校交了10元钱，才把身份证留下来的，以便以后好出去打工。毕业后，想出去打工的念头却遭到父母、亲戚朋友、同事们的反对。于是我认真地反思了几天，觉得他们反对也是有道理的。毕竟，十多年的寒窗苦读，为的就是有一份稳定的工作，成为国家的一名工作人员，就等于有了一个铁饭碗。这样想，自己就心安理得了。

你在信中说，你并不留恋在师范生活过的美好时光和曾经朝夕相处的同学和朋友。其实，我认为学生时代是一个人一生中最美好的时代，特别是师范生活更加美好，因为学习压力不大，又正处于花季年龄，加之不用自己去操心吃、穿、住、行，这些都有父母为你操劳，只要把书读好就行了。说句实话，我特别留恋在师范生活的日子，很珍惜同学之间的那份纯朴深厚而美好的同窗情谊。我曾不止一次在心里假设，如果说人生有来世的话，来世我还要选择读师范学校。我觉得读师范的日子有很多乐趣，也很自由。参加工作，特别是当了一名教师之后，有了一份责任，就没那么多乐趣和自由了。当学生时要玩耍，害的只是你自己一个人，而当了教师之后，若没有一颗事业心和一份责任感，害的可就是一班人、一群人甚至一代人。误人子弟的罪名我们可担当不起。

妹妹也不必担心毕业后参加工作没时间学习，鲁迅先生不是说过："时间就像海绵里的水，只要愿挤，总还是有的。"你不是说准备参加自学考试先进修大专，然后再向本科进军吗？我一定支持你，并相信你一定能成功的。现在，我很想读书，也许再教一至两年书，我会想办法参加成人高考，考脱产进修继续到高一级学府深造。

希望妹妹尽快从压抑、沉闷、烦恼和忧虑的情绪误区中走出来，勇敢地去面对毕业和毕业后的社会现实。有什么苦恼和忧愁就告诉我，让我与你一起承担，好吗？

我们家乡的饮食一般是：一天的早、中、晚三餐大多数都是吃酸菜豆汤苞谷饭（玉米饭），有时也吃苞谷稀饭。条件好的人家，早餐吃面条，中、晚餐吃大米饭；家境差点的，要逢年过节、坐月子（生孩子）或生病时，才有大米吃。我想，你们那儿所吃的"馍"也许就是我们南方所称的馒头和包子之类的食物吧？《青春美丽》就不要给我寄回来了，我这儿留有底稿的。真谢谢，你还把它抄在笔记本上。青春是美丽的，希望你倍加珍惜且永远有美丽的青春。告诉你，"符号"是我的真名，也许正如你所说的那样，它很富有诗意，所以有许多人都认为它是我的笔名或艺名。其实，每个人的名字都只是一个符号，你把它看成真名也好，笔名也罢，对你来说都是很亲切、很独特的，是吧？

我每天除了认真工作，上好每一节课外，也写些教育教学随想，若心血来潮、灵感来临时，也会写些小诗小文的，日子倒还过得充实，但同时也有点辛苦。告诉你，今年，我们校长让我和我的一位师兄（他读师范时高我一届）出我们学校初一至初三三个年级所有科目的期末考试试题，现在已经完成任务了。再过十多天，我们就要进行期末考试了，大概在7月15日就放暑假。因为怕你收不到，暑假期间我就不给你写信了。也许真的有一天我会到你的家乡去玩，欢迎吗？

希望你尽快摆脱全部的烦恼和忧愁，重新振作起来，努力地去生活、学习，做一个快乐的小天使。就写到这儿吧！我还

那些年的爱情

要为学生准备期末的复习资料。

祝妹妹快乐、幸福，珍惜最后两个月的师范生活，开开心心过好每一天！

哥哥：符号

1996年6月24日

第六节　彭玥的信

符号老师哥哥：

您好吗？在没有给您去信的这些日子里，您一定在为您的班级而努力工作，深夜里仍笔耕不辍吧？是否度过了一个有意义的暑假？而我，在这短短的时间里，已经结束了师范生活，而且永远永远告别了学生生涯，留恋、惆怅都无济于事。我故作坦然地面对这一切，而内心却非常痛苦，自己也不理解为什么不能接受这次转机，害怕长大？害怕踏入社会？害怕周围层层关系的包围？虚荣！死要面子！难道永远不走出校园、不走进人群去面对现实吗？

分配的事使我很不开心。一位科长推荐我到H市里的一所小学，可是人家却说想要男孩，我的性别又为难了我；一位老教师推荐我到H师范附小，见了两次校长，第一次校长向我要证书看，第二次校长说要靠"人情"！何谓"人情"？！我很明白，也很糊涂。

有一次我回到家，爸爸告诉我，为了我的分配，他们去送所谓的"人情"！再过不久，我就可以知道我的分配情况了。

放假以后，我在家里主要是准备自学考试的有关课程，没写日记，也竟然没什么感想。只是很害怕，害怕我会这么迟钝、麻木得没有激情、没有灵感。事实上，我是没有心思去想、没有兴致去体验、没有勇气去思索，忧郁笼罩了我的整个身心，牢牢的。我什么都不愿去想，也似乎是不敢去想，就是这样一种心情。除了您，我懒得向任何一个人表白。对自己我很不满意，看不出有什么进步。我没有好书可看，好久没看过新书了，是应该为自己输入一点新鲜血液了，我这样想。

我很想走出家庭，甚至走出我现在生活的圈子，到外面去、到远方去。去干什么？挣钱还是求知？我说不清楚。我只觉得生活太压抑、太乏味，想找一个不受束缚的空间，自由地思想，受苦受累我都不怕。我总觉得不够自由，却又没有什么具体的东西束缚着我。或许，有一天我真的会出走，但不是现在，我还要学习，起码要拿到大专文凭后才能走出去。这个季节总是下雨，这个年龄颇为危险。无论是性格、品德，还是事业、地位等等都还未定型，因此，我必须有所期待、有所努力，可我到底在期待什么？为什么而努力？想要什么样的结果？符号哥哥，也许我的思想正处于病态，若您有什么好的想法或念头，帮我指正，肯盼赐教！

等我分配以后告诉您具体的学校地址后，再回信吧！

真诚地祝您生活愉快、工作顺利、更上一层楼！

伤心的妹妹：彭玥

1996年8月2日

第七节　符号的信

彭玥妹妹：

你好！今天是8月25日，开学的第一天。今天一早，我们全体老师到学校集中开会，校长说在他家里有我的一封信，我想肯定是妹妹的来信。等教师集中会一散，我就到校长家去取信，果真是妹妹的来信。

看完妹妹的信后，知道面临毕业分配给妹妹带来无尽的烦恼和痛苦，希望并相信妹妹要坚强起来，闯过从校园生活向社会生活转变的考验，从学生到走向工作岗位这一角色的转变，要无畏地去面对现实、面对挑战。说到分配的事，要想到好地方，进入好的学校，没有社会背景、没有人民币，单凭自身的能力是极为困难的。因此，分配不能如愿以偿是很正常的，妹妹要想开一点、看远一些，我认为有时我们也要有点阿Q一样的精神，此处不留人自有留人处，何必为这些烦心事而痛苦不堪呢？

去年的这个时候，我也是被分配的事弄得很不开心，但我还不是一样走过来了？我读师范时虽然没有定向分配，但原则上是从哪一个乡镇来的，毕业后就分回到哪个乡镇。但只要有背景、有关系的，也可以在全县甚至是全市范围内进行选择。当时，离县城较近的B乡的领导想要我，他没有告诉我，不知什么时候他利用什么办法在县教育局怎么操作的，居然把我的家庭地址改为了B乡。毕业分配时，和我同是N乡的一名同学先到教育局去拿报到证，他向教育局分管政工的人员了解N乡的同学们都是分在哪些地方？当他看到我的报到证填写的是S县B乡教育辅导站时，他说："符号是我们N乡的，他分在B乡，离城区要近点，还可以嘛！"然后教育局政工股的人员对我的同学说："看来，你的这个同学符号还是很调皮的，他居然把家庭住址改成了B乡来糊弄我们，他不老实，就把他分到S县最边远落后的H乡去。"这是我的同学拿到他的报到证后在乡场赶集时告诉我的。我想，当时我的同学也许是无意，当然我也不会责怪他的，可是，就是他不经意的几句话就改变了我分配的去向，改变了我的命运。

大概是在1995年8月8日吧，我到县教育局政工股拿报到证，分管政工的人员问我："你家是哪个乡的？"我说是N乡的。他说："那么你的地址为什么填的是B乡呢？如果我没猜错的话，你就是N乡坞铅的。"因为我的父亲是N乡坞铅小学的教师，加之姓"符"的人很少，看来他是以此推断我是坞铅的。我说我是N乡的，但不是坞铅的，是玉兰的。至于我的地址填写成B乡，我也不知道是怎么弄的，也许是B乡的领导想要我吧？一番问答之后，我说既然地址填成B乡，那就把我分到B乡去算了。他也没有说要把我分到H乡去，而是让我回N乡，他说这是原则。我坚持要去B乡，他坚持让我回N乡。三番五次争论一通后，没有结果，我便走出了三楼的政工股办公室，走到一楼时，我横心一想，不让我去B乡，那我就去比B乡还要偏僻落后的J乡吧！

我当时想，偏僻落后的地方，人们的感情要纯朴得多，相对来说社会关系也不复杂，人际关系要好处一点。说不定去偏僻落后的J乡，以后还有机会继续读书深造呢！我这样想，就返回三楼政工股办公室。一进门，我就说："去J乡！"他连问了三次"是你自愿去的吗？"我没有回答他，也不想回答他。他也就没说什么，便从办公桌的抽屉里拿出了我的报到证。我一看，我的报到证上果然清晰地写着"B乡教育辅导站"的字样。于是，他将"B"这个字改为了"J"，也没说这是什么原则之类的话了，然后又加盖了一枚公章。他盖完章后，我不屑地从他手中拿过报到证，话也没说一声就跨出他办公室的门，头也不回地走了。好妹妹，要是我送送礼物意思意思，也许我就能如愿以偿地分在B乡了。但我就是不送，也宁愿到最艰苦的环境中去磨炼自己的意志，我很欣赏"生于忧患，死于安乐"这句话，就将这句话送给你吧！希望你能重新振作起来，坚强地面对这残酷无情的社会现实。

你报了自学考试，考的是什么专业？也许，明年我将参加成人高考，考脱产进修继续到学校读书。告诉你，暑假期间，我没有出去找同学和朋友玩，在家帮助家里干农活。我们

那些年的爱情

家乡由于海拔高，加之缺水较为严重，不出产水稻，主要是种植苞谷（玉米）和洋芋（也称土豆或马铃薯）。我家种了很多洋芋，暑假期间，正值洋芋成熟的季节，大概每年能收一万多斤。在家里，除了干农活外，还抽出时间来看看书、练练笔，日子倒也充实。

不知不觉已有一年的教书生活，体会到教师真的很辛苦，除要备课、上课和批改作业外，还要随时了解学生的学习、生活和思想状况，好言传身教、因材施教，采取切实有效的措施和方式方法，对他们进行教育和培养。教书虽苦，但是看到自己苦心经营的学生，一天天长大、一天天懂事，并学到知识，心里也是甜甜的。今年，我带的是去年的班级，上初二（1）班的语文和英语，兼班主任，工作还算顺心。我认为教师这一职业是最适合女生的，因为女生心细，有耐心、爱心，教育教学工作就是一份耐心细致的工作。我相信凭着妹妹那颗善良、真诚的心，一定能做一名合格且出色的人民教师的。

谈到离家出走，在上次给你的回信中我提到过。其实，我也一直向往远方。也许，是远方有一种诱惑力吧！但不管怎么说，我们现在还没有具备在外立足的条件，还是要继续读书、学习，待练就了一身本领之后，再出去也不迟，你认为呢？我们正处于人生最美好的青春年华和学习的黄金时期，不能消沉和退缩，只有勇敢地去面对这无情复杂的社会现实，懂吗？随寄暑假期间写的一篇《善待生命》给妹妹，希望妹妹能从中得到启迪和领悟，善待自己、善待生命，开开心心、快快乐乐地过好每一天。我想送给妹妹一句话：希望妹妹在社会生活的荆棘丛林中，如一株山野的百合花散发出缕缕淡淡的清香。写到这里，我突然想到了《诗经》第一篇《关雎》，现就将这首默写出来送给妹妹吧！《关雎》："关关雎鸠，在河之洲。窈窕淑女，君子好逑。参差荇菜，左右流之。窈窕淑女，寤寐求之。求之不得，寤寐思服。悠哉悠哉，辗转反侧。参差荇菜，左右采之。窈窕淑女，琴瑟友之。参差荇菜，左右芼之。窈窕淑女，钟鼓乐之。"（《诗经·周南·关雎》）我想，妹妹应该一定很喜欢这首诗吧！哈哈。

等你工作分定后，再给我回信，就写到这里吧！真诚地祝福你：开心！快乐！风雨过后定是美丽的彩虹！应坚信，明天会更美好！

你的大哥：符号

1996年8月25日

善待生命

生命是一种过程。我们哭着来，最终又将在别人的哭声中结束。生命原本就是一种单调而凄凉的历程，更何况我们颇不情愿有太多太多的伤感和痛楚。

很多时候，我们需给卑微而又孤独的生命一丝慰藉——善待自己，善待生命。

当梦想与现实的距离遥遥无期的时候，不要灰心意懒、不要气馁沮丧，也不要去苦苦强求和等待。因为，不属于自己的东西，就不要刻意地去追求，人生苦短，何须强求？但属于自己的，也不要轻易拒之门外。

当一切向往碎了的时候，请不要悲观失望，路就在自己的脚下，跌倒后站起来继续前行，人生同样潇洒。因为，前方有许许多多本该属于自己的东西正等着自己去争取。

当一切的一切暗淡了的时候，并不意味着人生就没有阳光，生命就没有亮点，应用英国大诗人雪莱的诗"冬天来了，春天还会远吗"来解脱心灵的淡泊与沮丧。

当生命遭受冷落时，并不可怕，可怕的是无言地接受冷落、无奈地屈服于冷落。积极的人生不是在慨叹和惋惜中度过，也不是在痛苦和失意的逆境中消沉；不要叹息一切都是无奈，也不要去惋惜无意中的失落。一切的一切只能靠自己去把握、去改变。

把痛苦和失意交织的往昔留给历史。明天，当春风又一次从天外吹来，杜鹃又一次如潮般绽放的时候，甩甩长发做一位荒原的跋涉者，定会寻觅到最美丽的风景。

即使有过曾经的荒废，或是亮丽的无悔，都不要在乎或炫耀，只要能感觉到自己的存在、生命的存在，就不必带走西天的云彩；只要能善待生命的每一秒钟，就不必回首徘徊；只要能善待自己、善待生命，日子定会全新，阳光永远灿烂。

朋友，在很多时候，请善待自己！善待生命吧！

第二章　青青子衿

青青子衿，悠悠我心。纵我不往，子宁不嗣音？
青青子佩，悠悠我思。纵我不往，子宁不来？

——《诗经·郑风·子衿》

第一节　彭玥的信

符号哥哥：

你好吗？这么久没给你写信，对于我的情况你也一无所知。这都是我的不对，请原谅我。其实，我一直都清醒地意识到，在远方有一位可以听我倾诉心曲的知音，可以为我分担痛苦和忧愁的朋友，可以催我进取的良师益友。谢谢你对妹妹的鼓励！读了你的《善待生命》和你默写下来的《关雎》后，我受到极大的启发，心情也好了许多。是啊！我们每个人都应该要善待生命、善待自己。请你不要再为我担心了。我特佩服你的记忆力，居然还能默写出《诗经》中第一篇《关雎》，说句实话，妹妹很喜欢的。妹妹一定会勇敢、坚强地生活和工作下去的。由于工作久不稳定，特别是情绪上的波动，使我无法提笔表白什么，我自己都不知道那些事究竟要怎么做才算正确。关于分配的事总觉得很冤枉，结果我终究又回到家乡了。回到家乡这片虽然贫穷落后，但哺育了我们生命的土地，我无怨无悔。我被分配在H乡第一中学教书。给你写这封信的时候，我已经有了半个月的教学经历。

学校让我担任初一（3）班的语文课及初一年级三个班的地理课。一星期共15节课，跟同校的其他老师相比，已算不少了，可我别无选择。平心而论，我工作还算认真，但却并不尽

那些年的爱情

力。因为我还要学习，我报了自学考试，专业是汉语言文学，刚刚考过两门。我是不敢也不肯作弊的，虽然考风并不好。我特别喜欢学习，主要是认为自己太浅薄了吧！我还要抽点时间写点什么，课外书已很少看了。总之，我好像对自己十分不满意。

走出校园，又走进校园，这种从学生到老师的角色转换，我应该是有时间、精力读书求知呀，加上自己又正处于学习的黄金时期嘛！可我必定还要承担自己的工作职责，只有加倍努力，抢时间了。

今天下午，在学校办公室，听到一位同事说，我的学生们反映了我很多工作上的问题：地理课听不懂；脾气太好了，学生不怕我；讲话语速过快；语文课倒是从头到尾地讲，可是学生听不懂……为此，我的心受到很大的震动，的确自己是应该要反思一下出现这些问题的原因了。不但要对学生负责，而且必须要拯救自己。正如哥哥说："误人子弟的罪名我们担当不起。"我真不想把这份工作搞得一塌糊涂，再说妹妹也丢不起这个人，我会尽力去做好的。我本来就是个不开朗的性格，但是我一走上讲台，就有很多笑容。不过，这样真的不好吗？非得要板起个冷面孔去面对我的"下层人民"吗？我喜欢他们，才有笑容给他们呀！至于有人"不怕我"，我想那可能只是个别现象，我会好好地做他们的思想工作的，用爱去赢得他们的信任和尊重，使他们尽可能地改掉一些坏毛病。

可谁又知道我内心深处总是充溢着又深又重的愁苦呢？这也许是我性格吧！其实，我是一个集天真幼稚与深刻成熟的矛盾统一体，我觉得这样评价自己是比较客观、合适的。符号哥哥，我渴望你的关怀、渴望你的理解、渴望你的真爱，我更懂得唯有奋斗，唯有自主、自立、自强、自律，才有出路，才能无愧于伟大的时代。因此，我总表现得很沉静，沉静得让我为自己担心，因为沉静只是一层外衣，里面却有火山、有海洋。

我生命的轻松与快乐被什么鸟衔走了。

还有很多事想向你说，关于社会、关于工作、关于人生……朋友太少了，身边几乎没有，也许这是因为我提防性太强，过于保守，不想让别人了解的结果，我总是觉得他们不可能理解我的想法和处境。

夜深了，窗外的北风在呼呼作响，虽然我是个女孩，却长了一身傻胆，并不害怕，再说现实也要我去无畏地面对。

我在这封信上贴上影星温碧霞的三张不干胶画片送给你，在我没给你照片之前，别把我想象得太丑。符号哥哥，你们那儿一般吃些什么饭？

再谈吧，哥哥，这样称呼你，也许是脆弱的表现，可我太孤单了。我本来没有哥哥，这是人生的缺憾，可幸运的是我却能得到你哥哥般的关怀。真心地祝福你平安！

校址：H省H市Q县H乡第一中学，邮编：345682。

妹妹：彭玥
1996年10月29日晚

第二节　符号的信

彭玥妹妹：

你好！记得在8月25日给你写过一封信后，就一直没收到你的回信，但我是不会责怪你的，因为你的分配没定下来，心情也不是太好，所以你就不要自责了。《善待生命》能给你一些启发和慰藉，我很高兴，这也是对我写作的一种肯定和动力，真希望妹妹能善待自己、善待生命。

今天，收到你的信后，得知妹妹分回到自己的家乡，且已经有半个月的教育教学经历，家离学校远吗？要注意照顾好自己。不论分配如不如意，都不要怨恨，因为这是我们无法选择的，就像我们无法选择父母一样，知道吗？希望妹妹要用一颗平常心去面对，你说是吗？

妹妹一星期有15节课，负担的确是重了点，但同时上初一年级三个班的地理课，这对备课来说是很方便的，写一个课时的教案就可以上三个课时的课。我一个星期有12节课，课虽然不多，但我是班主任，班主任工作是很复杂的，每件事都要我去安排、布置和落实。但不管怎么样，教师这个职业是我们自己选择的，我们就必须对它负责、对学生负责、对社会负责，同时也是对自己负责，你认为呢？

你自学考试报了汉语言文学专业，且已过了两门，题目难不难？我听许多人说自学考试的题目较难，但我相信，凭妹妹的能力是不会难倒你的。你在信中说对自己十分不满意。我想，或许这是你积极上进的一种体现吧！

正如妹妹所说，从学生到老师的角色转换，就可以自由支配自己的作息时间了。妹妹除了教书育人外，一定要抽出时间好好读书和学习，这样让日子过得充实一点，生活就不会那么无聊和空虚了，就不会产生那么多的愁苦和忧伤。

"十年树木，百年树人。"教书育人是一项长期、复杂的系统工程，不可能一朝一夕就体现出明显的效果。再说了，教师的工作对象不比其他行业是机器和工具，而是活生生的人，是一个个千奇百怪、活蹦乱跳的生命个体。因气质、性格等因素的不同，而出现了个体差异。这给教育教学工作带来了一定的难度。俗话说："人上一百，形形色色。"这是不以我们的意志为转移的。但妹妹也不要担心，教育是有规律可循的，作为教师最主要的是在了解和掌握学生的成长规律和身心特点后，采取一定的方法和手段因人而异、因材施教。学生反映你的语速过快，那你就把语速放慢一点，讲到重难点时，要有意提高声音或重复，一遍听不懂，就再来两遍、三遍……直到让学生听懂为止。这样，让学生渐渐地适应并接受你，最终得到学生的认可后，他们就自然而然地会钦佩和尊敬你了。至于你一上讲台就有很多笑容，我认为这是对学生的一种关爱和鼓励，是很好的一件事，你就不要去想那么多了。妹妹说得对，面对我们的学生，我们不能像鲁迅先生在《从百草园到三味书屋》中所描述的那样：寿镜吾老先生成天板起个冷面孔，令学生望而生畏。学生认为老师没有亲和力，又怎么赢得学生们的信任和尊重呢？"走自己的路，让别人去说吧！"我相信妹妹的能力，一定会把学生教好，成为一名合格的人民教师的。

我今年是跟班走，上初二（1）班的语文课和英语课兼班主任工作。我每天除了做好教学工作外，还要做饭带到金钟中学给我两个正在读书的弟弟吃。我们学校的条件没你们那儿好，学校没食堂，饭就只能是自己做了。不过，我做的饭菜自己觉得还可以。这都得益于读初中时在外住校慢慢学会的。我们这儿的饮食，我记得在给你前面的信中介绍过。我们家乡的饮食一日三餐主要是吃酸菜豆汤苞谷饭。我们G省农村农民朋友饮食的一个最大特点是特别钟情于酸菜豆汤苞谷饭。我们S县的本地人很喜欢吃酸辣味。一般的农村人家，菜饭以酸菜豆汤蘸豆豉（大豆制作而成）辣椒水和苞谷饭为主。间隔吃几餐豆花、连渣捞（均是由大豆制作），有"三天不吃酸，走路打蹿蹿"的说法。意思就是若三天不吃酸菜豆汤，就没精神，走路很困难，像喝醉酒一样摇摇晃晃。当然，这是夸张的说法，主要是体现出G省S县农民朋友对酸菜豆汤苞谷饭情有独钟。

妹妹内心深处有什么深重的愁苦，尽管向我倾诉，我会与你一起承担，在以后的人生旅途中，我一定以一位大哥应有的责任关怀你、理解你，给你亲情、给你真爱，让你的生活更加充实和快乐，把那些不如意的愁苦和忧伤扔进历史的垃圾堆、扔进辽阔的太平洋。谢谢你送给我温碧霞的不干胶画片，我将

那些年的爱情

把它永远珍藏。无论你给不给我你的照片，我都把你当作我今生今世唯一的善良、聪明和可爱的妹妹。

不论日子多么孤独，人生多么无奈，生活多么艰辛，社会多么残酷，我们都要用一个平常的心态去面对现实、面向未来。我不认为妹妹脆弱，反而觉得妹妹很坚强。我们要一起去努力、去奋斗、去拼搏，真正去体现人生的价值和生命的意义，创造美好的明天。现在我对自己的工作、生活和环境也不是很满意。为此，我决定准备参加明年5月份的成人高考，报考G省教育学院或L市师范专科学校的汉语言文学专业，但不知是否能如愿以偿，到时候一定告诉你。

再谈吧！妹妹，话长纸短。随寄《品味孤独》给你，希望妹妹能拥有一份真正属于自己的孤独吧！真心祝福妹妹工作顺利！事业进步！开心！快乐！

哥哥：符号

1996年11月18日

品味孤独

现实生活中多数人颇不喜爱孤独，总常把孤独与无聊、空虚、烦闷这些描写心境极坏的语词相提并论；总是把孤独看作是一种可恶的病魔而拒之门外；总是想方设法逃避孤独、走出孤独。

其实，孤独并不像你想象的那么可怕，只是你没有去真正地品味到孤独的妙处罢了。

孤独，是一种境界。现代人的情感被更多的名利、物欲所困扰；现代生活的快节奏也使闲适情趣远离人的心灵。在这样一个物欲横流、人心浮躁的环境中，若你能走出这尘嚣的喧嚣去独守自己的一片天空，让心灵做一次散步，那可是一种无法言说的惬意和快慰的境界。

周末或节假日，独自一人到郊外或乡村，去观赏行云流水的清丽淡远、飞鸟野鹤的闲适飘逸、日落西山的美丽黄昏；去触摸野花小草生命的灵性，仰望星空的深远莫测；去品味丹枫飘飘的韵味、洁雪纷纷的浪漫……让这一切的一切洗净灵魂，使自己的心绪不带任何杂念地投入到大自然的怀抱，让那些对现实长吁短叹的不满和厌世疾俗的伤感随风而去。真正地走进了孤独的圣地，你就真正地进入了一种神圣的境界。

孤独，是思索的完美时空。"追求需要思索，思索需要孤独。"这不知是哪位名家说的了，它道出了孤独的一大妙处。的确，在孤独的时空中，一个人的思索往往会达到最佳状态。这个观点，从中外古今许多伟人、名人的生活经历中是不难印证的。李白的《将进酒》中不是也有"古来圣贤皆寂寞"的名句吗？还有名人易卜生也说过："世界上最有力量的人，是最孤独的人。"人在追求中思索，在思索中追求，都离不开孤独。

在人生的路上，成功和失败总是结伴而行；在生活的旅程中，欢乐与痛苦总是相互交织。孤独时，拥有自己一片心灵的天地，用一颗平常心去咀嚼尘世间的真善美与假丑恶，分析生活中的得与失和是与非。揭示出生活的规律、生命的真谛，总结成功的经验，吸取失败的教训，为一次次的成败或欣喜或自责，不断去领悟人生。在孤独中让灵魂升华，总结自己、更新自己、重塑一个自己，为生命的行程创设道路。

孤独是一首精美的小诗，只有用心去反复研读、细细品味，才能咀嚼出它的韵味和情调；孤独是一杯清香的茗茶，需要去慢慢品尝，才能余味无穷……拥有一份孤独，

　　　　　　　　　　　　　　那些年的爱情

就拥有一份美丽的人生；拥有一份反刍生活、诠释生命、思考人生的完美时空；拥有一份颇丰的生命财富……

　　我们应学会拥有孤独、品味孤独，慎重地走好人生的每一步。

第三节　彭玥的信

符号哥哥：

　　你好吗？那天收到你信的同时，也收到在师范读书时常辅导我写作、最关心我的张老师寄来的报纸，他看到在《H日报》上刊登了我的一篇散文《告别师范》。这篇文章是我毕业前就寄出的，想不到竟然有了结果，可要不是张老师寄来报纸，我怎么又能知道呢？

　　在学校里，我看不到报纸，也许校长那儿有吧，但那是他的，我才不愿到他那儿去讨呢！校长简直是个大闲人，每天最重要的事就是喝酒，不管他的"臣民"多么辛苦。而且，我们学校分工不均。有的老师一周只有6节课，可我每周就有15节课。刚开始傻乎乎什么都不懂，后来有几位老师暗地里为我打抱不平，我才觉得有点委屈。有的老师闲得实在无聊，可我除了上课，还要学习、写作，若把他们不要的时间都给我那该有多好啊！不知道他们为什么会给我安排这么多课？唉，我也不想再思考这个问题了，就算是他们迫不得已吧。我原谅他们，也藐视他们。这个学期也没多长时间了，我想我能坚持下去的，可我又因此而更加默然而沉静了，我不会再对他们有任何好感。下学期若还是这样的话，或许我会走的。我觉得我对于别人的目光和冷暖很敏感，但决不小肚鸡肠，故意使自己疏忽大意。他们不在乎我，我也不在乎他们。至于学校弄虚作假、欺上瞒下的内幕我就不说了，反正我心寒心痛。但不管外界环境怎么样，我都不能消极、不能沉沦、不会圆滑世故，我要用纯洁善良的心去接纳一切。只有这样，才能不愧于良心和灵魂。

符号哥哥，我不知道自己为什么会这么幸运，能够拥有万里之遥的你的友谊，而且你又是那么执着、优秀、出类拔萃，已成为我努力的榜样了。我相信自己一定跟你一样下功夫，也许不会有你那样丰硕的秋天，但会拥有你同样的无悔、满足和坦然。可前一段时间，思想总有点麻木，我都怀疑自己的正义感跑到哪里去了？我每天都处在较为深刻的欢乐、痛苦、寂寞和伤悲的情景之中。为此，我只能用按部就班地去工作、学习、吃饭和睡觉来打发时间。反省一下，觉得骨子里刻着一份无奈和别无选择，对现实不满，可也不能置之不理啊，所以才没有兴致去思考其他问题。我不想成为这样的木偶人，要求自己每天都要写日记，毕业后，只写过一篇成型的作文，我觉得自己退步了，真是不可思议。我不能再原谅、迁就自己了。

刚踏上工作岗位，除了认真教书、学习外，从不去操心身边的其他事。我不善交际，有时觉得该多与别人打交道，但是今天晚上，我又否定了这个想法。我跟一位老年女教师到乡二中去，她说去看她爱人，她爱人有两顿饭没回来吃。路上，她给我讲了一些关于我们学校的人际关系问题，听了她的话后，真让我不可置信、惊诧不已。

到了乡二中后，曾教过我的一位初中老师神秘兮兮地问我来干什么？我说陪王老师来，他说不是来看那位姓什么连我都不清楚的年轻教师吧。我只有莫名其妙般地大笑起来，表示否定。他又说那位年轻老师怎么样怎么样，真让我感到好笑！由此，我也感到很危险，我知道现在的我必须充满信心地去学习、去奋斗，这也是我的志趣所在。我不肯做平凡的女孩，至少我有一颗不平凡的心。我想走出自己的路，闯出自己的天空。尽管我的路和我的天空如梦一样迷离、似云一样缥缈，它

171

那些年的爱情

却是定格在我脑中的一道永恒的风景。为此，我放弃了想学织围巾、织毛衣的念头，也不屑炒菜、煮饭等技巧，而是把点滴时间用来看书。

我常常钻在自己的办公室（靠里门南屋，平时无人打扰，虽然很阴暗，却适合于我）里，品尝独处的美妙，很充实、很快乐。如果不想前面的路和梦的话，永远这样也不错。我总觉得走出我的办公室，就会听到一些扰乱心境的事，就会遇上一些麻烦。在这样的年龄和季节，我还是专心做学问的好。不过，我不会不管窗外事的，不会走极端。在很烦闷的时候，抽一定的时间去玩玩。哥哥，你真棒，有理想、有志气，我一定要向你学习。我相信你一定会有所作为的。并且，希望我的每一个问候都给你一份安慰、一份祝福，使你忙于奋斗的心得到片刻休息，给你情感的天空增加几许蔚蓝。天空那种蓝色，我特喜欢，它使我忧愁又莫名其妙的快乐，看着那样的天空，我真想扯下一片，占为己有。

符号哥哥，答应我一件事，不管我们的未来通向哪里，都保持我们的联系，我实在是太珍惜它了。即使你有了女朋友，也不要忘了妹妹，永远帮助她、鼓励她，行吗？

自学考试挺难的，前几天我又考了两门，再过几天，才能知道成绩，不能告诉你了。不过，相信你妹妹并不笨，要是真不过，我再考。

学校离家将近20里路，平常我不回家，在学校吃住，冬天我也没准备自己做饭，到学校食堂去吃。可能我们这儿的生活条件比你们那儿好得多，但我却很喜欢你的故乡，虽然对它了解得很少，它却培育出你这么出众的人才，很有灵气的。我真渴望有生能去一次，也好尝尝你的厨艺。

我们这儿还没有下雪，快了吧，天是很冷的，冻得我常发抖。

对了，哥哥，你会讲普通话，但你家乡话是什么味道呢？

跟H省的话不一样吧。如果我们真有幸见面，说什么语言呢？真有趣，你说是不？

我有三个姐姐、一个弟弟，家庭倒也幸福。二姐快要出嫁了，大概在冬月间，但我并不为她高兴，准备想为她的婚事写点什么。她是经人介绍的，根本无力无条件做什么选择。在社会传统习俗的影响下，她很无助，无所谓爱与不爱。二姐虽文化不高，却是个感情很丰富、办事很精明的人。他们的婚事对她是不公平的，是委屈她的。但无论如何，我还是祝福她，愿她幸福，只能在心底为这样的人忧伤、慨叹。

照片的事我一直记着，一定要寄给你的，可我一直没有机会去照，或者说没有勇气去照，但无论如何会给你的。如果我说想再要你的照片，会骂我贪心吗？我还真能会占小便宜！

再谈吧，哥哥，祝你快乐、充实、工作顺利！我也会努力的。明天得用快件信封寄，因为我停了几天才给你回信，而且，我希望你早一些读到它。

妹妹：彭玥

1996年12月4日晚

第四节　符号的信

彭玥妹妹：

你好吗？不知你收到我的信后，我在信中对教学的见解和体会是否对你有帮助？希望你的学生听你的话。时间过得真快，一晃，一个学期又快结束了。现在我们学校已进入期末复习阶段，似乎也轻松多了。

刚吃完晚饭，弟弟上晚自习去了，我一个人静静地坐在寝室里，等心静下来后，便开始给你写信。我不是告诉过你，明年我准备参加成人高考吗？前几天，我进县城买了一套1997年

那些年的爱情

文史类的成人高考复习资料，包括语文、数学、政治、历史和地理5个科目。我到县教育局去咨询，大概要到明年的三月中下旬才开始报名。现在我除了把每一节课上好外，大部分时间都用在成人高考的复习资料上。这些学习资料的内容基本上与高中的内容一样，也与师范的教材差不多，只是要比师范教材的内容深入系统得多。因此，我觉得并不是太难。

告诉你一个好消息，彭玥妹妹，前不久我加入了L市作家协会，成了一名作协会员。同时，还被L教育杂志社聘为通讯员。这些对我来说是一种鼓励，更是一种鞭策。看来，自己只有加倍地去努力写作了，这样，才不愧作协会员的称号。其实，妹妹很有才气，也很努力，我相信你一定比我强、比我棒。

我也听过我的一些同学说，自学考试是挺难的，但凭着妹妹的努力和用功，我相信妹妹一定能过。先预祝你了。你说我们在那些昔日的伙伴、学友，今朝的大学骄子面前该不该自卑？

我的家离学校也将近20里路，平常我都是在每个周末回一次家，但有时也不回家，在学校和其他几位外地的住校老师以AA制的形式，到附近的乡场上买菜，合伙做饭吃，算是改善生活。我们学校还没有食堂，饭都是自己做。我们这儿的生活条件（好像在以前给你的信中为你介绍过我们家乡的饮食情况）是没有你们那儿的好，但我自认为自己手艺还是不错的，要是你真的来，还可以品尝品尝我的手艺呢！

我们属于北方方言区，家乡话跟普通话差不多，与普通话相比，就是一些字的声调、声母和韵母拿不准，具体说，就是有些字普通话是读阴平、家乡话却是阳平；有的字是后鼻韵或前鼻韵，而家乡话却不分；有的字是边音或鼻音，家乡话也不分；还有平舌和翘舌也分不清楚。再加上，还有当地的一些方言，这里就不多说了，肯定跟H省的话是不一样的。如果我们真有幸见面，那就先说各自的本地话，然后再用普通话来翻译，你看行吗？同时，也请你代替我向二姐祝贺：愿她幸福快乐！

至于照片的事，你一直记着就好，那等你照了以后，再寄给我。师范毕业，我也没照过相，待我有机会照相，一洗出来就寄给你，好吗？

你们那儿居然还没下雪，我们这儿已经下过两三场了，且雪还较大。我想下这么大的雪，明年肯定又是一个丰收之年吧！不是有一句流传比较广的农谚叫作"瑞雪兆丰年"吗？进入冬天，妹妹要注意多加衣服，不要给冻坏了，那我的心一定会很痛的！谈到下雪，这两天我写了一篇散文诗叫作《飘雪的冬天》，现随信寄给你读读，也好让你了解我此时此刻的心情。

也许，你收到这封信的时候，我们已经放寒假了。寒假期间我回家，不在学校，就不要给我写信了，避免遗失，好吗？

再谈吧，妹妹，祝你幸福开心、工作顺利！

哥哥：符号

1996年12月16日晚

飘雪的冬天

积蓄三季的柔情，丰腴千百种情感走进飘雪的冬天。

飘雪的冬天，浓缩的记忆是一道洁白的风景。纷扬的思绪飘洒成一首无言的歌，伤痕累累的岁月依旧敲打着这无瑕的季节，依然撞击梦的心灵。飘飞的雪花溶化成相思的雨滴，静静地侵蚀我无言的心。

这六个梦的花瓣编织的情网中，有你的欢乐，就有我的痛苦。斑驳的往事随雪花凋零，低吟那段空白的情缘，思念满怀，此刻我无言。

岁月的车轮碾碎我的青春，却碾不断对你的思念，思绪在风雪中化作失落与惆怅。

那些年的爱情

想你，在这飘雪的冬天，千万遍默默地重复与你浪迹天涯的日子，生命被残酷的寒风撕成碎片如沸沸扬扬的雪花，一厢情愿地扑向大地，而大地却无动于衷。飘雪的日子，生命将被分离，爱永不忘记。

踩着寂寞、踏着伤痛在雪中踟蹰前行，冷寂的街上，自己是孤独的行人。在思念的驿道上，我用一颗等待的心无言地等待着一个需要等待的人。

恋你，翻开冬天的风景，回忆是一份美丽的伤痛。

第五节　彭玥的信

彭玥的信之一

符号哥哥：

你好！给你写这封信的时候，我正处于情绪的最低潮期；欲哭无泪，欲诉无处。唯有压抑、痛苦充塞胸膛，弥漫脑际。蜡烛有情，替我垂泪。重读你的《飘雪的冬天》，想从中得到些许慰藉。青春美丽，可是青春又这么残酷地折磨我。没有绕指的烟圈，没有喷香的酒精，怎熄灭胸中一团悲哀之火，驱除厚重的烟雾。我从来没有这样难过、伤心、失望得不知所措过。我一向认为自己是理智的，不会特别兴奋，也不会长久地痛苦，可是，这短痛已经够了，长久下去，我岂不毁了？毁在我自己的手中！现在是晚上7点钟，我独自一人刚从县城赶回来。在县城，那个我根本不熟悉的县教育局教研室主任给我一个人上了整整一个下午的课，按他的话说是"栽培"我，给我讲了一些教育方面的事，给我展示他发表的论文、获得的证书，我一直走神，多次回答不出他的提问。已经到了下午5点钟了，他还不说让我走，我要回到学校，起码得一个半小时。已经很晚了，可他说让我住下来，可以多给我看一些东西，我可没那么"贪学"，也并不幼稚，怎么能随便留下来呢？终于拒绝了他苦苦的挽留，我连走带跑地奔向了回学校的车站。到了G村下车，离学校还有30多里路，天已全黑了，我一横心就坐了一辆三轮车回到学校。可惜，我花了8块多钱买的一张《中国地图》不知什么时候遗失在路上了。

我走进静悄悄的校园，打开门钻进去，没有人知道我回来了，也没有人知道我去干了些什么。符号哥哥，不是因为受了这么一场惊吓才痛苦，而是因为那个教研室主任希望我学习教育理论，争取评上优质课什么的，将来跟他一样"辉煌"。可我对此一点都不感兴趣，甚至很厌烦这些，这差不多是思想危机了。我不知道为什么如此讨厌自己本该顺理成章去奋斗的事业，可是除了这个，我还能去做些什么呢？还可能去做些什么呢？我是想干点事的，不想平庸一生，可是如果照这样下去，不平庸就会更颓丧、更无用了。我几乎要渴望平凡、渴望幸福、渴望一个温暖的巢穴了，这怎么行呢？符号哥哥，我找不到乐趣、看不到方向，我真的迷路了吗？

自学考试两门都通过了，只是没想到的是文学概论只考了60分，我本以为至少也能考个八九十分的，想不通为什么会考得这么差，可这对我来说也是一个压力，我想下面的科目就更不好过了吧。

这一段时间过得很糟糕，总觉得倦怠，放弃了学习，工作也很勉强。这两天连课外书都看不进去了。我开始想唱歌，跟我最好的伙伴、我们学校的音乐教师——王丹一应一和很默契。我的嗓子并不坏，真的，唱起歌来也很动情，很希望有一天你能听见我唱歌，唱《但愿》，还是《天堂里有没有车来车往》，我都会很投入。

符号哥哥，你喝酒吗？它可以消愁，可我受不了那种辛辣

那些年的爱情

味。记得，师范毕业前夕，我们寝室聚餐喝过啤酒，很难喝。我想尝尝……我有太多的秘密，所以这么沉重；我有太多的渴望，所以这么痛苦。更重要的是，我是一个孤独的脱离人群的行者。我几乎要大喊"救救我"，喊给你听，也喊给我听。给我来信，符号哥哥，很忙吧，占用你一些时间。随便写点什么都行，只要是你最想说的话，或者一件你难忘的童年趣事，讲给你生病的妹妹听，等待你的安慰。

符号哥哥，我又想流泪……也许，我该构思写点什么，就会好些吧！

再谈吧，符号哥，珍重！

你生病的妹妹：彭玥

1996年12月30日晚

彭玥的信之二

符号哥哥：

你好吗？春节怎么过，有没有到什么地方去玩，又写出什么好东西呀？我真想知道。真想和你聊天，因为生活中有你这样肯干、肯吃苦的朋友，真不容易。这使我意识到自己并不是一个孤独的行者。我的行为让旁人都不理解，他们说你干吗老钻在屋子里读呀、写呀，那有什么用？他们的语言和表情都让我很紧张，我知道自己活得很不轻松、很不潇洒。

有时所学的一些东西确实并不实用，但却有它间接的利益。大多数东西，还是兴趣所乐于接受的，它能拓宽我的知识视野，陶冶我的思想情操，教给我如何去认识社会、思考人生……而且，学习会使我感到充实，忘掉那些无聊低级的游戏。我选择自学考试这条路，根本就没有错。我只能破釜沉舟地干下去，弥补没有踏进大学之门的遗憾。你说："我们在那些昔日的伙伴、学友，今朝的大学骄子面前该不该自卑？"说句实话，我有点，但觉得不应该。我们所走的跟他们相比是一条根本不同的路，我们会踏着小径，攀上顶峰，跟他们一样受世人瞩目，不是吗？我只有不断努力，使自己不断进步，保持心理上的平衡。

从农历腊月二十二日放假到正月十七开学，假期间，我几乎是足不出户，父母都很支持我学习。母亲包揽了一切家务，连我的衣服她也非要洗不可。这常使我感叹，母爱是最最无私又没有目的的奉献，感激之余，也很不安。父亲在一个煤矿工作，工资不高，每天早上6点钟就要出发，赶近1个小时的路，下午再回家，很是辛苦，我希望不久以后，他能够放下这份工作，的确太累人了。

我们的家境不算富裕，也并不贫穷，可爸爸还是有点担心生活不会好下去。我认为这是他多年来的想法，也许是年轻人都比较乐观吧！我在家里除了洒扫庭除，就是练字（上面布置的任务）和学习，也写了几首小诗和一篇文章。写得不怎么样，真不敢让你过目呢，我也没来得及投稿。对于练字，简直是一种发泄，也是一种调节吧，要先写一些字，才能静下心来学习。学得烦了、头疼了，我就继续练字，很快，练习纸就被我用毛笔、钢笔填满了。之后，我便看课外书。总之，说是做好准备，参加自考，其实，只用了很少的时间看自学考试的书，真拿自己没办法。

我没有出去找过同学，也没去什么好玩的地方，只是在正月十六那天，有同学登门，才陪他们到村边的淇河之畔走了一圈。其实，不是我不喜欢玩，现在的我真的乐观不起来，但相信终有一天我会好好玩玩。

符号哥哥，我属蛇，今年才20岁，可就有一些人关心我的婚姻问题。他们给我介绍对象，我说简直是开玩笑。还有我的初中老师，竟然耍弄花招，软硬兼施，我只有对他们置之不

那些年的爱情

理，报以疏远。当遇到这种问题时，我很紧张、很害怕。我们学校有位老师曾向我发起攻势，使我恐惧了好长时间，养成了一进门就将门反锁的习惯。

还有更大的玩笑，就是正月十六那天，在淇水河畔，两个跟我关系比较好的男同学，把我的弟弟和其他人支开，一块向我交涉爱情婚姻问题。他们说家里人都忙着给他们找对象，可是他们都很喜欢我。对此，我笑得很厉害，我说我也很喜欢你们两个，但是我现在要独身做我的工作，还是请你们操自己的心吧。他们都说，那就算了吧！他们在回到我家的路上还开了一路的"情敌"玩笑。

我真感叹我们这一代人的思想会解放到如此程度，不错的，大家都是明白人。但愿他们不要因为我而感到难过，我会继续给他们写信，友情也是美好的。我知道我不能为这些伤心事纠缠不清，儿女情长，英雄气短，那位关心我的师范老师张正华（如果可能，你会在一些报纸上看到他的名字）在我毕业时一再强调：希望你先立业、再成家。我呢，也十足幼稚，几乎对终身大事不抱什么希望，但我知道怎样做会使自己过得更快活些的。

符号哥哥，这次寄给你的是两封信，第一封是去年12月30日写的，没有寄出，因为当时我太难过了，不想让你知道我这么软弱无用，所以就一直放着。现在我把它寄给你，你就可以看看我无可奈何时的"熊样"了吧！

我并不漂亮，但我一定会给你寄照片的，相信你一定会很喜欢。再谈吧，祝你好运！

没能在元旦之际寄上祝福，这一次就祝你新年快乐！新年会怎么过？有没有好作品？复印一份给我看。照片的事我记着，会寄给你。

你的妹妹：彭玥

1997年2月23日晚

（这是开学的第一天）

附：符号哥哥，我很怀疑我的才气，虽然我并没有停止过追求。

我不得不再次打开信封告诉你，这个冬季，只下了很薄很薄的一层雪，不到半天，雪粒完全消失，地面只微微有些湿润。就在我写完信出去的时候，你猜怎么着？竟然下起了小雨，是春雨呀，如雾如丝。扑鼻而来的是清新的泥土气息，好美的感觉。整个校园只有几处办公室的灯还亮着。要不是冻得哆嗦，我会用心地在雨里走走。晚安！

第六节　符号的信

彭玥妹妹：

你好！收到你这封信（其实是两封信）的时候，我们已开学两个星期了。开学之初，即两个星期以前我和我们学校的一位老师（也算我的师兄，就是以前给你说过的和我一起出过初一至初三试卷的那位老师，读师范他比我高一届）向学校领导请假到县教育局去报名参加今年的成人高考。我准备报考中文系，他准备报考艺术系。在县教育局，我看了今年的《G省成人高考招生简章》，在脱产进修一栏内，L市师范专科学校不招脱产进修的学生，只有G省教育学院的汉语言文学专业招脱产进修的学生，看来我只有报考G省教育学院了。我们在县教育局招生办领了报名表，招生办的老师告诉我们，把表填好交到教育局办公室盖章后再到市教委成人招生考试办公室报名。

报名考试不是要交1寸免冠照片吗？走出教育局招生办，我们便到离教育局不远的清池照相馆去照相，照完相后说要第二天中午才能取照片。第二天下午2点钟，我们到了清池照相馆准备取照片后就到教育局填表。没想到我的那位师兄却把取照片的单子给弄掉了，在相馆查找了近半个小时，才找到我们的照片。填好报名表，并在报名表上贴好照片，我们就到教育局办公室盖章。可到了教育局办公室，办公室主任说："考脱产进修的，要局长签字，你们去找局长把字签了，我再盖。"我们到了局长办公室找到局长并说明了来意，局长说："报考函授的我可以签，但要报考脱产的我还不能签，S县没有这个先例。"但我知道每年都有教师去脱产进修的啊，我说读函授根本学不了什么东西，还是读脱产的好。局长说："那我不管，反正是不能考脱产进修。"我一下就生气了，便说，考函授的我不需要任何领导签字，我就是要考脱产的。最终的结果不言而喻，局长还是不肯签字。

当时，我们走出局长办公室，说不出我是多么的沮丧，心情极坏。虽是阳春三月，春光明媚，我内心的天空却是阴沉沉的，总感到有一种莫名的深深的失落。我的师兄与我一样真的很无奈，也很失望，更没有心情回学校。于是，当天我们就坐火车到省城Z城玩了一天。第二天，我的师兄说他有一位在几十年前从J乡老家外出到T地区Y县的老辈，现还在Y县居住，师兄曾在Y县读的初三。他建议，反正我们是请了假的，不如到Y县去再玩几天。我们在Y县玩了两天后，又到遵义参观了遵义会议会址。辗转了将近一个星期的时间，我们回到了S县。

其实，我的这位师兄现在是在读着什么"三沟通"卫电师专函授专科班的，我不知道他为什么还要再读一个专科？我也不想再说他了。回到S县后，他就回学校了。我继续在县城找人想办法帮忙办理成人高考报名的事。

我在以前的信中不是告诉过你，我被L教育杂志社聘为通讯员了吗？还有县教育局招生办的老师不是说是在市教委成招办报名吗？我一下子豁然开朗，能不能到市教委找找人、碰碰运气？也许《L教育》的编辑许老师能帮帮我的忙。就这样，我到《L教育》编辑部找到许老师并向她说了我的想法后，没想到，编辑部的许老师对我很热情，并带我到市教委成招办，将我的情况对成招办的老师作了一番介绍。市成招办的老师说："县教育局签不签字都无所谓，最关键的是你的单位放不放你的问题。" 没想到，在市招生办老师的关照下，我居然把名报了，我报考的是G省教育学院汉语言文学专业大专班。

在离开市教委成招办时，许老师叮嘱我："回去后，安心复习，迎接考试，若被录取了，你们县教育局不让你去读，我会帮你想办法。"就这样，把名报了以后，我就回学校上课了。现在我除了上好每一节课外，都是尽量抽出时间来学习，好迎接5月份的成人高考。

你看说了半天，尽是说我自己。烦了吧！对了，你在信中说，你正处于情绪的最低潮期，是什么原因使妹妹欲哭无泪，欲诉无处啊。你一定要坚强，在你压抑、痛苦的时候，你要多想想远方还有一位默默在祝福你、思恋你的哥哥。《飘雪的冬天》就是我对你思恋的相思之苦的血泪之作。青春是美丽的，妹妹千万不要去想那些绕指的烟圈和喷香的酒精啊！你难过、伤心，我也不好受，你说是吗？

那个教研室主任真是一个混蛋，要是我在，我真想教训他一顿。委屈你了，我的好妹妹。地图丢了没什么，还可以再买，只要你能安全地回到学校就是最大的好事，你的平安就是我最大的幸福！也许，过不了好久，我就来H省看你，你欢迎吗？

自学考试两门都通过了，祝贺你了！虽然文学概论只考了60分，我想也可以了，因为文学概论这门课程极为抽象，很不好把握。真的很想有一天能听你唱歌，不论你唱什么歌，我都认为是最动听的天籁之音，一定会很投入地去倾听、去欣赏，你相信吗？妹妹。

我平常很少喝酒，就是爱抽烟，一天要抽一包烟。妹妹

　　　　　　　　　　　　　　　　那些年的爱情

有什么秘密，能坦然地告诉我、分享给我吗？真想知道。春节我是在家里过的，也没什么好玩的，在正月初一至初三我与我们村子里的年轻人到山上去听青年男女对歌。一般男方三五个人，女方也是三五个人，当男女双方中都有自己的意中人时，就采取对歌的形式来相互表达爱慕之情。若有情投意合的，有的就基本上确定了恋爱关系，有的就直接由男方把女方带回家，成为一家人，现在的年轻人真的是很开放啊！

近段时间，主要还是抓紧时间学习成人高考的资料，没写什么文章了，让妹妹失望了。我们一定要拼命读书、学习和写作，不断充实、提高自己，去适应时代发展的需要。旁人不理解我们的做法那是他的事，妹妹就不要因此而烦恼了。妹妹说得对，有时所学的一些东西确实并不实用，但却有它间接的利益。正如妹妹所说："它能拓宽我的知识视野，陶冶我的思想情操，教给我如何去认识社会、思考人生……"

你的那两个同学也真的很有趣，但他们说的的确是实话。我今年21岁，在农村也是到了结婚的年龄了。每次回到家，父母都要提起找对象的事，我都是"环顾左右而言他"敷衍过去。当然，我们的事我一直都没给父母说过，说了他们也不能理解，更不会支持。同事、亲戚、朋友也有为我介绍对象的，但都被我一一委婉谢绝了。因为，妹妹就是我今生今世唯一的选择。哦，对了，我寄给你的第一张照片是什么样的我都忘记了，能给我描述一番吗？并不是因为美丽而可爱，而是因为可爱而美丽。妹妹肯定是一位既美丽又可爱的善良女孩！我真想一睹妹妹的芳容！

春去春又来，又是一个春风和煦、阳光明媚的季节。愿妹妹早日走出心情的阴霾和烦恼，祝妹妹开心、愉快，笑容像春天阳光般灿烂！

想你的哥哥：符号
1997年3月13日

第七节　彭玥的信

亲爱的符号哥哥：

你好吗？收到信的那天，太阳很暖，我仿佛第一次感受到春天的和煦，心情欢畅而快活。可是，看了你的信后，我心里既感动，又难过了。人潮人海中，作为平凡的一员，却习惯了以自我的方式认真生活，不管人生是梦是空，情愿燃烧满腔真诚，让无悔的苍凉重染未尽的旅程。符号，相隔万里之遥的我们，必须同行。

这些日子，尽管工作和学习已占用了我大部分时间，可总有些时候孤独难耐，情绪低落，我的外在表现与内心深处形成强烈的反差。翻阅写过的稿子，也都隐隐约约流露着那种心绪。也许现实太沉重了，也许未来又太渺茫了，我本来就不是一个快乐乐观的人。我的心事很多，虽然师范生活使我的性格发生了质的飞跃，可是灵魂深处的低劣又让我终究摆脱不了忧郁。

我在冥冥之中感觉到，我现在的生活不会过得太久，在不远的将来，我会走出这个圈子或者有个什么人将我带走。虽然我那么热爱亲人和家乡，但是我应该属于远方。也许我不够现实，也许这只是逃避现实的一种心理。

符号，你可知道，我是个怪得让自己都有些担心的女孩。我太喜欢独处，也喜欢不被约束，这都限制了快乐来接近我。正因为这些，我没有选择男友的打算。幸好这不是我现在必须面对的问题。我从不羡慕那些很受男友宠爱的同龄女孩，她们陶醉在幸福之中，而我却在为我的独立和坚强而自豪。真的是每个人都要结婚的吗？这个问题我怀疑了很久，结了婚就不会再孤独了吗？如果双方都不能感到快乐，那是很糟糕的事。算了、算了，怎么尽发些牢骚。哥哥，不要笑我，不要怪我，我力争做个健康的人，向你保证，好吗？不要为我担心。

前不久，学校建立了团支部，我成了宣传委员，又多了一项工作，我不知当时为什么要接这份自己并不太喜欢的差事。也许，不会有什么坏处吧，只是粉笔字不过关，我自己办不了黑板报。这次自学考试报名，我报了三门，学得怎样，只有等通过考试后检验了再说，这是很被动的。

邮来的第一张照片，大概是在学校办公楼前左边的草地上所拍。你就站在草地中间，脚下是绿色的草，还开着星星点点的白花或黄花。在你身后草坪的边缘，有几株不加修整、枝丫旁逸斜出的瘦柳。办公楼前是水泥地吧，也很像水。水泥地的右边是一排柏树。在办公楼的正下方是一排修剪整齐的冬青。对了，记得读师范时，老师曾让写一首仿作托物言志的古体诗，我写的就是《冬青松》，内容是这样的："道旁侏儒齐成荫，剪叶修枝更精神。虽是冰冻三尺日，绿颜未改春意深。"你别笑我，这当然是不公开的，老师也并未检查，但我总是认真地去完成他们布置的作业。你的母校环境挺不错，绿色是主体，透过青枝绿叶看到的教学办公楼也很雄伟高大。符号，照片上的人物、景物都很清晰。你穿着蓝裤子、蓝上衣，敞着怀，露出白净的秋衣。你没有向前方看，你的眼中装满绿色的草。你在想什么？想你的诗歌，还是小说？或者是在想远方的朋友？

我没有去尝试烟酒的麻醉，我应该保持女孩应有的纯洁，做你的好妹妹。放心吧哥哥。可是，你抽烟很多吗？你知道吸烟的危害有多大，非要让烟圈去焚蚀你的苦闷吗？哥哥，有没有想过少抽一点，或者干脆戒掉它。我爸爸就是没有吸烟的习惯，只是偶尔有心事了，他也会点上一支。我不能强人所难，你要多保重身体！我准备在考完自学的全部课程后去看你，你一定要结结实实精神饱满地见我哟！我的好哥哥！保重身体！

随便把《诗经》里的《子衿》默写出来送给哥哥："青青子衿，悠悠我心。纵我不往，子宁不嗣音？青青子佩，悠悠我思。纵我不往，子宁不来？挑兮达兮，在城阙兮。一日不见，如三月兮。"（《诗经·郑风·子衿》）

你要来看我，我简直不敢想象，幸好我的心脏功能很好，不会眩晕的。不过，这么远的路，你要是真来，我也会很不放心。

你报了成人高考，这些日子会投入学习吧！那就不要给我回信，好吗？等你考完试了再说。如果考上了，你就要继续读书，是吗？真是个好机会！希望哥哥在学业上更上一层楼，将来会成就更大的事业。盼你的好消息。

最后，顺便告诉你，我们学校有电话，在校长办公室内。号码是：0456-6322253，如果用得着的话，你可以给我打电话。

符号哥哥，你一定要原谅我，再次让你失望。不要难过，我会很难受的。你是我最亲密的朋友了，我自然信得过你。我会给你寄照片的，一定，一定！

近作《最后希望能有次相约》和《有生的日子》，给你看，请哥哥指教。其实，写它也是为了让你对我多一层了解。

这颗红心是我亲手做的，虽然我并不是心灵手巧的人。

想你的妹妹：彭玥

1997年3月23日晚

最后希望能有次相约

想你
就在那张密布着城市、河流与港口的图纸前
久久伫立
被复制的世界五彩斑斓
遥远的山村如明灭可见的星辰

那些年的爱情

在灿烂的星座中闪耀梦幻

为我
找一条最近的路线
顺着岁月的河流跋涉
沿途采集日月山川零落的花瓣
百转千回后
看见你站在宁静的码头
向我招手

有生的日子

公元1977年农历八月初八午后，农家小院内静悄悄的。畜棚里那匹小马驹丝毫不体谅母亲耕作的劳累，一直不安分地踢腾着。屋檐下，那只温柔的鸽子，正微闭着双眼，一遍一遍做着关于蓝天、白云和操场的梦，它已经辛苦地蜷卧了很久。

忽然，它光滑的羽翼抖动了一下，它隐约听见一声轻微的呻吟自下面传来，使它有些躁动和不安。当那声音持续地撞击它的耳鼓并由弱趋强的时候，它像突然想起了什么，拍拍双翼，坚定地飞出小穴，飞离村庄，飞向开满星星一样灿烂的野菊花的原野上空。它勇敢而豪迈地穿过九霄云层，从翩然而舞的彩霞姑娘婆婆的霓裳上抽下一根细长而又柔韧的生命线。它在呼啸的风中无畏地穿行，又飞回小院的上空，轻盈而庄重地飘落在木格窗前。那根神奇的生命线就串起我第一个阳光明媚的日子。

而有生的日子，毕竟不是书本上的传奇，不是幻想中美妙的幸运和奇遇。每一次呼吸和心跳都是活着的证据，每一次微笑和流泪都是生活的赐予。从周围人的目光中，不妨认识一下自己：在学前班，是一个爱干净、能唱会跳的乖女娃儿；在小学，是一个害羞腼腆而极听话的好学生；在初中，是一个沉默寡言、忧郁冷淡的怪女孩；在中师，被公认的特点是文静而好学，有的说兼而有之的是热情和健谈，有的说不可捉摸的是孤僻和神秘。参加了工作，有人说这个同志少年老成，有人说这个青年沉稳冷静。有生的日子，就在一幅幅洁白的人生画板上，在经意和不经意之中，蘸着青山绿水、日月星辰、朝露暮岚的色彩，随时光流逝，涂抹出一幅幅不完美而略有些生动的形象。

有生的日子，过去的荣辱得失都不必在意，因为生命的历程并没有固定的模式。我所走的是一条只有自己的内在本质才设计出来的路。不管扮演的是乖女孩，还是让人摇头的女孩，都是实实在在的自己。初中的角色也许是最拙劣的一笔，那时，第一次出门在外，自以为饱受无助和冷落，不懂得珍惜拥有和善待生命，骨子里的敏感和脆弱使我一次次受伤，后来才明白手握尖刀的正是自己。但是这种伤楚无疑成了我学习的重要动力，更可贵的是再也不会走进那片心理的误区。

一味地得志与一味地失意都会使人放弃思考，而我正是在起伏不定中分析和自省，使自己的思想、知识和能力螺旋式上升，逐渐变得胸怀坦荡、踌躇满志。这将是经历考验之后的必然升华和百转千折后的最终结局，因为我是一个永远都追求上进的人。

有生的日子，该在乎的是自塑和自新，因为岁月的大河在向前奔流，最清新的空气和最灿烂的阳光一定在未来的日子里。

第三章　泄泄其羽

雄雉于飞，泄泄其羽。我之怀矣，自诒伊阻。

雄雉于飞，下上其音。展矣君子，实劳我心。

——《诗经·邶风·雄雉》

第一节　符号的信

亲爱的彭玥妹妹：

你好！反复阅读你1997年3月23日晚写给我的回信及那精致的诗歌《最后希望能有次相约》和散文《有生的日子》，一遍、两遍、三遍……我特别喜欢读你的这封信。读过后，心情颇不宁静，一种莫名的烈火烧着我复杂的情感，感动、难受、无奈皆而有之。同时，我也真正读懂了人世间何谓真情。亲爱的妹妹，我也很希望我们今生能有次相约，也能同行，但是我们之间的这份真情却被这无情的地域扼杀得遍体鳞伤。我们能实现吗？若能实现，那可是中国当代绝世爱情的一个典范啊！

这些日子里，我正忙于学习参加1997年成人高考的资料，还要教书育人，要对自己的学生负责啊！因此，有好长一段时间都没写东西了。4月24日，我还要到L市教委拿准考证，5月10日开始考试。我报考G省教育学院的汉语言文学教育专业，根据招生简章介绍，今年G省教育学院汉语言文学教育专业在全省只招收60名脱产进修的大专生；而L市师范专科学校不招收脱产进修的学生。可想而知，我读书的机会太渺茫了，但是我却很有信心和决心面对考试，退一万步说，若今年不能被录取，明年又继续考。妹妹，你不是报考了汉语言文学专业自学考试吗？总共要考几门课程？盼你早日成功。

从你的来信中，我读出了妹妹是一位与世无争、喜欢淡泊宁静生活的乖女孩；也是一位喜欢独自走自己的路，唱自己的歌，闯自己的天空，憧憬自己的梦想，有恒心、有毅力，追求上进的好妹妹。同时，从字里行间里也隐隐约约流露出妹妹的郁郁寡欢，心事重重而又不够乐观的心态，对吧？从你推心置腹的话语里得知，妹妹读初中时，应该是有一段不堪回首的岁月。你曾想离家出走，并一次次地受伤，初中生活经历真坎坷啊！后来还居然想轻生！哦，太可怕而又令我痛心，不知你一次次受伤，是些什么伤害？能无畏地告诉我吗？真希望你过得比我好，这就是我最大的幸福了。

说到离家出走，要去远方。说实话，我真的一直也有这个念头，也许，远方是一个陌生的地方，很具有诱惑力吧！记得我在师范快毕业的实习期间，就很想出去打工。毕业时，学校让我交回在学校里办的身份证，我就想留着好出去打工，就没交回，现在都还在用。至于出门打工的事，想归想，心里总觉得还是不合算。自己辛辛苦苦读了十多年的书，还有父母及老师的培育，才谋得这么一份太阳底下所谓最"光辉"的职业，说不要就不要，说走就走，真的还说不过去。

命运总是掌握在自己的手中，路就在自己的脚下，人生之舟只能靠自己去把舵。记不得是哪位名人说过："强者的生命是一道美丽的风景线。"我想我要做一个强者，我不会在家乡长久待下去的，我要读书深造，还要学更多的科学文化知识，努力提升自己的能力和水平。等将来学到本领，拿到文凭再出去闯也不迟嘛！你认为呢？正因为我要追求上进，要读书，要去远方，所以至今还没有找女朋友的打算，我可不想被困在J乡中学一辈子。我出生于"文化大革命"末期，现在已经22岁，说年龄不大吧，可在农村来说也是成家的时候了。说句实话，对我的婚姻问题，父母为我操心，亲戚朋友和同事中，虽然有

那些年的爱情

很多好心人都帮助我物色或介绍对象，却被我一一否定和委婉地拒绝了。我在家排行第二，上有一个姐姐，下有三个弟弟。姐姐已出嫁在县城，她家的条件一般；二弟初中毕业后当了一名民办教师，已于去年成家；三弟初中毕业后在县城打工；四弟被我带到J乡中学读书，今年参加中考，我让他考高中。我的父亲是一位老师，再过几年才退休，母亲在家务农。从自然、地理环境条件讲，我们这儿与你们那儿相比，简直是天壤之别，但我家的生活条件在我们本村还算不错，至少吃饱穿暖是不成问题的。

　　妹妹说得不错，我们每个人都是要结婚的。人非草木，孰能无情？人都有七情六欲。每个人都要结婚，这是不可非议的事实，爱情是人生永恒的主题嘛！当然，我也极赞同你的观点：若两人结婚后双方都不能感到快乐、幸福，那可是一件很痛苦的事情。

　　妹妹不是说在学校团支部干宣传工作吗？作为你的哥哥，我奉劝你一句，学校里对自己提高不快、意义不大的事尽量少干，你认为我自私吗？自己要抓紧时间读书、学习和写作，为自己的明天而努力奋斗，学好自身的本领才是最重要的。其实你的钢笔字还很不错嘛，怎么粉笔字却不过关呢？要是我能与你在同一所学校成为同事，我一定会与你同心协力地把黑板报办好的。我自认为自己的字写得还可以，很骄傲吧！几年来，我发表了一些"小豆腐块"，去年加入了L市作家协会，成了一名市作协会员，但我却没有真正负起职责，总是写不出高水平的作品来。等我参加完成人高考后，就好好地读书、写作。

　　我寄给你的那两张照片，都是在师范学校读书时照的，正如妹妹的描述，我的第一张照片是在我们学校的办公楼左侧的草坪上照的，在我的四周放眼望去，满眼都是星星点点或白或黄的小花及三叶草，记得同学们经常都蹲在草坪上找四叶草，若能找到就认为自己很幸运，所以四叶草又称作幸运草。我们学校的环境很不错吧！毕业以来，虽然照过几张照片，但都只洗了一张，底片也弄丢了。因此，就没给你寄。今年在春季开学初我与一位同事去了中国历史名城——G省遵义，遵义这个地名不陌生吧！遵义在中国现代历史课本上是可以看到的。1935年举世闻名的"遵义会议"就是在G省的遵义召开的。这次会议是中国共产党历史上一个生死攸关的转折点，会议确立了毛泽东同志在党和红军中的领导地位，结束了王明"左"倾教条主义在党内的统治，从而使党领导的民主革命和革命战争转危为安，转败为胜，大大加快了我国革命胜利发展的进程。我们在遵义玩了两天，并在遵义会议会址照了一张照片留作纪念，还好我多洗了几张，现在就寄给你，喜欢吗？看看我是不是变样了。提到你照片的事，我真的很难过，我总想目睹你的芳容，很想看看与自己心心相印、日思夜想的妹妹。真的，我太想你了，若有机会的话，在一至两年内，我一定到H省来看你。你说等你考完自学考试所有的科目后来G省看我，你何时能考完呢？我真想早日见到你！真想！

　　你亲手做的那颗红心，我特别喜欢！抚摸着你为我做的那颗鼓鼓的红心，我猜想里面一定有什么令人神往或幸福的内容。于是，我小心翼翼地拆开红心上部，果然里面装有妹妹的一束乌黑发亮的青丝。古人不是说青丝就是情丝吗？还有，古时候称原配夫妻为结发夫妻，头发是不能随便送人的。这可是妹妹给我的定情之物啊！抚摸着妹妹这束乌黑发亮的青丝，使我突生一种发肤之亲的快乐和幸福。我把青丝放回红心，再用针线缝好，恢复原样，我将一生一世永远把它珍藏。这是我们爱情永恒的象征，妹妹不仅心灵手巧，也用心良苦啊！这让我想到《诗经》中的《野有蔓草》："野有蔓草，零露漙兮。有美一人，清扬婉兮。邂逅相遇，适我愿兮。野有蔓草，零露瀼

瀼。有美一人，婉如清扬。邂逅相遇，与子偕臧。"（《诗经·国风·郑风》）

我很喜欢旅游，很想去观赏我们伟大祖国美好的壮丽河山，我已不知多少次翻阅那密布着城市、河流和港口的彩色版图，也不知多少次按照彩色版图上的比例测算过从G省L市到H省H市的距离。我从全国火车时刻表上认真看过，从G省L市到H省H市可乘坐昆明—北京的列车，到时候，若我真来H省，妹妹一定要来车站接我啊！

想你！想你！还是想你！祝：一切美好！

想你的哥哥：符号
1997年4月20日

第二节　彭玥的信

彭玥的信之一

亲爱的符号哥哥：

你好吗？你知道写信前我在干什么？我在化妆，涂粉、画唇线、抹口红。抽屉里放着这一套东西，平常一次都没用过。我不是一个有闲心和兴致打扮自己的女孩，我的青春也不需要这些来增光添彩。可是，今天当我在生活的战斗中疲惫不堪的时候，当我用忧郁的情感翻动一页页创伤记忆的时候，我蓦然拿起桌角的镜子，看看自己到底成了什么模样。哎，一张让我心痛的脸，一张失去青春光华与亮丽的脸。我觉得我没有夸张。真的，像暮色一样黯淡的眼神，比墙壁还要斑驳的脸色，这是一位风华正茂的青春女孩吗？我简直怀疑我的实际年龄是不是比例悬殊。我猛地拉开抽屉，拿出尘封的以前觉得很好玩的那些玩意儿，悲伤地在脸上涂抹。然后，按摩紧蹙的眉宇，嘴角用力地往上翘，做一个困难的微笑。

　　我是沙漠中负重而行的骆驼，我是命运大河上把疼痛勒入肩头、把血泪嵌入脚印的纤夫。我并不特别珍惜自己，不是那种吃不得苦的人。可是，繁重的工作、自学考试压得我摇摇欲坠，我没抱怨的理由，也没有抱怨的余地，也许，对自己苛刻的要求就是原因之一吧！我喜欢唱歌、打乒乓球、游山玩水，但是，现实容不得我有半点马虎和放纵，除了工作就是学习，脑筋像一台旋转不停的机器。谁能知道从事脑力劳动的人民教师是如此的辛苦？有一位身体虚弱的毕业班女教师不堪重负，晕倒在讲台上，她不得不考虑休假甚至改行。而我，经常头疼。我并不以为这是生病，通常这种时候，我停止学习，迫使自己平静下来，要么唱歌，要么睡上一觉，很快就好了。我应该学会调节自己的生活，不能倒下。"强者的生命是一道美丽的风景线"，我不是弱者。

　　说了这么多话，却并不是写这封信的初衷。昨天下午，我回到家里，父亲给了我一封已经开启（通常如此，我很不满，但又无法明说）的信，也许我不该告诉你，让这种恶劣的情绪感染你，可是我又向谁倾诉，谁又能跟我共鸣呢？陌生的字体，并不工整，像是匆忙草拟而成。我从中却接受到一个让我悲痛的消息！一位江南商校九四级的女孩，名叫晓华。她让我用代号"小城"与她联系，我们只通过几封信。她给我讲江南的美丽风光，讲她说不尽的烦恼与忧伤，还给我寄来两张江南水乡风景照。其中，一张上面有个小人，她说别让我问她是谁？在我印象中，她是一位爱哭爱笑、多愁善感的女孩，我常常鼓励她要坚强。可是，后来我连去两封信都如石沉大海，我以为可能她是实习去了。抱着一线希望，又寄去一封信，想拣回这份美丽的情谊。谁知，收到的却是她同学的来信，告诉我这样让人不知所措的消息。如果我不写那封信，会一直以为江

那些年的爱情

南有个女孩在想着我，可现在，我却知道一个悲哀的灵魂在向我诉说《天堂里有没有车来车往》？我曾经过分地喜欢这首歌曲，喜欢她的创意，她的寓沉痛于平静的哀悼方式，更主要的是我初中的一位朋友也因此丧生车轮下而离开世界，我的一本厚厚的日记也随之流失。她的父亲给她成了冥婚，我却觉得这是天大的侮辱。这个事件被我诉之笔端，成了我再不愿提起的处女作。

面对现实，我绝对坚强，眼泪能代表什么？可是，我却忍不住一阵阵的心痛。生命，一次短短的旅行；死亡，一瞬再难记起的痛。人是多么渺小、多么无助！既然活着，还要去强求什么？一切皆空！

昨天夜里，我听见一声呼唤，叫我的名字，我不去想是谁，也不担心他会把我带走。突然之间，像是换了个人，觉得没有什么好留恋、好牵挂的，我不渴望死，但我不怕死！那是必然的归宿。人世间难以割舍的亲情、友情也奈何不得。如果我在这个世界上消失，痛彻灵魂的恐怕就是远方我最亲爱的哥哥了，因为我们之间没有丝毫的物质利益关系，是清清白白的两颗相怜、相惜、相爱的心。写到这里，我也想到了《诗经》中的《隰桑》："隰桑有阿，其叶有难。既见君子，其乐如何。隰桑有阿，其叶有沃。既见君子，云何不乐。隰桑有阿，其叶有幽。既见君子，德音孔胶。心乎爱矣，遐不谓矣？中心藏之，何日忘之。"（《诗经·小雅·隰桑》）

我的人生观似乎有些变色了，思想有些矛盾，但理智告诉我不能消沉，不能放弃追求而苟且生活。要像你一样执着地去生活。在生命的尽头唱一首无悔的歌，告慰多灾多难的灵魂安息。

哥哥，不要对我放心不下，我会善待余生。我是能够像大树一样挺拔傲视风雨的女孩！因为连死都不怕，还怕活着吗？

晓华得到永恒的宁静，她也很幸福，是这样的。

我很想你，哥哥。

其实，我需要孤独，也喜欢享受孤独。

愿哥哥不要在意我和盘托出的倾诉，我会给自己找到快乐的。

想你的妹妹：彭玥

1997年4月6日晚

彭玥的信之二

亲爱的符号：

你好吗？今天在H市参加完自学考试，总算松了口气。匆匆赶回家，又匆匆赶到学校，天已经黑尽了。为了使自己尽快平静下来，我一坐下就开始给你写信。

这次考试，我考了三门，大概能通过两门吧。古代文选我下了不少功夫，但由于没有辅导书，学不到点子上，没有希望考及格，但我并不泄气，机会有的是，而且，我觉得这种考试很有意思，时间充裕，题也不太难，只要下功夫，总会考完的。这就好像吃一些苦口的药片，需要先咀嚼再下咽一样，虽然每吃一片都苦得要命，但最终的结果是使你的身体健康。

虽然如此，我心里的天平却严重失衡了。我们市参加自学考试的比较多，我在这一大群考生中，在一张张趾高气扬的脸庞中，犹如天外来客。从上学前班到现在，我不记得哪一次自己在考场中不守纪律。难道在学生生涯结束后，我反而成了不懂规矩的孩子吗？不成，再说我考试的初衷是为了检验自己、督促自己，不是学得有几成把握，是绝对不会进考场的。既然进了考场，就有信心凭自己内在的能力答卷。所以，我没有想过要抄。可我的同学们都是有胆有识的人，一考下来，都说运

那些年的爱情

气好，抄了多少分，我心里快快的。虽然也许我考得不会差多少（发挥题会比他们把握得准一些），总觉得自己走了很远的路，可得到的却是跟别人一样的结果，甚至不如别人。有一场考试，我试着用纸条，可就是不敢去兜里掏，好不容易拿出来一个，费力地看了看那些密密麻麻的小字，什么都没有找到，而且不知道如何处理它，就攥在手心里，再也不敢拿第二个。然后我几乎是做梦一般把那些题写满了。当然，我只是凭印象、凭感觉、凭思考，管它对不对，这样就觉得容易多了。我就是这么胆小没用，非让我这么光明磊落地考试、做人不可。我决定，以后再也不想纸条的事，当然，只有在考试前比别人多下几倍的功夫。哥哥，你觉得可笑吗？我就想笑了，只是，没有人说我做得对，他们会说我傻，说我胆小，所以我根本无处抱怨，对爸爸都不说。找不到人安慰，只好对你发这么多牢骚。你也许会说我"真是个傻妹妹"吗？所幸我现在是充满信心的，虽然还要考上好几次，还要苦学两年，但从心里觉得这是很容易的事。其实，我也别无选择。我说过要在考完后远游到你家乡。

还有十多天你就要考试了吧！你工作忙，复习得怎么样？我当然希望你能比较顺利（事实也会如此吧），为你祈祷。

后天要听我的课，乡里评比，我心里还没谱。生活真是战斗，我不是百发百中的英雄，只能做无畏向前的斗士。而其实，我仍然是一个可怜兮兮的女孩，在风雨中也瑟缩不止。

我终于可以给你寄照片了，前些日子带学生去春游，在大山环抱着的寺庙处拍下的。我们这儿有很多寺庙，香火还挺旺，你们那儿有吗？如果有机会，我把素有"北国漓江"之称的淇河拍下给你。它绕小村而过，为我的童年留下不泯的记忆。

就写到这里吧！如果你在成人高考前收到此信，就不要着急回信，我等你的好消息。

我发现，我完全可以使自己快乐起来。可跟那些比我大几岁的人交谈，他们说我天真、甚至幼稚，难道我还没长大？

想你的妹妹：彭玥
1997年4月27日

彭玥的信之三

亲爱的哥哥：

你好吗？前天晚上，我刚刚封好给你写的信，一位老师敲了我的门，一只洁白的小鸽子飞越千山万水翩然而至我的桌前。我急忙把刚封上的信小心地拆开。这一次，我只有同时给你寄去三封信了。

哥哥，知道我看了你的信是什么感觉吗？我醉了，醉心于你的关怀、你的真爱。普天之下，除了妈妈，没有人对我这么好，给我这么多关爱（当然，我也很尊敬父亲）。你的安慰、你的鼓励、你的叮咛，使我忘记忧愁，我会自信，更使我决心刻苦努力，不断上进。千年的造化，让我与哥哥相知，我生命的乐章才变得更加坚定和激昂。

可是在激动和兴奋之余，一种又痛又怕的感觉在内心升腾。哥哥，我简直难以表达清楚。如果人是天上掉下来的，或者说像孙悟空那样是从石缝里蹦出来的，那该多好啊！他可以充分享受生的自由和乐趣，不必去考虑什么责任、什么伦理。如果那样的话，我马上就可以动身到乌蒙山，找一个知心的人，一生相守。可我们都生活在一张张无形的网中，在网中渴望、挣扎，或许，只有练就了一双强硬的翅膀，才能飞出去。哥哥，我真害怕，你以为我真想让你找到女朋友吗？不，说实话我不想，很自私，会这样说我吗？不过，如果你真的拥有

那些年的爱情

了，我也会坦然接受。我从来都是希望自己活得苦一些，我会
更加无欲无求。

就在写这封信的期间，一位女老师找我，校长让她捎话
说，给我介绍对象，他是我们乡教育组的校长家的公子，我当
然不用考虑就可以回绝。可少的不是决断，而是对策，我会得
罪那个大模大样、有权威、有能耐的大校长吗？我三番五次拒
绝他们的好意，他们会怎么看我？就连我最亲密的女朋友——
那位音乐教师王丹，都对我不理解，她已经有对象了。罢、
罢、罢。这些事既无聊，又烦心，根本不应该说。哥哥，不要
担心我，我会把这些东西抛开的，包袱已经够重了。

我自学的也是汉语言文学专业，共11门课程，听说有辅
导班，我没有参加过。只要有辅导书，一般来说是有把握通
过的。

初中的故事并不多，给我印象最深、影响最大的是，一
位老师友好地对我说，我这种程度是考不上学校的。他教物
理，我是物理科代表，但成绩并不好，他就去给班主任说把我
换下去，让一个很聪明的女孩代替。他特别看重学生们的先天
素质，在班上公然说脑子聪明怎么样、不聪明又怎么样。他对
那些"聪明"人就特别关照。我自然而然把自己划入不聪明之
列，这种思想贯穿整个初中后期。

我还曾有过一段闹辍学的经历，在家里休息了半个多月。
当时，身体不太好，生活条件差，神经衰弱、贫血。这些都
是不上学的理由。可就是我年轻的班主任挽留了我，让我坚持
一下（而成功往往就是在这坚持一下之中），他说，如果我不
上学了，就是生命的转折点，我后来才真正理解了这句话的深
意。后来，我变得不仅沉默寡言，而且郁郁寡欢。班主任问我
怎么了，我当然也并不真正清楚，快乐让季风吹走了。但从那
以后，我在学习上似乎更用功了，语文、英语等文科不费力

气，平常去攻数学和物理。我得到那个聪明女孩不少的帮助，真的，没有她，我不会提高得那么快，真感谢她（她还在高中复读）。我自己也不清楚为什么，后来再也没请过假，毕业考试（预选）时竟然拿了全乡的第一名。我当时并没有觉得这意味着什么。后来，跟别人一块儿去县城参加第二次考试，然后等分数下来，我考了全县第二名，物理满分60分，我居然考了58分。这真是出乎意料，而又在意料之中。总之，初中时，主要是思想矛盾太多，而自己辨别能力又差，无法排解，郁积心中。现在再回头来看，那不过只是女孩子的小家子气罢了。

初中时，母校经常缺水，有个夏天的晚上口渴得厉害，竟然无法入眠。半夜里坐起来，往地上一看，把我吓坏了，那么多老鼠！它们好像在搞什么游行庆典，大摇大摆地在地面上移动。我的床是下铺，挺低，我就吓得哭了起来，把同伴吵醒了。她说老鼠是爬不上来的，我才又躺下了。你笑我胆子小吗？不过，我不怕老虎呀！就怕老鼠，而且敏感得过分。记得读小学时，同桌抓住我的弱点，只要她一说，你看你手里抓的是一只老鼠，我马上就觉得手里毛茸茸的，眼前就浮现出那种情景，吓得把手中的笔都要扔掉。

放心我，受过伤的人就具有了免疫力，不会有第二次。我一定会保重自己，为了我，为了你，为了一片空白的明天。

我没有担任什么职务，写出来的文章，有时觉得拿不出去，有时就像一只无头苍蝇乱撞，反正也没有人逼我。张老师总希望我写出文章后寄给他，可我并没有那样做，且好久没有与他通信了。他是一位好老师，给了我太多关怀与引导；他也是一位极正直的人，不由得让人不崇敬他。所以，这也是一种动力，我不能放下笔，不能让脑子生锈，这样会对不起很多人。

就谈到这里吧，哥哥，我最敬佩你的自主精神，你属于自己，真好，无疑，前途是无悔的，妹妹衷心地为你祝福。当然，我也会努力，不然，会永远地落在你的后面。

对了，今天上午他们听了我的课。我嗓子有点沙哑，总是把黑板上的字写斜，其他也没什么，让他们去评吧！我根本不在意。

信就要结束的时候，我流泪了。不知是因想你而流泪，还是因流泪而想你。哥哥，明天会刮什么风，不要回答我。

想你的妹妹：彭玥

1997年4月29日下午

第三节　彭玥的信

亲爱的符号哥：

你好吗？自学考试后的日子，没有压力，孤独和困惑郁积在心底，无处可排遣。我时常想起你，我知道有了你的帮助、鼓励和关怀，我就会少一些迷惘和徘徊。也许内心的性格使我很慎重，从不把内心深处的苦闷向身边的人倾诉。虽然我也很信任他们，但总觉得我的心思他们是永远不能理解的。只有你，我认为只有你才能体会我的欢乐与自信，才能分担我的忧愁和失落，用你的优秀容纳我的一切。我在盼你的信，给予我的温存和慰藉。其实，在平常我是没有盼信快来的习惯。

你参加成人高考的那两天，我们这儿天气很不好，刚刚热起来，又突然地变冷了。下了场大雨，风刮得呼呼叫。听我的同学们说，他们考得还可以。我想你一定没问题吧！我真希望你能再去上学。

还记得上次写信告诉你我参加乡里举行的优质课评选吗？结果出来了。你猜怎么着？妹妹夺了初中组的第一名，我中学时的班主任位居第二名。其实，我心中并不为此高兴，真的。所谓优质课，就好像是精心准备的课，准备好了，怎么能讲不好？可是平常上课时，草草地写完教案，讲得很一般，没什么精彩的地方，能完成教学任务就很庆幸了。我也不喜欢参加这样的比赛，可是，好像更严峻的考验还在后边呢！县里、市里都要验收。我心里真虚，简直没有勇气接受挑战，又想打退堂鼓，上师范时就常退缩，让人不理解。现在还如此，哥哥，你说，怎么办？

想你的妹妹：彭玥
1997年5月21日晚

今天，我去邮局给一位同学寄信，有人拿着一封沉甸甸的信问是不是超重了？我心里一惊，想起上次寄给你的信不知能否收到。如果收不到，他们也该退回来呀！我真担心它会迷失方向。哥哥，你收到信了吗？我在等你的消息。

想你的妹妹：彭玥
1997年5月22日

符号哥，我在想你，盼你的来信。这些日子过得没有生气。作息时间改过后，一直适应不过来，总是觉得一天中没做什么事就该吃晚饭了，时间过得真快。重要的是，日子的内容很不新鲜，让我无从分辨今天和昨天有什么区别，过得恍恍惚惚。我没有闲着，没有无聊，可总找不出所做一切的意义，心底不时泛滥惆怅和苦闷。日记断了好长时间，有时是没工夫，有时是没心情，写出来几句也觉得空洞乏味，似乎并非所想。不写日记的生活中没有品味和思考，思想的脚步机械地麻木。我知道必须尽快走出精神的困境。偏偏这几日感冒得厉害，打了两针都不见效。不知道是药的缘故，还是病的缘故。真希望

那些年的爱情

快快好起来，好好地生活、奋斗。你在干什么呢？符号哥，很忙吧！我盼着你的来信。

你生病的妹妹：玥儿
1997年5月27日

符号哥：

　　你好吗？我们明天就要放假了。过5月收麦子，这是我认为一年中最为紧张、繁重的体力劳动，何况这个季节又特别炎热。田野里已是黄澄澄的一片，丰收在望。祈求老天保佑，不要像去年突然刮一阵大风，下一场冰雹，与辛苦的人们过不去。

　　这些日子，我没有学习和写作，只是机械地应付各项工作。我快乐的阳光被厚重的阴影吞噬了。我不能歌唱，无法思考，生活应该给我更多的宁静和孤独。

　　我对我的工作很失望，哥哥，你会说我笨吗？我确实喜欢那些可爱的孩子，跟他们在一起感到非常快乐。我喜欢微笑着面对他们，我认为这是一种心情的自然流露。我很少惩罚他们，主要是因为我觉得那样效果不好。这样就出现了一些问题，我对那些学习不踏实的学生构不成威胁、造不成压力，说白了就是他们不怕我，我所布置的作业能应付就应付了。上课的时候，教室里气氛特别活跃，同学们争着说出自己的答案，后面的学生反映影响他们听课。这个班的班主任对我这一点很不满，他认为是我把他们班的学生惯坏了。他说要我严厉一些，不能对他们笑。他还在班上跟学生说我，没听说"慈师出高徒"。其他老师似乎也有所闻，他们对我说，要下狠心管住学生，不能手软。我心里的滋味真是不好受。我知道我的所作所为并非一个合格老师的做法，工作中有很多漏洞，可我不能接受他们的观点。我觉得他们有些人太缺少爱心，动辄打骂，罚站到风里雨里，罚学生抄几十遍课文到深夜。这样就算负责严格吗？效果好吗？可我永远都不想使用这些方法。

我跟学生的关系是很好的，他们有什么都对我说，也许是因为我对他们构不成威胁，也许是因为我也很像小孩子。我一再声明："我不希望你们怕我，只需要你们尊重我。"可一位很亲密的同事也说，他们理解不了这句话。在感化与强迫之间需要做出选择。我总认为学生最需要的是爱，可我现在做得不好，几乎失去耐心和信心。莫非像我这种性格的人，根本就不适合当老师？

哥哥，听了我的烦恼可不要担心，我会好自为之的。我总觉得很长时间没有你的来信，很忙吧！只要你平安快乐，我也就放心了。真的，我只是有点忧虑。我们放半个月的假，希望开学后，能收到你的来信。

想念你的妹妹：玥儿

1997年5月29日

第四节　符号的信

亲爱的玥儿妹妹：

你好！快两个月了，都没给你写信，让你久等了，请见谅！没尽快给你写信的原因：一是忙于复习，准备参加成人高考；二是成人高考结束，想等分数出来后，再写信告诉你。但直到今天分数都还没出来，也许过几天才出来，只有以后再告诉你了。

成人高考那两天，G省L市晴空万里，天气特别好。自己感觉考得还不错，语文、数学和政治题目基本都会做，只是地理和历史有大部分题目做得不理想，但我想5科总分为750分，我考个500分以上应该是没问题吧，请相信哥哥的能力和水平。

　　你在信上说，你参加乡里举行的优质课评选夺了初中组的第一名，我衷心地为你祝贺，你为什么不高兴呢？这是你教育教学水平的一次很成功的证明啊！这会使以前对你教学不满的同事感到汗颜。凭你的能力和水平，我坚信在以后的县里、市里举行的优质课评选活动中，你一定能取得更加辉煌的业绩。

　　你说，你上次给我寄了一封信，是什么时候寄的，我怎么没收到？我想只要地址不错，应该不会丢失的，妹妹就不要担心了。在没给你写信的日子里，我也是时常在想你。感冒好了吗？要注意身体，希望你早日康复，你的健康、你的快乐、你的幸福就是我最大的心愿！

　　我认为你的工作很棒、很出色，你就不要那么伤感和气馁了。我很赞同妹妹的观点，就是要面带微笑面对我们的学生，多鼓励少惩罚，因为学生毕竟是教育的对象嘛。至于教育教学效果不好，我想那应该是学生接受的一个过程，是需要时间让学生去适应、去接受的。学生不怕你，这是好事，要是你教育的对象怕你，那他们又怎么去接受你传授的知识和做人的道理呢？上课的时候，教室里气氛特别活跃，这也是一个好的现象，说明师生互动得好啊！要是教室里死气沉沉的，那怎么叫上课。若你提问题同学们争着说出自己的答案，怕影响后面的学生听课的话，就要求学生在回答问题之前必须先举手，由老师点名后再回答。这样既规范了学生回答问题的行为，又不至于影响到别的学生听课，你看怎么样？

　　班主任对你很不满，那是他的事，你不要管他。教书育人、教育培养学生，应该是要根据学生的个体差异、性格、生理、心理等因素因材施教，只要有益于学生的健康成长，我认为采取什么方法都可以，你认为呢？多给学生灌输师生应该要相互尊重、相互理解的道理，告诉学生要让老师尊重学生，那么学生也要尊重老师。教师要用心灵去感化、感动学生。我相信学生是会听你的话的。我认为，那些动辄打骂，罚学生站到风里雨里、抄几十遍课文的老师，一定不是一名称职、合格的好老师。

学生有什么都对你说，这说明学生对你是信任的啊！妹妹说得对："我不希望你们怕我，只需要你们尊重我。"妹妹就不要过多地自责了，我相信凭着你的用功和努力，你将来一定会成为一名优秀的人民教师的。努力吧，妹妹。

谢谢妹妹送给我的这份精致的礼物——一把玉制小锁和一把钥匙，那就让我们用心灵的钥匙去开启我们的爱情之锁吧！玉是吉祥之物，它一定会给我们的爱情带来吉祥、带来福音、带来好运的。当时我一拆开信，就看到了这件精致礼物，从信封中一取出，我就把它系在我的脖子上，我顿时产生一种被它锁住的莫名的幸福感！一把钥匙开一把锁，妹妹，是你的这把锁，锁住了我的整个人，也锁住了我的心，你夺了我的心。我这时心情就像《诗经》里《雄雉》描写的一样。"雄雉于飞，泄泄其羽。我之怀矣，自诒伊阻。雄雉于飞，下上其音。展矣君子，实劳我心。瞻彼日月，悠悠我思。道之云远，曷云能来？百尔君子，不知德行。不忮不求，何用不臧？"（《诗经·邶风·雄雉》）

成人高考结束后，不怎么忙了。这个学期的课程已接近尾声，就要进入期末复习阶段了。你说你们要放假，是放暑假吗？但没到时间啊？我们这儿一般是要到7月中旬才放暑假。暑假之后，也许我能实现我梦寐以求的夙愿——去读书深造，也许还继续在J乡中学教书。但不管走的什么路，为了我们的幸福、我们的未来，我都会很执着、很认真去面对，做一个生活的强者，去实现自己的人生理想。但愿这封信在你开学后就能收到。

就聊到这儿吧，我还要为学生准备期末复习资料。也许在不久的将来，我会到H省来看你，欢迎吗？到时候你可不要把我拒之门外啊！祝亲爱的玥儿妹妹过一个充实、快乐的假期！

天天想你的哥哥：符号
1997年6月9日

第五节　彭玥的信

亲爱的符号哥哥：

你在期待妹妹的消息吗？你在心里怪我、恨我吗？不要，哥哥，相信我永远都是你的好妹妹。现在我心急如焚，只能让你快点收到这封信，以慰藉思念之苦。4月20日的来信及照片均已收到，哥哥不要牵挂。今天收到6月9日的来信。可是，从来信我才知道，我写给哥哥的两封信都已"误入歧途"，不知归何处了，大概分别是5月3日和5月29日寄出的（收麦子放半个月的假，放假的那一天寄出的）。我难过得不知所措。第一封信里，实际上装了三封信，还有哥哥日夜思念的妹妹的两张照片。记得我在信上讲了许多心事，说了很多烦恼。当然，也有一些趣事。我满心期望哥哥能与我分担痛苦、分享快乐。信寄出后的几天，我忽然想起会不会超重，但后来并没有给退回来。第二封信里夹着我送给哥哥的一件礼物，它绝对不会超重的，可为什么也辜负了我。以后的日子，我会同哥哥一样思念，盼你来信，盼你的温情，盼你的鼓励。今天我终于盼到你的来信（开学两天了），知道吗？我非常害怕，不敢打开它，因为我无法把握这么长的时间后你要告诉我些什么消息。我不安地撕开信封，一行行字跃入眼帘，我立刻伤心地流下眼泪。我知道，上苍没有感动我的祈祷，是谁的失误？简直罪不可赦！看来，成为游子漂泊不定的是妹妹了。多么希望我的最终归宿是你的心深处，你会用你的优秀、你的博大容纳我的一切吗？

不要为这事难过了，哥哥。照片还会有的，我会寄给你的。我们还会有很多时间、很多机会倾诉衷肠，不是吗？忘掉这次不快，这个罪恶的玩笑。我们的心是相通的，这些挫折和阻碍是多么地渺小！

这一个月来，身体一直不太好，不知吃错了哪门子药。精神也很颓唐，懒洋洋的，一切兴趣都大减。我忘不了哥哥的嘱咐，工作之余要抓紧时间读书、学习和写作。我很想振作起来，可是力不从心。我的内心平静而忧郁，我好像是不在乎什么，可又隐隐地担忧着什么。总觉得朋友太远，自己很孤独，但又很反感周围人的打扰。唉！真拿自己没办法。好在还可以与书交谈，用文字来表达。

我从不过多地幻想未来，是个现实主义者。这使我常常感到生活的沉重，甚至对人性有点失望。我觉得自己越来越缺少激情，缺少对幸福的追求和向往。亲爱的哥哥，你是不是觉得很奇怪很失望，我也不知道为什么会这样。我需要你的爱抚和帮助。真的，在我的心里，你是我最信任的人。没有人像你对我这么好，除了妈妈。当然，我也尊敬父亲。

哥哥，我让你痛苦吗？是不是又多抽烟了？不要这样，多希望我的全部都成为你的快乐。相信我，你是我唯一的等候。像你这样优秀的人，只有我才做得起你的知己，你不也这样认为吗？千山万水，万水千山，真的可以走到一起吗？我相信我定会给你全部的温柔，你会需要我。当然，我更需要你温暖的怀抱。哥哥，你渴望我到你身边吗？说实话，会烦我吗？否则，到时候，我可就真的无家可归了。哥哥，天涯海角，我都会想着你。你要放心地去远行、去追求。

我向你说过我们的家庭情况吗？我爸爸妈妈都是农民，爸爸不善言谈，但他懂电视修理之类的活，倒不愁没事做。妈妈是个善解人意、精明能干的人，与人交往远胜过爸爸。我有三

那些年的爱情

个姐姐（两个已经结婚了），一个小弟弟，他才上小学二年级。三姐也有工作，她工资比我高。可以说，我们家很幸福、很和睦。你来看我，我怎么会把你拒之门外？全家人都会欢迎你，远道而来的客人，我最亲爱的哥哥。我不由自主地想到了《诗经》中当的《击鼓》："击鼓其镗，踊跃用兵。土国城漕，我独南行。从孙子仲，平陈与宋。不我以归，忧心有忡。爰居爰处？爰丧其马？于以求之？于林之下。死生契阔，与子成说。执子之手，与子偕老。"（《诗经·邶风·击鼓》）

自学考试的成绩已经出来了，我还没来得及去看。不管怎么样，我都会继续努力，我会考完的，一定会。

放暑假后，不要给我家里寄信好吗？一是因为容易失落；二是因为爸爸如果拿到了，就会先睹为快。我也不好说什么，有话就等到开学后再说给我听，记住了，哥哥。

幸好还留了张照片，寄给你。这次一定会收到吧！第一次见到妹妹，跟想象中的有多少差别呢？喜欢吗？

不管你能不能去读书，我都会真心地为你而祈祷。你是强者，面对现实，会不屈不挠地奋斗，我等你的好消息。我也会积极进取的，免得你将来见到我，后悔不已。

我校大概于7月19日放假。

你的难过就是我的悲伤，是命运的恶作剧，我寄给哥哥的信和照片等沦落何方？

衣带渐宽终不悔，为伊消得人憔悴。

再谈吧！祝哥哥一帆风顺，早点见到妹妹。

你最亲爱的人：玥儿

1997年6月18日

第六节　符号的信

亲爱的妹妹：

　　你好吗？很早都想给你回信了，但是怕你已放假回家收不到信。再说妹妹又告诉我假期间就不要往你家里寄信，因此，现在才给妹妹写信，让妹妹久等了。见谅！

　　妹妹，暑假过得愉快吗？愿妹妹过得开心、平安、快乐。妹妹，也许你已经忘记了寄给我的那两封所谓"误入歧途"的信了吧！其实，妹妹5月29日的来信及随信一起寄来的那件礼物——一套精致的玉石锁和玉石钥匙是如期收到的，礼物现在还在我脖子上挂着呢！我将一直把它当作随身之物，它可是我们爱的信物啊！我曾在6月9日给妹妹的回信中提到过这件礼物，在那封信里，我记得好像写有"用心灵的钥匙开启爱情之锁"之类的话语，妹妹还可以再读读那封信就知道了。至于妹妹在5月3日给我寄的那封信（实际是三封）及两张玉照，我是在收到6月18日的信之后，才在校长家里看见的。校长家住在街上，离乡政府很近，通常是邮递员每到星期五那天就把学校的书信、报纸杂志等送到他家中。有时信到了他家放了好久后，我才知道。请妹妹不要再为这两封信而自责难过了。因为，我相信上苍是永远不会给两个陌生而又心心相印、相互彼此孤独地思念着的人制造恶作剧和开罪恶的玩笑的，我们之间的这份真情是完全可以感动上苍的。只要彼此有颗赤诚之心，坚信我们一定能走到一起，共筑爱巢、共度人生。

　　妹妹，给你写这封信的时候，我独自静静地坐在书桌旁，一遍遍地重读着你的信，一次次地打开影集看看我可爱的妹妹。看着妹妹的玉照，比我想象的要胖一点，我很喜欢并时时想念着远方的妹妹。真希望有一天我们能在一起相互依偎着，说说我们的人生、我们的爱情、我们的生活，共筑我们爱的巢穴，结婚生子，那该是一件多么惬意和幸福的事啊！德国作家歌德说："彼此相恋，才能使生命燃烧，使生活充实。"想到将来我们结婚的喜庆日子，充实的生活。我多么希望，我们像《诗经》中的《桃夭》描写的情景早日变成现实。"桃之夭夭，灼灼其华。之子于归，宜其室家。桃之夭夭，有蕡其实。之子于归，宜其家室。桃之夭夭，其叶蓁蓁。之子于归，宜其家人。"（《诗经·周南·桃夭》）

　　我们不能把相思的煎熬认为是一种受罪，我们要把相思之苦化为生活、学习、工作和写作的动力，为我们美好的明天而努力奋斗。通过我们的努力和奋斗，让别人认为许多不可能的事变为现实。对生活，我满腔热忱；对未来，我满目憧憬。不论生活多么艰辛，未来的道路多么坎坷，前途多么渺茫，我们都要携手共进，要真真实实地去生活、去做人，你认为呢？

　　我的好妹妹，请多保重身体吧！它可是一个人生存的本钱。我相信你能珍惜我们的一切，放心吧，我也一样。一个人要有健康的身心，才能有本钱为自己的未来去拼搏、去奋斗、去改造。

痛苦而又幸福地思念着你的人：符号
1997年7月8日晚

第七节　彭玥的信

亲爱的符号：

　　你好吗？你在干什么？我好想你。

　　今天下午，我们这儿下了一场大雨（听，现在还是狂风大作，雷电交加呢），我好高兴呀，很久没下雨了。这是入夏后的第一场大雨，很多濒临灭亡的玉米苗又死里回生了。满天倾泻的雨仿佛是我的哀愁，又是我的喜悦，我激动又不安。在雨里走的感觉有多好，若不是那次旷日持久的感冒让我生畏，可真想去"潇洒走一回"。符号，上次的信收到了吗？我老是盼望你的回信，切切地盼。你说这样是不是不好，老像是丢了魂似的。

这几天，我的心里总是平静不下来，很烦闷、很惆怅的。我也不想这样，可是排遣不开这些"薄雾浓云"。在学生们面前，我笑得很无奈；在同事们面前，我笑得很勉强、很虚假。周围的一切都不能引起我的快乐，我真沮丧。我想归根结底是因为工作不顺心，前途又茫茫吧！只能让时光冲淡这种情绪，我会重新振作的。诉诉苦和累，可别为我担心，哥哥。

你能否读书的结果大概已出来了吧。不管怎样，你都会振作的，勇往直前，追求更好的生活，是这样的，哥哥你说话可要算数。不要不高兴，再委屈也要忍住泪，想想妹妹，她真想倾尽所有，使你更幸福。你弟弟也考试过了吧，希望他考得好。

符号，这些日子，我心里一直藏着一个折磨人的问号，我们能否走到一起，能否有一个未来？我很忧虑的。也许，现在我不该问这个问题，有点强人所难。作为一个平凡的女孩，我都跟她们在思想上有很大不同。我决不会随便就能喜欢上什么人，更没有想过，找一个依靠，建一个家庭，把一生托付于他。我更喜欢独立自主。在很多时候，我觉得我不会跟任何一个人相处得好，独处有多清静、多自在呀！你说我幼稚吗？哥哥，是你，让我产生了一种依靠的心理。我总觉得，有你在，我就不会孤独、就不会痛苦、就不会失望。我会快乐得像个孩子。我的要求并不高，如果需要做出选择的话，只有哥哥。可我很悲观，现实中的悲剧太多了，常常否定"有情人终成眷属"这句老话。我们怎么才能走到一起？如果到了一起会有工作吗？我们要吃饭呀！你说我想得远吗？现实还会有比这些更

那些年的爱情

复杂的事吧！我很害怕，苦恋了许多年后，不能如愿，会给你多少痛苦，又会给我多少伤害！命运有时会逼我们就范的，不是吗？可没有你的容纳，我那孤苦的灵魂又将漂泊不定……当然，我并非要你有所答复，只是把我的真实所想告诉你。

我会用功读书、写作的，有你同在，就不能放弃。除了你，它们是使我感到最充实、快乐的事。我想你，盼来信。

天天想你的妹妹：玥儿

1997年7月30日晚

第四章　蒹葭苍苍

蒹葭苍苍，白露为霜。所谓伊人，在水一方。

溯洄从之，道阻且长。溯游从之，宛在水中央。

—— (《诗经·秦风·蒹葭》)

第一节　符号的信

亲爱的妹妹：

你好吗？这个暑假我过得很充实，也很劳累。我们家乡土地多，暑假正赶上挖洋芋，也称马铃薯或土豆，这种食物可像红薯那样烤着吃、煮着吃或蒸着吃。你们那儿有这种农作物吗？暑假里你都在做些什么呢？我好想知道！

妹妹，要想再去读书，真的太不容易了。现在想起来，我报名参加成人高考真是费尽周折。报名回到学校后，学校校长及乡教育辅导站的领导问我，县教育局签字了没有？我想若说没签，即使以后被录取了，他们是绝对不会也不敢放我去读书的。于是，便硬着头皮鼓着勇气向他们撒谎说县教育局签了的。他们说："只要教育局签字了，你就可以去考，但建议你到乡里面找领导说说。"而我想的是，只要报了名先把试考了再说，因此，当时我也没有到乡里面找领导说，一心只想好好学习，为考试做好充分的准备。

考完试后，我感觉考得还可以，自己很满意，特别是语文、数学和政治这三科的题目，做起来得心应手，只是历史、地理的题目要难一些。待分数出来后，我的总分得562分，同事们都认为562分算高分了，都说录取是没问题的。同时，学校领导又提起县教育局签字的事，他们似乎听到一些风声，说县

　　　　　　　　　　　　　　　那些年的爱情

教育局是不会让我去读书的，还要让我去给乡里面的领导通通气。可我一直都是瞒着学校的领导，说县教育局签了字的，并且我还告诉学校领导说，县教育局局长告诉我要好好读书，两年后再回来，为J乡的教育事业作贡献。这些都是我精心编制的美丽谎言，妹妹，你认为我虚伪吗？

得知成人高考的录取分数线后，学校领导再三叮嘱我要给乡长说一声。妹妹，我不愿去讲什么人情、拉关系，但没办法，只好违背良心和做人的原则去找了一次乡长。没想到乡长是一位很有远见和抱负的能人，他慷慨地同意了，并要求乡教育辅导站不要扣我一分的工资，乡长真是一个好人！

8月1日，我终于收到了梦寐以求的G省教育学院汉语言文学教育专业的录取通知书。从邮局收到录取通知书的当天，我既高兴，又忧愁。高兴的是我又可以再一次去做学生，实现我梦寐以求的夙愿——大学梦。忧愁的是我害怕我的大学梦只是一个美丽的肥皂泡，一是因为怕县教育局不放我去读；二是录取通知书上写着每年的书本费与学费2250元，这对于一个月只有325元工资的我来说，简直是天文数字。若我真的能去读书的话，一开学至少得准备3500元钱，这将近花去我一年的工资，何况一次哪来这么多的钱呢？为了能顺利读书，我除了在家干农活外，还要抽时间东奔西跑筹集书本费与学费。准备向亲戚朋友和同学借2000元，希望学校能一次为我预支半年的工资1500元，若都能实现的话，这样就可以读书了。也许，你收到这封信的时候，我已坐在省城那宽敞明亮的教室里专心致志地听那些才高八斗、学富五车的教授们讲课呢！我下定决心把烟戒掉，努力去进修学业。两年后，争取继续上本科，或者凭借自己的本事调进县城。我们的县城与L市中心区是连成一片的，进了县城就等于进了市区。若不能继续上本科，我想到远方去打工，我是一个不安分守己和不安于现状的人，我要创造自己的世界，实现自己的人生价值，说不准我还可能要到H省来看看自己日夜思念着的妹妹呢！

妹妹说："我心里一直藏着一个折磨人的问号，我们能否走到一起，能否有一个未来？"我坚信，通过我们的共同努力，我们是一定能走在一起的，我们走到一起，最多只有一方没有工作，另一方的工资还可以养活一家人嘛！吃饭、生活肯定是没问题的。亲爱的妹妹，我要将我的爱情给你。要为我们爱情的葡萄园除草、浇水、施肥，让我们的爱情的葡萄园有一个丰硕的秋天。正如印度诗人泰戈尔说："爱就是充实后的生命，正如盛满了酒的酒杯。"让我们爱的酒杯盛满充实的生命。妹妹啊！我思恋你思恋得好苦啊！真是"蒹葭苍苍，白露为霜。所谓伊人，在水一方。溯洄从之，道阻且长。溯游从之，宛在水中央。蒹葭萋萋，白露未晞。所谓伊人，在水之湄。溯洄从之，道阻且跻。溯游从之，宛在水中坻。蒹葭采采，白露未已。所谓伊人，在水之涘。溯洄从之，道阻且右。溯游从之，宛在水中沚。"啊！（《诗经·秦风·蒹葭》）

妹妹就不要忧虑了，更不能否定"有情人终成眷属"这句老话。等我们通过努力增长本领后，要么我去H省，要么你来G省，我一定容纳你、呵护你，好吗？

说了这么多，烦了吧！你暑假过得好吗？祝你开心！快乐！

你最亲爱的人：哥哥

1997年8月8日

第二节　彭玥的信

符号：

我亲爱的哥哥，你现在好吗？是在家里度过一个漫长的假期，还是已经在校园里漫步徘徊，或者，在等待读书日子的到来……我只有这样胡思乱想，没有你的确切情况，一切想法都游移不定，一个孤独而哀伤的漂泊者。不知暑假前那封信你是否收到？而现在，我简直不知该把信寄往何方？我们这儿暑假只有一个月，另外一个月均给了麦假和秋收两个农忙假。不知道你们那儿是什么情况？J乡中学是否已经开学，符号，你该快点写信给我啊！真后悔没告诉你开学的时间。今天，是开学的第一个晚上，我刚刚把东西收拾好。今天，我心里很难过，也许是不愿意离开家的原因吧！教学的乐趣还没有体会到心坎里，校园不能诱惑我视它为家。我特想你，就像一只从母亲手中放飞的风筝，突然间看不到你的方向，那种悲哀、那种失落痛煞人也！

　　符号哥，我没有把你说给我的家人，当然也没有说给我的同事，你会怪我吗？你说我做得不对吗？平时，我很少与父母沟通。因为，我发现只要我们争论问题，多是不欢而散，两代人的观点总是不能跨越时间的鸿沟达到一致。于是就闭口不谈我的一些事，免得引起彼此心里的不愉快，这几乎已成了习惯。爸爸从我记事起对我都是淡淡的，我当然很怕他，真的，这很悲哀，也是事实。因为我是女子！我逐渐长大，他偶尔也问一些学习、工作上的情况，对我们也亲切多了。我觉得爸爸的目光很复杂、很复杂。我不告诉他们你的情况，主要是怕他们不能接受，我们的爱情会受到干扰。不过，我发现他们也不想拴住我，特别是亲爱的妈妈，她总是给我足够的自由。也许，再过些时间，等我有了文凭（他们现在只以为我在专心读书，不涉爱河呢。他们开始为我操心）再提及此事为好。符号，你说这样可以吗？

　　说起来惭愧，这些日子我从来没写过东西，字都不曾写几个，我在看自学考试的课程，可这并不是原因，主要是没心情，觉得思想的泉水仿佛枯竭了。我只是个忙碌的猎人，看到什么捡什么，却懒得去想那些触动心弦的故事的前前后后，枪已钝了。我仍会为书中的故事耗费许多感情和泪水，可竟然不想再提笔写那些呆板的文字。我真混蛋，忍不住就骂自己，可又觉得委屈。我不曾真正快乐过，脑中的信念那么模糊，前方的路又那么迷茫不可知，叫我如何摆平所见的是是非非？符号，我该怎么办？鼓励我吧！我非常需要想听你的话。再叙吧，亲爱的哥哥，祝福你每时每刻快乐幸福！

天天想你的妹妹：玥儿

1997年8月10日晚

第三节　符号的信

玥儿：

　　我亲爱的妹妹，你在忙些什么？现在还好吗？这个暑假我除了在家做农活外，还为筹集读书的学费而忙碌着。我记得在上次的信中告诉过你，假如我真的能去读书，一开学至少要准备3500元的书本费与学费及一个月的生活费。上班两年来，一个月就两三百元的工资，除去生活及人情来往，所剩无几。

　　为筹集书本费与学费，有一次我和父亲到离家40公里的我初中的同学（读师范晚我一级）家去借钱。他是我比较要好的朋友，以兄弟相称。他已结婚，他的爱人做小百货生意，手边要宽裕些。我和父亲总算没有白跑，他借给我200元人民币。8月24日，我到学校收拾简单的行李后，便向学校出纳预支了我半年的工资1950元，家里给了我500元（其实，家里也不宽裕，我也不想用家里的钱，但实在是没办法），这样就筹集到了2650元。8月26日，我带上简单的行李独自走进县城，又向我初中的班主任李老师（她现在在L市三中教书，李老师是一名很优秀的中学高级教师，她虽是上高中的生物课，但很受学生的欢迎）借了800元钱。就这样，读书的书本费与学费总算是解决了。

8月27日，我打算到省城Z城，去G省教育学院报名的，但几天前，我听到在县教育局工作的我的初中政治老师说过，县教育局对今年参加成人高考的学生，若是脱产进修的，除非局长签字同意，否则一律把工资扣下来。对此，我又一次到县教育局求局长放我一马，让我继续去读书深造，最终局长大人还是不同意。之后，我又到L市人民政府找了一名副秘书长（他以前在S县法院工作时是副院长，1996年曾经带队扶贫我所在的村，并驻扎在我家，与我的家人一起生活了半年，扶贫工作结束后任L市政府副秘书长，他与局长是熟人）帮我给局长说说人情。当时，这位副秘书长当着我的面拨通了局长的电话，通几分钟话后，局长仍然不同意。我在离开这位领导的办公室时，他说："符号，若你不想在J乡中学教书，又不能去读书，我建议你出去闯闯。"我对他说："也只有这样了。"其实，我嘴巴是这样说的，但我的内心想的是，即使教育局把我的工资全扣掉，我打工挣钱也要把书读出来。

之后，我又到L市教委找《L教育》的编辑许老师，她以前带我去报名的时候叮嘱过我，若录取了得不到书读，她可以帮我。于是，我到了《L教育》编辑部找到许老师，许老师又带我到L市教委主任室，幸好L市教委吴主任正好在主任室，吴主任让我介绍我的具体情况。我说我是1995年在L市师范学校普师班毕业后，就被分配到S县J乡中学任初中语文教师，今年参加成人高考，录取G省教育学院汉语言文学专业的脱产进修班，但我们县的教育局不放我去读书。听了我的情况介绍后，主任说："作为一名中师生去上初中的课，属于不合格学历，教初中至少要大专以上文凭，你们县教育局是怎么搞的，为什么不放你去读啊？《中华人民共和国教师法》明明规定：要鼓励年轻教师脱产进修，继续深造，进一步提高科学文化素质，增强教育教学业务能力。像你这种情况是最应该去进修的。"听了吴主任的话后，我悬着的一颗心终于平静下来了，心中充溢着喜悦！真想不到，读书还有法律保障的。我自认为，我是一个特别执着的人，想要做什么事，我都会想方设法、尽自己的一切努力一定要去实现。妹妹，你认为我固执吗？

你暑假前寄给我的信是如期收到的，我怕你假期间收不到信，就没有及时给你回信，让你久等了，我的天使、我的安琪儿。我们这儿假期现在就只有暑假和寒假，每个假期一般都是40天左右。我记得我读小学的时候，好像也有一个7天的农忙假，但现在取消了。你们那儿没寒假？

我与妹妹一样，也没有把你说给我的家人，怕家人不能接受。妹妹说得对，等有了文凭、有了能力做保障再提是最好的，我赞同妹妹的观点。为我们的爱情、为我们的未来加油吧！

告诉你，我现在是在县城我大姐家给你写的信，我想今天晚上把这封信写好，明天一早我就要乘坐开往G省Z城的列车到教育学院报名，等知道学校的详细地址后及时将信寄给你，好吗？

现在已经是晚上10点钟，就写到这儿吧，明天还有一段长长的旅程，再叙吧，亲爱的妹妹，祝你开心、快乐！

想你的哥哥：符号

1997年8月28日晚

今天中午12点45分我乘坐的从L市开往Z城的列车经4个多小时的穿越后，便缓缓地驶进了Z城的车站。一走出车站，我就坐上开往G省教育学院的1路公交车。到了学校，我到新生报到处报了名后，便坐电梯将简单的行李放到学校安排的宿舍。说是宿舍，其实就是一间挺大的教室，在教学楼顶层的14楼，

那些年的爱情

经了解，这间教室住的是我们班——中文系大专九七（1）班的30多名男生。放好行李，我就到学院旁的一家超市买毛巾、脸盆、牙刷、饭钵等生活日用品。

时间过得真快，不知不觉就是下午5点钟，学院开饭的时间到了。吃完饭后，我没有像其他同学三个一群五个一伙走出学院去溜达，而是走进教室，再一次打开信纸继续给你写信。也许是激动，也许是有点累了，抑或是刚进入一个陌生的环境，心绪还没有调整过来吧。面对纸和笔我居然不知从何说起，不知要给妹妹说些什么？让妹妹见笑了。此时此刻，我只有告诉妹妹我们学院的详细地址了：G省教育学院九七中文系专科（1）班；邮编：660003。

为了让妹妹早日读到这封信，明天中午到邮局我就用快件寄了。

再叙了，祝我亲爱的妹妹永远快乐、幸福！

你的哥哥：符号
1997年8月29日晚

第四节　彭玥的信

符号：

亲爱的哥哥，你好吗？开学已久，没有你的来信，不知你在何方？是在J乡中学继续教书，还是去了别的学校读书？写出的信该向哪里投递？我等啊等啊，从来没有这么心焦，从来没有这样失望，从来没有这样有些隐隐的痛。我知道即使在等待的日子里，也不能让时光白白耗掉，何况紧张的工作和学习会冲淡几许愁绪，可是疲惫不堪之时不仅需要休息，更重要的是精神的慰藉。空闲之时，无边的寂寞和孤独吞掉我所有的悠然和快乐。只因没有你的来信，不知道你的情况，不能同你交谈，用我们共同恋爱的文字。天气已经转凉了，外面整天刮着呼呼的风。由于天气干燥，校园内尘沙飞扬，我就更少出去了，从办公室到教室，就像隐居一般。

今天是教师节，我们共同的节日，感觉怎样？我更感到生的渺小和无奈。昨晚上，校长和两个主任请老师们喝酒，本来我觉得应该没有我的，可她们几个女教师都去，我也就随伙了。反正我心里挺闷的，看看她们怎么个高兴法？我喝了点啤酒，觉得脸有些发烧，他们说"红扑扑"的，有点兴奋，感觉还可以。我们提前退出酒场，除了有点头痛外，还是很安稳地睡着了。

想你的妹妹：玥儿

1997年9月10日

亲爱的哥哥：

我的上帝，我的命！我终于听到你的声音了。眼睛的光芒与文字的光辉交会碰撞出震颤的心灵的声音。哦，谁能知道我的狂喜！谁又能想到一贯平静沉稳的我会心跳得那么厉害。捧着你的信，捧着我姗姗迟来的爱和幸福，悲伤和欢乐的极致是和谐呀！哥哥，我等得好苦！

一看到信封上的地址，我知道哥哥读书的愿望如愿以偿了，我真高兴。学校的生活还能适应吧！老师、同学挺好吧？两年的时间也转瞬即逝，珍惜自不必说，但也不要太苦了自己，尽力而为就行。一个人出门在外，饮食起居，要照顾好自己。天气很快转凉了，不知哥哥是否带够了衣服。家离学校挺远，一定很少回家吧！离开了家，在很多寂寞的时候，会更加思念妹妹，对不对？那就把对妹妹的真情倾注在写作上，写出更多更好的作品来，你的成功就是妹妹的鼓励，也是我莫大的快乐和欣慰。

那些年的爱情

这些天来，过得挺没滋味。不过，现在好多了，觉得眼前朦胧的雾被撩开似的，世界变得清晰而可爱。我同样相信事在人为，我必须坚持学习、写作，不断提高自己。这样，即使将来能同哥哥一起走南闯北，也不至于连累你（说话见外了）。我身体一向很好，不过，自从毕业后从没跑过步和做过操呢，平常也很少有体力劳动，所以总感觉到有体质下降的趋势。

总之，面对现实，我终于有些乐观了。亲爱的哥哥，你就安心地读书、写作吧，不用担心未来征程的孤苦与无助，妹妹将是你永生永世的伴侣，我一定用爱的阳光、雨露、花草为你装扮生命的春天。突然就停电了，夜深人静，外面有淅淅沥沥的雨声，点上一支蜡烛，那温馨柔弱的烛光弥漫在小屋，想起一句诗："何当共剪西窗烛，却话巴山夜雨时。"哥哥，会有一天，让我坐在你的身边，听你说话吗？说你的家乡、你的童年，还有我们共同的未来。

学校马上就要放秋假了，大概二十来天。秋假主要是收玉米，还有耕地、播种吧！我们这里主要是种小麦和玉米，所以农村学校一年放四个假，即年假、春假、暑假和秋假。你所说的洋芋我大概见过，不过我们这儿极少见，只有土豆种在菜园子里，比较普遍。我们家只有四亩多地，今年5月收小麦，还是用联合收割机收割的呢！减轻了很多体力劳动。等具体假期时间定下来，我会写信告诉你，我可不愿意在学校里很久没有你的消息。

就说到这儿吧。今晚王丹（同事，我跟她很好）在我这儿休息，因为她男朋友来了。末了，还有一点不放心，我怎样安慰因为我而尝够思念之苦的哥哥呀！

而我会在想你的时候打开影集，吻你，轻轻地。然后，带着甜美的笑意睡去。

曾经沧海难为水，除却巫山不是云。取次花丛懒回顾，半缘修道半缘君。

想你的妹妹：玥儿
1997年9月13日晚

当你收到这封信的时候，中秋节恐怕已经过去了。班里是不是举行了什么活动呢？那轮圆月又该引起哥哥几多惆怅、几多伤感。"但愿人长久，千里共婵娟。"保重！

想你的妹妹：玥儿
1997年9月14日

第五节　符号的信

彭玥：

我亲爱的妹妹，你好！真没想到在你没有收到我的信及不知道我消息的日子里，你会如此心焦和失望，请原谅我好吗？其实在没有你消息的岁月里，我与你同样接受着相思痛苦的煎熬，寂寞和孤独时常来光顾我，让我更加想念你。在万水千山间，我们彼此只有用我们共同的苍白无力的恋爱文字来寻求心灵的慰藉和生命的无奈。

说到教师节，今年的我可与之无缘，因为我又从一名教师转变成一名学生了。以前在J乡中学的时候，就是乡里面或学校请教师们吃一顿饭、喝喝酒庆祝这一弱者的节日。我时常想，中国的妇女节、儿童节、教师节之类的节日大多为弱者的节日，你说是吗？妹妹说还喝了点啤酒，感觉还可以。喝少量的酒对身体是很有益处的，可舒筋活血、消除疲劳，但我一般是不喝酒的，只是爱抽烟。

学校的生活还好，我是一个适应能力极强的人。就是我们学校太小，说是大学，其实就只有一幢教学楼、一幢学生宿舍、一个食堂。因宿舍不够住，我们班的30多名男生只好安排住大教室了，其他系有的学生还安排住在校外学校租借的房屋。因此，很多人都说G省教育学院是一所袖珍大学。是的，两年的时间说长不长，在这两年里我肯定是倍加珍惜自不必说，这可是一次来之不易的学习机会啊！为了这次重返校园，我费尽周折。同时，请妹妹放心，我也不会太苦了自己，正如妹妹所说的尽力而为就行。我会照顾自己的，妹妹也一样一定要照顾好自己。家距学校300余公里，是挺远的，我打算在国庆节回一次家。的确，离开家、离开曾经工作的地方，时常也想起家人和同事，但想得最多的还是我亲爱的妹妹。

近段时间，我总是想我必须好好地读书、学习、写作，等练就了一身本领，为我们共同的明天而努力拼搏。不是说事在人为吗？虽然我们天各一方，但我相信我们会成功的。突然，我想到了秦观在《鹊桥仙》的两句词："两情若是久长时，又岂在朝朝暮暮。"就用这句词来取暖、来慰藉我们伤痛的心灵吧！

你们那儿的庄稼是用联合收割机收割，看来，你们那儿比我们这儿先进多了。我们这儿从耕地、播种、施肥、除草到收割等环节，均是人工操作，同时还要借助牛的帮助才能完成。同时，告诉你一个好消息，今年我们村终于通电了，家乡的父老乡亲终于告别祖祖辈辈沿用下来的煤油灯了。真像读小学时课本上写的那样："有了电，真方便，电的用处说不完。"有了电，家乡的农民朋友告别那昏黄的煤油灯；有了电，家乡的农民朋友远离了整天嘎吱嘎吱叫个不停的老石磨；有了电，家乡的农民朋友也可以像城里人一样看电视、听广播了……

我在学校每天除了上课外，中午和晚上的大多数时间，都是在学院教学楼三楼那充溢着油墨香味的阅览室，如饥似渴地读着全国各地的各种报纸杂志，从中汲取营养。并随身带上一个笔记本和一支笔，边阅读边摘抄我所需要的内容。也时常光顾学院的图书馆，前两天还在图书馆借了《简·爱》和《呼啸山庄》两部外国小说，现已读完了《简·爱》，我想下个星期就可以读完《呼啸山庄》了，两部小说中的爱情故事让我很感动。若你有时间，也可以找来读读。

就写到这儿吧，寝室要熄灯了。最后真希望，有一天我日思夜想的妹妹能坐在我身旁，听我说说我那"衣带渐宽终不悔，为伊消得人憔悴"的思恋之苦。

祝我最亲爱的妹妹健康快乐！

痛苦而又幸福地思恋着你的人：符号

1997年9月19日

第六节　彭玥的信

亲爱的符号：

过得还好吗？我们学校今天就要放秋假了，假期20天。可是，学校说今年要盖教学楼，恐怕影响教学质量，所以假期要安排补课，学生实际放假只有七八天。其实，我们这儿农村的秋收工作已经结束，就剩耕地和播种了。

昨晚上我们学校有位老师要结婚，在饭店请客。我们的司务长是四川人，将近40岁吧。我们问她怎么会到H省来成家，她说是经熟人介绍的，而那位"熟人"是被拐卖到本地的。她说她们那儿的姑娘都愿意跟她过来。其实，我们这儿并不怎么好。可能是人的心理作用吧，远方是一种诱惑。她们说G省人每天只吃两顿饭，是这样吗？

前几年被拐卖到我们这儿的姑娘特别多，说出来你可别恼，好哥哥，很多都是G省人呢。她们多是被花言巧语骗出来

那些年的爱情

后，又强行卖给那些娶不上媳妇的人家。她们当中，有的能勉强过日子，有的想回家，伺机跑出去，被找回来就毒打一顿。这真可恶！那些人贩子丧尽天良。我们这儿的人其实都很同情她们。有个远房亲戚家，就是这样娶了个姑娘，她是G省人，很活泼，也能干，去年她跟丈夫（我表哥）一块儿回她老家过年了呢。她爸爸也来看过她。

就谈到这儿吧。祝哥哥生活快乐！身体健康！妹妹想你。想你。

想你的玥儿
1997年9月25日

第七节　符号的信

亲爱的玥儿：

你好吗？收到你的信，得知你们又要放秋假了，妹妹又可以有几天的闲暇时间了。那就有时间好好复习参加自学考试吧！你自学考试现在考过了几门？努力吧，妹妹。

国庆节我们学校放假3天，我回了一趟家。今天刚返回学校就收到你的来信。现在虽然进入了初冬，但Z城却不冷，难怪Z城被称为第二个"春城"（云南的昆明就被称为"春城"，昆明四季如春），你听说过吗？

学校环境不够理想，特别是住宿，我们一大间教室就住了30多个人，常常是夜深人静了，但寝室还是不那么安静。有的时候，整个寝室从晚上七八点钟一直到凌晨都有同学在玩"双升"（一种四个人玩两副牌的扑克游戏），吵得人不得安宁。不过，请妹妹放心，也许时间长了就习惯了。

妹妹在信上说，你们那儿有很多从四川、G省被拐卖到H省的姑娘，G省的特别多。其实，因为G省贫穷落后，G省的姑娘除了被拐卖到H省外，还有很多被拐卖到了山东、福建、浙江等发达地区的。据了解，正如妹妹所说，她们大多生活很不幸福，有的甚至很悲惨！有的才十五六岁，就被拐卖给四五十岁的老男人去做媳妇，加之语言的差异、生活习俗的不同等因素，就难以交流，更不要说有什么共同语言了，这样的家庭会幸福、会和睦吗？

我想读完专科后继续上本科，你支持我吗？学海无涯，我要多读点书、多学些知识不断充实自己，但愿妹妹也与我一样会为我们未来的梦想苦苦追逐，为我们美好的明天努力奋斗！但现在令我苦恼和着急的是，我居然写不出什么东西，我该怎么办啊，妹妹？

奇怪，刚离开家，又想起家乡那香甜的烤玉米了。

再叙了，亲爱的妹妹。祝妹妹秋假愉快！快乐幸福！

天天想你的哥哥
1997年10月3日

那些年的爱情

第五章　杨柳依依

昔我往矣，杨柳依依。今我来思，雨雪霏霏。
行道迟迟，载渴载饥。我心伤悲，莫知我哀！

　　　　　　　　　　　　　　——《诗经·小雅·采薇》

第一节　彭玥的信

亲爱的哥哥：

　　你还好吗？现在学校正放秋假，我到学校补课，收到你的来信，更确切地说是终于盼到你的来信，我的快乐是不言而喻的。

　　每当夜深人静，伏案而作，便会想到哥哥在远方的学府里也一定在刻苦用功吧。在学校，有一间安静得近乎肃穆的办公室；在家里，也并不嘈杂。我的学习环境和条件好多了，父母也都很支持我学习。除了工作，我可以什么事都不管。哥哥信上说学校环境不够理想，也的确是个影响人情绪、学习的问题。不过，哪里都不会十全十美，改变不了，就只有去适应它。只要自己的心灵是平静的，就不会为外界的喧嚣所动，你说是吗？我希望哥哥能尽快适应学校生活，不仅要学到知识，还要尽量活得有滋有味。Z城是第二个"春城"，我还真没听说过呢。愿哥哥从春天起步，酝酿一个春之梦，登上光辉的顶点。

　　哥哥在为写不出东西而着急，我想也不要太难为自己，到了一个新的环境，心思不免要浮躁一些，影响你的思考、分散你的注意力，我想等一切都安定下来了，整理一下闪烁光彩的记忆，会写出好的文章的。我们还年轻，有的是时间和机会，放心地去读书吧！灵感自会潜入你丰富的思想。

我自学考试过了四门，是个漫长的征程。这次报了三门，马上就要考试了，我正在抓紧复习呢。也许当你收到这封信的时候，我差不多也该考完了。

哥哥说，上完专科再读本科，我一定会全力支持你的。知识是无限的，而生命是有限的，多学一点知识多增长一份力量。而且凭哥哥的水平和信心，完全可以完成学业的。妹妹相信你，也会同你一样用功。"为我们未来的梦想苦苦追逐"，别说"但愿"，而且坚信，一定会的！还有谁会取代哥哥在我心中的位置？

现在的同龄人，不求权势与金钱的实在很少，而踏踏实实埋头苦干做学问的就更少了。可以说，哥哥所选择的人生方式是会很苦的，但与之伴随的是充实和快乐，是对人生价值的最高体现，必将会无悔于今生。我呢？有位主任开玩笑地说可以做县长，不过，我既没有从政的机会，又没有搞应酬的雅兴。至于钱，我从没觉得它重要过，因为以往都是跟父母索取的。不过，没钱也是万万不能的，不是吗？怎么样？我还可以做哥哥的追随者吧！只要有一间可供栖息的小屋，有饭吃，有书读，有纸和笔书写，就可以生活了，对不？如果只有一把椅子，我就和你争着用，或者玩"石头锤子剪刀布"的游戏，谁赢了谁就坐，可以吗（笑话，哪会这么惨）？

哥哥信上说想吃家乡的玉米，是不是想家了？今年，我家的玉米挺好。我们家乡也有很多地方因旱情严重，浇不上水而颗粒无收。我弟弟在家里根本就不听我的话，可以说，我在他眼里一点威信都没有，虽然年龄相差这么大。也许因为我对他要求太苛刻，跟我形成对立情绪所致，我又很像小孩子脾气，跟他随便玩。不过，开学后就让他来我们学校旁边的一所小学读书。这样，远离家门，没有父母的呵护，他就会听话了，而我就负责他的生活问题，并且要辅导他学习。他基础不好，又没养成好的学习习惯，学习懒懒散散，作业马马虎虎，应付了事。不过，他本性老实，年龄又小，我想通过教育培养，他完全可以成为一个好学生、好孩子的。回来我跟弟弟照张相寄给你，好吗？我会很快做到的。

　　亲爱的哥哥，再见了。我希望这次考试全部都通过，为我祝福吧！定会把好消息送给你。

妹妹想你：玥儿
1997年10月10日晚

第二节　符号的信

亲爱的妹妹：

　　见信好！刚送走了我的一位好朋友，他是我初中和师范的同学，读初中我们是在N乡中学读一个班，读师范时，他读九二（4）班，我读九二（2）班。妹妹猜猜他找我干什么？原来是他专程来Z城告诉我，让我回J乡中学教书。他岳父与我们教育局的领导是亲戚，关系也很好。他听教育局的领导说，若我不回去教书，就要扣发我的工资，他让我和他一起回去。当时，我给他说我宁可在Z城打工挣钱读书，也不回去教书。

　　对此，他很着急。当我把我不回去的理由告诉他后，他让我要好好想想。我说第一，我这次能读书，费尽了周折，若回去，以后真的就再也没机会了。第二，我们班有一名G省B地区E县的同学告诉我，前几年，他们县有一个在教育学院进修的老师，因他所在的乡不同意他读书，就真的把他的工资全扣了，这位老师一气之下，边在Z城打工边读书，一读就读了四年（读专科后接着读本科）。这样，他就被扣发了四年的工资。这位老师回到他所在的乡后，就和乡里面打官司，没想到他打赢了官司，乡里面就一次补发他四年的工资，他将这四年的工资拿去找人调进了县城。这不是因祸得福吗？如果我的工资被扣了，我也会去打官司的，妹妹，你说我的想法对吗？

嗯，这些烦心事懒得说了。妹妹有充足的学习时间，学习环境和条件又好，希望妹妹珍惜，为了我们的未来。妹妹不要担心我，我不是说过，我有很强的适应能力吗？我会尽快适应环境的，多谢妹妹的关心和鼓励！

说说妹妹吧，你说自学考试过了四门，是哪四门？这次报了三门，又是哪三门？马上就要考试了，那就抓紧时间复习，我相信妹妹一定能通过。上完专科后，有妹妹的全力支持，我一定继续上本科，这样才能不辜负妹妹的支持和鼓励，好吗？我坚信妹妹会与我一样"为我们未来的梦想苦苦追逐"。

是的，正如妹妹所说："没钱也是万万不能的，但只要有一间可供栖息的小屋，有饭吃，有书读，有纸和笔书写，就可以生活了。"若我们真的能走在一起，如果只有一把椅子，就不要去玩什么"石头锤子剪刀布"的游戏了，哥哥一定把它让给你，你相信吗？最近，班里想办一份文学刊物，班干部找我参加，但我真的没有这份雅兴和闲心，妹妹，你说该怎么办？

为了妹妹，我一定会来H省的。妹妹说，要带弟弟到学校读书，这是一件好事，至少在辅导他的同时，对他也是一种监督。不要担心，我相信弟弟会听你的话的。我想，说不定哪天我来H省看看我日思夜想的妹妹呢！真希望早日收到你和弟弟的照片。

亲爱的妹妹，再叙了，预祝你自学考试考出好的成绩！祝快乐、开心！

你最亲爱的哥哥：符号

1997年10月18日

　　　　　　　　　　　　　　那些年的爱情

第三节　彭玥的信

亲爱的哥哥:

你好吗? 昨天上午收到你的来信,我深藏在心底的幸福溢满全身。还记得《心理学》上所讲的人类"需要"的五个层次吗? 它们依次是生理需要、安全需要、归属和爱的需要、尊重需要、实现自我价值的需要。你是我的爱和归属,在没有你消息的日子里,我眼睛里闪不出快乐的光芒。我的情感在为你而积淀,为你而荡漾。亲爱的哥哥,妹妹想你,很孤苦,又很幸福;很脆弱,又很坚强。

前天参加完自学考试,马上就又接受了一项"重大使命",我的一位女同学让我帮她写稿,她要代表她们学校参加演讲比赛。她是一位H市区的女孩,我跟她在师范合作多次主持过班会、团会等,毕业后仍保持联系。由于城乡差别,我们班女生都不大接近她,不过,她的确是一个很热情、很负责的人,我理所当然要以诚相待,不能像她们一样表面应付。所以我欣然允诺帮忙,后来才知道自己太自不量力了。她妈妈是师范附小的副校长,她爸爸、姐姐、姐夫、姑姑等等都是很有层次的人(起码在我们市如此),他们都很关心她所参加的活动。这次比赛好像对她很重要,我能随便写一篇给她吗? 我迟迟不敢下笔,从晚上9点坐到11点,反复翻阅她给我准备的资料,真难! 我简直想放弃,后悔当初说话连余地都没留。后来,总算写起来了,直到凌晨2点多,脑子清醒,好像进入真空状态。完稿后竟然睡不着,直到3点。第二天我又乘车到市里送给她,总算忙完了,可以松一口气了。

这次自学考试我考了三门,还不知道能不能通过,随它吧! 这三门是现代汉语、中国革命史、公共关系学(选考)。

我已经考过的是文学概论、现代文选、教育学、哲学这四门。也考过古代文选，可惜只得了56分，还得下一次做努力，也就是明年上半年再考。我想，等你读完大专，我也就正好考试完了。当然，我会接着考试，在这条艰难而又漫长的路上前进。你们学校学习计算机吗？听说，不久的将来，自考也要加上这一项。在师范毕业前的一段时间里，我们学校才配有微机实验室，学了一些，可是并不懂，连门都没入。

我读书也不算多，而且都是一扫而过，很难领略其中的精华，只不过是有所了解，一时得到快感罢了。我觉得读过书后还是要思考一下，把一些感想写下来，这样印象比较深刻，会使读书的效果更好。在学《中国革命史》时，看到"要继续坚持毛泽东思想，用它的立场、观点、方法来观察新问题"这一观点，觉得还懂，也挺有趣味。我们学校图书馆存放着一排发黄的《毛泽东选集》，无人赏眼。如果有时间，我希望能满足这个似乎不合潮流的心愿。

我也比较喜欢《呼啸山庄》（艾米莉·勃朗特）这部小说，《简·爱》（前一部小说《呼啸山庄》作者的姐姐夏洛蒂·勃朗特）也曾让我泪流满面。班里要办刊物是个好主意，不过，你要是没有心思去做，不管也好。抓住主要矛盾，现在就是读书。

我们学校正在进行期中考试，我很多教案都没写，想想可真不负责任，愧对学生。校长对我好朋友（王丹，音乐老师）说，他准备找我谈话，因为了解到"我跟学生关系不好，我不容易接近"。这当然是毫无根据的，我不敢说学生喜欢听我的课，但我敢肯定他们绝对不讨厌我、畏惧我。也许是校长大概听信别人的"谏言"了吧，有两位老师绝对不会说我好，尽管我没招他们、惹他们，尽管他们见了我总是笑眯眯的。其实，我挺敏感，知道校长开始观察我、怀疑我，是因为无意表现的

那些年的爱情

一些不恭（拒绝他为我介绍对象；他让我写入党申请书，我写了，迟迟没交，现在还在抽屉里，我还没下决定，是否入党，你呢），还是在计较那次我的一点个性流露（选优秀教研组长时我坚持写"弃权"，因为从来没有搞过什么教研活动，可以说学校的教研组形同虚设。校长当时大发雷霆，由于是无记名投票，他们对那张纸条研究好久，要辨认笔迹，不知结果如何？我心里有点快乐。当时你觉得我很幼稚可笑吗？有点。可我本无心与他们作对，前三次两个组长的票数完全一样只是偶然现象嘛，为什么不可以写"弃权"呢）。其实我觉得自己平常表现还可以，一点都不清高，更不会高傲，自卑还来不及呢，不就是不去陪他们聊天、打牌、逛街吗？顺其自然吧，我等待校长的"提审"，我只能微笑着随声附和。可惜，本来很好的一位校长，要做一件不该做的事。哥哥不要为我担心，有很多人对我也挺关心，特别是我知道将来哥哥会为我撑一把遮风避雨的伞。

你真的有到H省来的想法吗？为了妹妹，你可以背井离乡吗？你让我简直不敢相信。我怎么能让你牺牲那么多？我爱我的家乡，舍不得离开亲人；可我同样热爱你的家乡，虽然她很贫瘠，她为我养育了你，我会爱你所爱的一切。如果弟弟足够"强大"，我选择离开，追随我不可分割的另一半。爱情是女人的全部，其实，我愿意同意接受这个观点，因为失去你将意味着失去光明的一切，我怎么走出黑暗？

我们学校正在盖教学楼呢，年前这段时间，我一方面得认真辅导学生，另一方面还准备读点书、写几篇文章。总之，要时刻铭记张老师的告诫："一步紧，步步紧，紧到最后浑身劲；一步松，步步松，松到最后一场空。"

好了，再谈吧！祝充实快乐！

想你的妹妹：玥儿
1997年10月29日

亲爱的哥哥：

我好想你！今天晚上，不知怎么回事，火炉一点都不旺。眼看做不成饭了。我就把锅端到王丹（音乐教师，我跟她最好）那儿去做。我回屋里炒菜，弟弟在王丹那儿玩，当我过去的时候，看到他正在吃王丹的饭，我一下子觉得很恼火，就说了一句："谁让你吃人家的饭！"他哭了。王丹批评了我一顿。其实，我只觉得小孩子不能随便吃人家的东西，可我不该对他发脾气。王丹说是她硬让他吃的，免得迟到，他才坐下来吃的。所以他很委屈。我也很难过。弟弟一定更想家了。

学习安排得紧张吗？我现在过得挺轻松。虽然时间抓得比较紧，但没有什么压力，觉得很自由。我跟王丹说好以后坚持晨跑，并且由于我上早自习不能做早饭，需要早起半个小时做饭。校领导一再施加压力提高教学质量，争取期末考出好成绩，我也不能掉以轻心了。这两天我一直想看你的照片，真的想你啊，她们都有男朋友，可你却在天边。特别是有男孩"打扰"时，我更想你。有你在身边，我就安全了。

想你的妹妹：玥儿

1997年10月30日

第四节　符号的信

亲爱的妹妹：

你好吗？我好想你。我怎么能忘记《心理学》上关于人类"需要"的五个层次呢？我的天使、我的安琪儿！你就是我今生唯一的答案，是我生命中再也不可分割的另一半，也是我唯一的爱和归属。我的每个日子，都充满了思念和等待。思念你，好幸福又好痛苦；等待你，好痛苦又好幸福。

那些年的爱情

亲爱的妹妹，你的那位师范的同学真让你辛苦了！要是我在你身边，我一定代你帮她完成那篇让你熬更守夜的演讲稿。她应该陪你一起写啊！或者你写好后，她应该亲自来取啊！这样，你就会轻松多了，我亲爱的妹妹真是以诚相待的好妹妹啊！

你自学考试考过的和你这次报考的现代汉语、中国革命史、文学概论、现代文选、教育学、哲学和古代文选课程，我们也在学，只是没有公共关系学这门课程。我认为，其他的都好学，就是文学概论比较抽象、不易理解，而古代文选呢，那些古文及古文常识不好记住。难为你了，亲爱的妹妹，古代文选考了56分？56这个数字可是我读师范时的学号啊，你恨过"56"这个数字吗？是不是这个56伤害了你，是它让我亲爱的妹妹还要再做一次努力。妹妹说还会接着考试，是不是接着考本科啊？我支持你。我认为自学考试是最难的，获得的文凭也是最真实、最过硬的，你说是吗？学校发了计算机教材，但没有开课，我想也许明年再开吧？

至于读书嘛，我认为要把厚书读薄、把薄书读厚，效果是最好的。把厚书中的精华部分汲取出来，变成"薄书"，而对于有"精华"的薄书则要好好理解，把内涵充分地挖掘出来，从而使薄书变得厚重，厚重的不仅是书页，而是内在蕴含和你所学到的东西。读书要扎扎实实，每个概念、定理都要追根求源、彻底清楚。这样一来，本来一本较薄的书，由于增加了不少内容，就变得"较厚"了，这是"由薄到厚"。这一步以后还有更为重要的一步，即在第一步的基础上能够分析归纳，抓住本质，把握整体，做到融会贯通。经过这样认真分析，就会感到真正应该记住的东西并不多，这就是"由厚到薄"的过程，才能真正提高效率。是的，现在读《毛泽东选集》的人很少了，其实《毛泽东选集》中有很多东西对于指导我们的生活实践、人生观、世界观等都很有价值，是值得我们去玩味和品读的。

《呼啸山庄》和《简·爱》前不久我读过，那里面的情节也让我感动不已，但我特别喜欢读路遥的《平凡的世界》。《平凡的世界》是路遥最重要的一部长篇小说，全景式地描写了中国现代城乡生活，通过复杂的矛盾纠葛，以孙少平等人物代表刻画了社会各阶层普通人们的形象，人生的自尊、自强与自信，人生的奋斗与拼搏，挫折与追求，痛苦与欢乐，纷繁交织，读来令人荡气回肠。

你们学校那些复杂的人际关系还真让我为你担心，但我相信妹妹会处理好的，是吗？将来我一定为妹妹撑一把遮风避雨的伞，让妹妹不经受任何人生风雨的伤害，好吗？亲爱的妹妹，没有在你生日的时候给你寄上祝福，请谅解。我们的这份情谊是那么纯洁，那么晶莹剔透，又那么高尚。男人为结婚而爱情，女人为爱情而结婚。我想在专科毕业前就来H省看你，为了妹妹，不要说背井离乡，就是让我付出一切我都愿意，你信吗？

亲爱的妹妹，你是怎么学习普通话的，能告诉我吗？妹妹坚持晨跑，好啊！生命在于运动，最近我每天早晨6点半，都要到河滨公园（与我们学校只隔着一条马路）去跑两圈，7点钟才回寝室，洗漱后就吃早餐。希望妹妹继续坚持锻炼下去，好吗？我也一样。希望妹妹的班级在期末考出好的成绩。现在我没有照片，争取下一次照一张寄给你，好吗？

前几天写了首《我是一个纤夫》的诗，现随信一起寄给你。

祝妹妹和弟弟健康、快乐、开心！

想你的哥哥：符号
1997年11月8日

我是一个纤夫

我是一个纤夫
生活就是拉纤

在命运的大河上
把疼痛深深勒入肩头
血汗嵌入脚印
咬紧牙低着头弓着腰
在暴雨烈日下
在恶风险浪里
定格成一尊永远
永远不倒的雕塑

我是一个二十世纪
九十年代的纤夫
趁着改革的浪潮
踏着时代的最强音
在我身后
抛下生命的长缆
拴牢
人生之舟
时代之舟
历史之舟

第五节 彭玥的信

亲爱的哥哥:

你好吗?收到来信时,我正在为准备一节公开课而费尽心思。下星期三要参加县里的优质课评比,我想讲过课再给你回信,要让哥哥久等了。但愿读书、学习和运动能占据你的心灵,减少一些思念之苦,我也就安心了。

这是一个休闲的下午,我捧着你曾经用双手摩挲过的信笺纸,蜷缩在被窝里,倚着墙壁,读那一行行真情欲滴的文字,感受一颗心在远方的呼唤和爱抚。我的整个身心都在进行一次爱与崇高的洗礼。哦,亲爱的哥哥,你灵魂的钟声响在我心灵的深处,他传递给我的温情、力量、精神,让我强大,让我超越和升华,这是从任何书本或与任何人交往所得不到的。也许,在你爱的光芒的沐浴下,我会绽放更加美丽的笑靥;在你情的气息的熏染下,我会更加坚韧,从容地走向明天。

亲爱的哥哥在信上说:"你恨过56这个数字吗?是不是这个56伤害了你,是它让我亲爱的妹妹还要再做一次努力。"我从来没有恨过"56"这个数字,甚至连一点遗憾的感觉都没有,真的。我感谢上苍赐予我这么一个数字,让我在离天堂不远处张望,向我招手的幸福。是56给了我机缘和机会,也是56给了我学习、工作的信心和决心,让我经过苦苦的追寻饱吸历史悠香之后以新的灵魂重生。倘若是60,我就会停止了前进的脚步,不是吗?我喜欢56,它用残酷攥住了我的心,让我爱得发狂!

想你的妹妹:玥儿

1997年11月19日晚

那些年的爱情

亲爱的哥哥：

　　天气挺冷，接连半个月，不是阴沉沉，就是雾蒙蒙，很少看见太阳，可是又偏偏不下雨，学校用水紧缺。有一天早上，弟弟上早自习回来，竟然冻得大哭起来。走在校园里才发现，那块曾在阳春三月占尽风流的桃园已经光秃得不留一片树叶，瘦硬的枝干在干冷的风中幻想着来日春天的温暖。桃园和围墙上，满地的黄叶上，很耀眼的一层白白的颗粒。"风霜重重恶"。那一天，有太阳，可是门前的一棵椿树，墙外的一棵桐树，还有校园内一棵叫不出名字（很像枫树）的树，它们都簌簌地落下了树叶，厚厚的一层，我心里有一种说不出的滋味。有位老师对我说："这不是第一次下霜，已经下过两次了，不过，这一次是'苦霜'，树叶都留不住了。"苦霜，我心里默念着，长这么大，还没听说过这样的叫法。今天，在家里，偶然看见父亲头顶花发渐稀，母亲脸上清晰可见的"老年斑"，目光急转，不忍细看，人生易老，岁岁秋风劲。

　　H省口音比较接近普通话，我们Q县主要是舌前音与舌后音分不清。我也是从上师范时开始学习讲普通话的，我们发了一本《直呼音节》的书。每天上午课前15分钟可以练习读。另外，班里也组织一些小活动练习口语表达。就这样，慢慢地，就说得比较流利了。我喜欢朗读、讲故事，在师范两次参加演讲比赛都拿了一等奖，有一次是即兴演讲。不过，我并不为之感到优越，因为我平时在人们面前确实不善言谈，除非到了一个陌生的环境或者遇到久违的老朋友，那时我都惊叹自己说话的水平和能力。真怪！你不是也在学现代汉语吗？平常多读读（出声地读），肯定会提高的，我们H市只要是上过师范的，都要用普通话上课，也都会一点。听说，再过两年，乡村教师也要进行普通话水平测试和等级鉴定。对了，我们这儿大专班的同学已经测试过了呢。我想，你们学校也会过这关的吧。

我们学校的电话号码已经改成0482—8255969，我没有告诉你，因为，说真话，我也不想让你打长途。电话，这种通信工具对我们太不受用了。至于我们校长，他就怪，别人打电话，他老是喜欢在旁边有意无意地听。你要是真打，别告诉他你是G省人，不然，他一定会盘根究底。有一次我去参加自学考试，回来后他就问："你跟谁去考试来着？"意思是有没有人陪你去？他在学年总结大会上就曾说，校领导要关心老师的爱情、婚姻问题。可笑吗？总有一天，我会附在你的耳边低语，让我的声音钻进你的耳朵，缭绕在你的心窝。现在你只有去轻风里寻觅、鸟啼中谛听。这不，夜深人静，我正在倾听你的呼唤，亲爱的哥哥，我听见了，我听见了。听啊，是我亲爱的哥哥的声音。看哪，是哥哥跋山涉水远道而来。

你们班的女同学也很可爱吧。我真羡慕她们，能跟你在一个班学习；她们也一定会羡慕我，得到了哥哥毫无保留的爱。你听她们的声音，你看她们的背影，不是都飘浮着我的影子吗？"曾经沧海难为水，除却巫山不是云。"真苦！哥哥，能不能狠狠心，断了这份情缘（我真不够坚强，今晚上，我太悲观）。听了这句话，你会很生气、很难过，我又何尝不是如此。你会明白我爱你爱得有多深，可我不能做个自私的人。我的生命需要你做最浓重的底色，没有你我会有多么淡薄。可是，我真害怕这遥遥的距离。害怕最终，你我都是彼此的奢望。这样的夜晚，有谁会来安慰我，有谁会为我擦掉满脸的泪痕。

哥哥，如果我的话伤了你的心，诅咒我好了。在你心里，愿怎么处置就怎么处置。我是你悲哀的永恒的恋人，我是你灵魂漂浮中最亲爱的妹妹。哥哥，听我说，我爱你。可是，我的爱不能让你没有寂寞和痛苦，它是多么地缥缈无力，浮游在来

　　　　　　　　　　　　　　　　　那些年的爱情

往的邮车里。我亲爱的哥哥啊！求你快来，让我们像羚羊或小鹿在那风光美丽无比的香草山上，自由自在地生活。

可恶，我在抱怨，我失掉了最起码的勇气。我真不该这样！哥哥，原谅我！不要悲伤，不然我会更加难受！我在胡言乱语，你不要听。我还会做你的好妹妹、好恋人，我还梦着与你一道经风沐雨共筑爱的巢穴。

你现在要全心地学习、读书、写作，我也是。我们一旦软弱，现实就会显得更强大。日出不辜负黎明的黑暗。我爱你。

明天我把信寄出，因为公开课延期了。等着好消息！

想你的妹妹
1997年11月22日

亲爱的哥哥：

你好。今天是星期天，邮局根本不上班，所以我明天才能发信。教师例会开了好长时间，现在学生已经熄灯了，我才算收拾清繁杂琐事，坐下来开始给你写信。找不到信纸，我只有在弟弟的作文本上裁下两张，哥哥不会见怪吧。

提到我的生日，我记得那天我写了一些感受和体会，但觉得不好，没有寄给你。你怎么突然想起这事？我根本不会怪你，因为我知道你每天都会想起我，而不是只记住生日那一天。我们不能同其他人一样在彼此生日那天共同祝贺，我们只能在热切的期盼来信中感受爱意。如你所说，它是那么纯洁，那么晶莹剔透，又那么高尚。这种超越平凡的爱情已经足以安慰两颗遥远而贴切的心。这个周末，我们学校的两个同龄老师，一个去会女友，一个呢，男朋友风尘仆仆赶来了。我呢，除了分享他们的快乐外，更得到很多宁静与冷静，我补了一天的课。我一点都不羡慕他们，我可不想过他们那样的生活。意乱神迷，大概是这样吧，一个个陶醉得忘乎所以。

你毕业前就不要北上来看我，好吗？这不是拒绝，我想是时机问题。法国喜剧作家、演员、戏剧活动家莫里哀说："爱情是伟大的导师，它教我们重新做人。"有时候我真怪，对那些曾经非常渴望的东西有着强烈的排斥情绪，好像非要跟自己过不去，这大概是一种心理不健全的表现，使我冷漠近乎无情。你能理解我吗？或许只是因为追求远不可及。好在现时的中心任务还是学习、读书。爱情也是认真的。

我真的不太理解那句话："男人为结婚而爱情，女人为爱情而结婚。"你给我讲详细些好吗？说实话，我现在可不想结婚，将来也未必会想，需要有个心理转变吧。或许我现在只能在精神上接受爱情，我不能理解的东西太多了。做你的妹妹最好，做你的妻子会好吗？我怎么能胜任？而且，我很容易变成你树下的一棵小草，或者树上的一只夜莺。真不好办。你会笑我无知吗？或许，真正投入你的怀里，才知道是什么滋味。

告诉你一个好消息，我二姐已经做妈妈了，是个男孩，要我取名字，可他们都不满意。我的课基本上结束了，复习任务也很艰巨，况且我只写了一半教案，老没时间补上来，还要应付检查呢。唉，我想马马虎虎，可是，又没有办法。

再谈吧。依然爱你，我亲爱的符号哥。

想你的妹妹：玥儿
1997年11月26日

哥哥的《我是一个纤夫》，诗中自有一种思索和表白，自有一种气魄和胸怀。我很喜欢，不仅诗歌本身，还因为我是第一个读者，再没有比我更忠实的了。你说是吗？我喜欢诗中的节奏，能从中品出你的心跳。我喜欢诗中表现出来的意志，那是支持你我的坚强和执着的精神。

哦，弟弟在说梦话："害怕……"害怕什么？他是个不善言谈的人，但心里透亮。人世间让人害怕的事太多了，当我什么都不怕的时候，也就是终于和哥哥走到了一起的时候。我还跟弟弟一床睡，你介意吗？

　　今天早晨雾很大，好几个同学迟到了，不能讲课，我让同学们写《雾》。也草写一首，哥哥不要见笑，读给你听：

　　　　是谁
　　　　把这人间的早晨
　　　　带到了天堂
　　　　缭绕的神气　缓缓流动
　　　　树也朦胧　人也朦胧　鸟也朦胧
　　　　朦胧中都是绰绰约约的影
　　　　影在陶醉　影在奔波　影在疾飞
　　　　等到太阳
　　　　撩起大自然的面纱
　　　　竟是
　　　　一个湿漉漉的世界
　　　　写起信来总觉得写不完，发了信后总是盼不来

想你的妹妹：玥儿
1997年11月26日

亲爱的哥哥：

　　你好吗？

　　这个周末，我过得很忧郁。星期五下午回到家里，晚上我看了一会儿书准备休息，爸爸开始跟我谈话。他问："在学校有人给你介绍对象？"我很吃惊，"谁打的小报告！谁说的？"我不高兴地问。原来是王丹，有次周末我去考试，爸爸来接弟弟，她就把我所有的情况向爸爸作了汇报，包括那些不

想让他们会知道，免得为我操心的事。我觉得她真不应该这么做。这样，我就得到父母一番语重心长的忠告。什么找对象不能光看文凭，只要有权能挣钱就行啦，也不能一味读书而不关心这方面的事啦，还要喋喋不休地问对方怎么样啦……我说我不知道，既然拒绝还关心那么多干吗。他们说王丹讲得很清楚，我只好说她信口开河了。爸爸总算说了句可以听的话："你就以现在进修为理由委婉地拒绝，不然，说不定还有人给你小鞋穿。"我说我知道。我并不害怕、紧张，只是担心我的未来能否跨越千山万水与哥哥联系在一起，我们坚信的只能是彼此心中永恒的爱，可在现实中……"风雨凄凄，鸡鸣喈喈。既见君子，云胡不夷。风雨潇潇，鸡鸣胶胶。既见君子，云胡不瘳。风雨如晦，鸡鸣不已。既见君子，云胡不喜。"（《诗经·郑风·风雨》）这首诗所写的情景，就是妹妹此时此地面临的现实啊！

想你的妹妹：玥儿

1997年11月27日

第六节　符号的信

亲爱的妹妹：

反复阅读妹妹的信，我何尝没有那份痛苦和悲伤呢？但是我却有坚强的信心走向明天、走向未来。读到你的那些令我痛心的话语，更加增加了我的悲伤，不过话又说回来，我真的不会为那些如钢针般扎在我心窝上的话语而生气，有何理由生气呢？又怎么能忍心生妹妹的气呢？好向往未来，又好害怕未来。的确，我们的未来太遥远、太渺茫了。面对这地域的鸿沟和无情的现实，漫步在人潮如流的都市街头，我无用而又卑微的生命在隐隐作痛，向你作无声的呐喊，可回答我的只是那一

　　　　　　　　　　　　那些年的爱情

阵阵刺耳又无奈的车流声。此时，我好茫然……

几天前，Z城的天气还是温暖如春，可这几天却冷得出奇，天空灰蒙蒙的。今天下午，我们在学院的排练厅排练《保卫黄河》《四渡赤水出奇兵》等革命歌曲，为参加纪念"12·9"活动的歌咏比赛做准备。排练结束后，我就到学院东侧河滨公园旁的一家小相馆照了两张一寸照准备寄到广西备用。

亲爱的妹妹，告诉你一个好消息，前次我寄给你的那首诗《我是一个纤夫》，前不久我把它寄到广西参加由广西文联主办的《南国诗报》所举办的诗歌精短作品大赛。今天收到《南国诗报》的回函，知道了《我是一个纤夫》被留下来角逐此次诗歌大赛的一、二、三等奖，并让我速寄回两张一寸免冠照片，以便刊载诗作时用。于是我去照了两张一寸照片，等过几天取后再给南国诗报社寄去。

王丹知道我们的情况吗？从你的来信中，我感觉到她是个好女孩，很关心妹妹和弟弟，是吧！你一定要对弟弟多加关照啊！对了，请你代表我向二姐问好，我与你一样为二姐高兴并祝福她。

我们班也有很多女生，可爱吗？是的，她们很可爱，但是她们都永远代替不了妹妹在我心中的位置。多少年来，是妹妹占据了我心灵的空间，也是妹妹摘取并俘虏了我这颗鲜活的心。为了你，我拼命地读书、学习，等我一拿到大专文凭，就立即去你那儿，只要能与你在一起，在H省打工也行。

"男人为结婚而爱情，女人为爱情而结婚。"这句话我是这样理解的：男人总是希望自己所选定的对象终有一天能与她结婚，婚后再慢慢地谈恋爱；而女人是通过与男人谈情说爱后，才决定是否与他结婚的。你说你现在不想结婚，将来也未必想。若真像你说的这样，那我该怎么办？那我就一直等着你不结婚了，直到你能放心地将终身托付给我的时候，我们就可以结婚了。做妹妹好，做我的妻子不是更好吗？那我就会以哥哥和丈夫的双重身份，真心真意地呵护你、疼爱你！但是我同样不赞成你变成我树下的一棵小草，抑或是我树上的一只夜莺。我们要并驾齐驱、并肩作战，一起努力一起写作，把我们这个中国当代的绝世爱情故事写成小说，让罗密欧与朱丽叶、梁山伯与祝英台等这些中外爱情故事黯淡无光、苍白无力，退出几千年以来经典爱情故事的历史舞台。

没想到"56"还给了你机会，让你不会停止前进的脚步。它居然还残酷地攫住了你的心，让你爱得发狂！这是偶然，还是必然？这或许是上天在冥冥中早已为我们安排设计好的一个爱情代号。它就是我们爱的铁证和密码，任谁也破解不了它，我真感到特别幸运。

G省是属于北方方言区，G省话也很接近普通话。我们S县的话与普通话的区别在于S县的话不分前鼻韵和后鼻韵、平舌和翘舌、鼻音n和边音l；还有就是在声调上有些区别，往往是普通话读阴平的字，S县的话却读阳平等。也许是G省的话与普通话较为接近，差别小，说起话来不易分辨，所以G省人学普通话难度还要大一些。因此，就有"天不怕地不怕，就怕G省人学讲普通话"的说法。像其他一些省，如湖南省、广东省等地的话与普通话差别特别大，所以像湖南、广东这些省的人学讲普通话反而还要容易得多。我认为是这样的，你认为呢？读师范的时候，要求每个学生都要学普通话、说普通话的，毕业后上课，也是要求老师要说普通话，我上课是说普通话的，只是说得不是很好。你演讲都能拿一等奖，我自然是没你说得漂亮了。你不是告诉过我你们学校的电话号码了吗？看哪一天，我就给你打电话，让你听听G省人的普通话，相信你能听得懂。

我们的爱是那样的纯洁无瑕、冰清玉洁。妹妹，以后就不要说那些消极的话了，应坚信，将来我们一定能一起共筑爱的

　　　　　　　　　　　　　　　　　那些年的爱情

巢穴，为我们美好的明天而努力吧！你跟弟弟一床睡，我怎么会介意呢？弟弟也是我的好弟弟，你要好好照顾弟弟啊！

妹妹写的《雾》很有诗意，意象鲜明，且符合事物发展变化的规律。全诗似乎没有一行提到一个"雾"字，却每一句都是在写雾，这就是所谓的"不著一字，尽得风流"的审美境界吧！希望妹妹继续努力，写出更多更好的作品。父母关爱子女是天经地义、义不容辞，这真的苦了父母，谁知天下父母心嘛！我们是到了谈婚论嫁的时候，可是这对于我们来说却是遥遥无期。说句实话，假期我都害怕回家，害怕一到家父母就要唠叨找对象的事，每次一提到，都被我找理由给否定了。因为在心中，除了你，我再也别无选择，你就是我的最佳答案。我们的事我也没给父母说过，等到有机会时我才给父母说。

你公开课延期了，我等着你的好消息。我现在已进入紧张的复习阶段，每天除了读书和想你外，早晨都要到我们学校前的河滨公园跑步，锻炼一个小时。这不但可以强身健体，而且可以发泄心中的忧郁减轻痛苦。用剧烈的运动来麻醉心中的苦痛，感觉要好得多。

想你啊！我何尝不想你呢？我的好妹妹。我把我们这几年来的"柏拉图式"的恋爱情感经历写成了一篇散文诗《远方的许诺》，现随信寄来，希望妹妹喜欢。天气渐渐冷了，请多保重！祝开心！快乐！

想你的哥哥：符号

1997年11月31日

远方的许诺

三年前，我们神交为笔友。三年来，我们通信相互鼓励。渐渐地，我们都被对方相同的志趣和真情打动。于是，我们便深深地陷入了"柏拉图式"的恋爱困境之中，在乌托邦的爱情王国里苦苦等待……

——题记

　　a、三年前，我在南方L市读师范，她在北方的H市读师范，缪斯女神却让我们神交于《师范生周报》和《中专生文苑》文学报上，并神交为笔友。三年来，我们已参加工作，但却未曾谋面，天各一方。

　　我们只能在万水千山间放飞南来北往的信鸽，我们的情感在两地间的邮车中渐渐升温流淌，熔融了两颗陌生而又相知相爱的心。她说她一生等我，我说我等她一生。这是我们相互许下的诺言。

　　b、三年来，我一直坚守着远方的许诺，独自一人在生命中穿行。现实生活中甘愿去做爱情的乞丐，背负着远方的许诺，流浪于人群之中，决不去另做选择，抑或当作别人的备选答案。真的，我也要学会选择，并已选择远方的她。

　　她是我生命中再也不可分割的另一半。我的每个日子，都充满了思念和等待。思念她，好幸福又好痛苦；等待她，好痛苦又好幸福。

　　c、秋起叶落，春去春来。我的生命在岁月的风中被撕碎，又被远方的许诺拼凑成一串串沉甸甸的相思。邮车再也载不尽这份情感，便托流云和星星遥寄给她。

　　季节在苦恋中轮回流逝，使我真正体验到"衣带渐宽终不悔，为伊消得人憔悴"的内涵和"断肠人在天涯"的那份漂泊孤旅的心境。

　　d、晚秋飘落的丹枫更加生动，渐进初冬，思绪却又温暖起来，渴盼下雪的心情火一样热。捧着她的玉手抚摸过的信纸，捧着她那颗滚烫的心，感触到Z城的冬天好温暖哟！

　　生命的运动被季节打破，春之梦从暮冬的温床里醒来。不论早晨，抑或是黄昏，我站在乌蒙山巅久久伫立，凝望着遥远的天际，目光又被远山挡回惆怅。高远的蓝天飘飞的白云深不可测。天边，那朵洁白的云，那缕绚丽的晚霞可是她的化身吗？望着她，我产生一种遥望一生的感觉。

　　e、亲爱的，我依然等你，只为兑现我们的许诺。我们何时才能赴约啊！在这孤寂无助的岁月里，单凭那一封封书信，总难以填补内心的空虚和生命的需求。又是深夜，仰望星空中那弯新月，它在寻求圆满。那就让我们共同向上帝祈祷吧！

　　每当夜深人静之时，我总是不由自主地一次次打开不知看过多少次的那织满经纬网的彩色版图，一遍遍地测算两地间的距离；我总是不由自主地不知多少次地翻阅精心珍藏的影册，一次次地偷饮她的微笑。凌晨的钟声又敲响了，就让我拥着远方的许诺、拥着她醉人的笑意入梦吧！也许，明天会更美好。

第七节　彭玥的信

亲爱的哥哥：

　　在你发出信五天之后，它就来到了我的学校里。这一天，阳光出奇地灿烂明媚，有位老师说跟春天差不多。天蓝得那么澄澈、深沉，只是中午过后，才显出冬天天空所特有的苍白。我在做中午饭的时候，传达室的李大爷叫我，他又在端详看那洁白的信封，嘴里喃喃道："这么远的信，你家里人在外面吗？"他问过多次了。他是个脾气很怪的老头儿，有时很慈祥亲切，有时又毫不留情面。"看，他的字多漂亮！"我敷衍着，拿着信跑了。

收到信，哥哥一定快要考试了，那就专心复习功课，不要想我，可以不回信。总之，全力以赴为考试做准备，你会很顺利通过的，是吗？课已经讲过了，我感受最深的是校长、主任对我们的关心和帮助，我们学校老师之间也很平和，乡二中就截然不同了。至于结果怎么样，还不知道，我很不在乎，我不喜欢参加这样的活动。这跟评职称有关，我觉得那是遥远的事。

　　这两天我读了路遥的中篇小说《人生》，我在师范时看过，但这一次读它，却又有了新的启发和感受。最主要的一点是：一个人活着，不能背离人生的原则，否则就会摔跤，就会良心不安。我想"人生的原则"大概就是自己心中的信念和信仰，要坚定地走自己已经选择的路，不畏艰难险阻，不管得失荣辱。这样，才会有无悔的人生，在死的刹那，就可以微笑瞑目了。我想，我应该从心灵的阴云中走出来，乐观地面对现实、投入生活。我要为你而唱而笑，为你刻苦读书、学习和写作，只要我们还活着，就不能说没有希望。也许，生命为这痛苦的分离而越发凄惨的美。让我们在这天各一方、孤独思念的日子里，勇敢地为生命喝彩。旋转起你的笔，亲爱的哥哥，为我们的相逢添几笔天空的颜色。我爱你，虽然心中有很多忧郁，但为你我要充实而愉快地生活。我再不会说那样的话，那样让哥哥伤心的话。我等你来，把我带走，把我的心带走。北风啊兴起，南风啊吹来。写到这里，我突然想起意大利作家薄伽丘的一句名言："真正的爱情能够鼓舞人，唤醒他内心沉睡的力量和潜藏的才能。"我亲爱的哥哥，我们什么时候才能实现《远方的许诺》呢？

　　我刚才在给弟弟讲故事，或者说读故事吧，边读边录下来，以后他还可以听。他喜欢听故事，看动画片，可是日记写得并不好。他常常想家，因此而闷闷不乐，一副心事重重的样子。我让他交个朋友，这样就会好些。他今天中午当真就领回

　　　　　　　　　　　　　　　　　　那些年的爱情

了一位当地的小男孩来我们这儿吃饭，他显得很高兴，话也多了，还帮助人家做题呢！

王丹是音乐老师，琴弹得很好。她跟我同岁，看起来要比我小很多。她很活泼，爱唱爱跳爱笑爱说。不过，她有点"自我"主义，动辄暴跳起来，不知道是否因为这个缘故，使她患上很痛苦的病，这使她很不幸。我跟她毕业后分到一所学校，所以很好。尽管我们有很大不同，但也算有相同之处，比如对一些事物的看法。她对我太好了，这是她本身的善良所决定的。她有个男朋友是师范时的同班同学，现在他还在读大专，常趁周末来我们学校玩。她什么都对我说，可我是不喜欢给别人讲什么事的，我们的事也没对她讲过。有时我想这样对她不公平，可是她的性格不适合知道这件事，她也不会理解我们，我想。周围可以交流思想的人几乎没有。我初中时的班主任在乡二中教书，可他现在变得那么深沉甚至冷漠，只说自己经历了一些坎坷，就再也不谈他的情况。真怪！我很敬重他，他曾经那么正直、热情，对我也特关心。

或许今天晚上你们就在为纪念"12·9"运动而庆祝，或者明天。元旦说到就到了，我不能送你什么，只能对你说，我爱你，我愿你每天都过得好。

就这样吧。复习功课，准备考试！不知放假前，能否再收到你的信。这也没关系，我们还有时间！

我不知道该说什么祝福的话。

照片我已珍藏。可是前段时间我们照的相，全曝光了。只有下次寄给你。你会不会不高兴？

想你的妹妹：玥儿

1997年12月8日晚

第八节　符号的信

亲爱的妹妹：

　　在落寞的企盼里，终于收到妹妹来自远方的鸿书。这时虽然正值隆冬季节，Z城的冬天透着几分苍凉，但是我此时此刻的心海里却升腾起缕缕温情，还感觉暖融融的呢。

　　读着妹妹的信，我内心深处感到有无尽的欣慰，但同时也滋生出了一种无边的惆怅。你真的能坚守许下的诺言——"我等你来，把我带走，把我的心带走！"吗？我很害怕，害怕妹妹会动摇心中的这份信念和信仰。虽然我坚信妹妹很坚强，也很执着，但是妹妹毕竟是女孩，能经受得住现实生活的考验和打扰吗？因为我总认为女生的情感始终要比男生的脆弱得多（大多数是这样），到时，我孤身一人来到H省，怎么办呢？可不要让我乘兴而来，败兴而归啊！我再也不敢想下去了，但不管怎样，我一定向你保证：你等着，等我毕业了，我一定来迎接你，好吗？"采薇采薇，薇亦作止。曰归曰归，岁亦莫止。靡室靡家，玁狁之故。不遑启居，玁狁之故。采薇采薇，薇亦柔止。曰归曰归，心亦忧止。忧心烈烈，载饥载渴。我戍未定，靡使归聘。采薇采薇，薇亦刚止。曰归曰归，岁亦阳止。王事靡盬，不遑启处。忧心孔疚，我行不来！彼尔维何？维常之华。彼路斯何？君子之车。戎车既驾，四牡业业。岂敢定居？一月三捷。驾彼四牡，四牡骙骙。君子所依，小人所腓。四牡翼翼，象弭鱼服。岂不日戒？玁狁孔棘！昔我往矣，杨柳依依。今我来思，雨雪霏霏。行道迟迟，载渴载饥。我心伤悲，莫知我哀！"（《诗经·小雅·采薇》）

　　前次寄给妹妹的那首《远方的许诺》是为我们"柏拉图式"的恋爱而作的，我还把它抄在笔记本上，班上有几位同学

那些年的爱情

看了这篇散文诗后，都认为写得很动情、很感人，问我是否真有这样的爱情故事，我当然是很骄傲、很自豪地回答他们。班上还有几位女生说我诗中的"她"太幸福了，有的说可惜太远了，怕不可能实现。不管她们怎么认为，我都对她们坚定地说你是我今生唯一的等待。"出其东门，有女如云。虽则如云，匪我思存。缟衣綦巾，聊乐我员。出其闉闍，有女如荼。虽则如荼，匪我思且。缟衣茹藘，聊可与娱。"（《诗经·郑风·出其东门》）

　　她们都用一种异样的眼神看着我，面对她们质疑的表情，我无言以对。我只好默默地承受这份相思之苦，我要用行动去为我们的追求和梦想奋斗、努力和拼搏，证明我们这份当代中国的绝世的爱。

　　亲爱的妹妹，在读书的两年中，请原谅我不能来看望你了，等我一毕业了，就北上H省接你，请不要把我的期望和梦想打破，好吗？在茫茫人海中，要想找个知心的伴侣的确很难！俗话说："人生在世，草木一春。"一个人的一生在岁月的历史长河中，它是显得那么短暂和渺小，何况我们只能算得上是两颗小小的水滴。短短几十年，不必去为那些功名利禄撞得头破血流、伤痕累累，金钱和地位算不了什么，只要活得平平安安、快快乐乐足矣。

　　路遥的中篇小说《人生》我还没读过，真是惭愧，明天就去Z城西西弗书店买一本来好好读读。说句实话，从师范到现在，我只读过印度大诗人泰戈尔的散文诗《吉檀迦利》《飞鸟集》《园丁集》等几部诗集和前次在信中提到过的《呼啸山庄》《简·爱》《平凡的世界》，而其他那些中外名著根本就没看过。写到这里，我不禁在心里问，我还算一名合格的汉语言文学专业的学生吗？看来，今后我还是要多找一些中外名著来读读，做一名无愧于中文系的学生。

我们1月5日开始考试，1月15日正式放假。现在正在忙于复习，我要把每门课程都学好、考好。我并不是怕补考，更重要的是多学点知识，能提高自己的能力和水平。你虽然说让我不要写回信了，但我怎么能让妹妹久等呢？我心灵的话语又向谁倾诉呢？你们何时放假？你们那儿的冬天冷吗？冬天到了，要注意多穿几件衣服不要着凉，保重好身体，它可是革命的本钱。还有要全心全意照顾好弟弟，懂吗？今年自学考试你报考的三门都过了吗？

　　看看照片，哥哥是不是变了，变得苍老了许多，我自己都感觉到惊奇，岁月太无情了，它把我对妹妹的思恋，将我描绘成了这般模样。亲爱的妹妹，求你给我葡萄干增补我的力量，给我苹果畅快我心灵，我对妹妹的思恋无以复加。思恋妹妹的日子好像一条线，妹妹就是系在那头的一只风筝，日子越长，我的思恋越深切，扯得我的心就越痛哟！对妹妹的思恋说也说不清，写也写不完。情长纸短，千言万语化作诉不尽的相思之苦。祝妹妹和弟弟过得比我好，冬安！

为你相思而痛苦的人：哥哥

1997年12月14日

附录：

问世间情为何物

——青年作家符号中篇爱情小说简评

高守亚

　　爱情，一直是古今中外小说家创作中永恒表达的主题。这缘于爱情是人类生存方式和情感表现最重要的内容之一，是人类生存中永恒关注的话题。作家通过对爱情的描写和表达，可以再现一个时代特定领域中，人类精神和物质所闪烁出的神秘生命光芒，人的命运和时代画卷。就贵州小说创作而言，除了著名作家何士光的《草青青》在中篇小说创作中，树立了中篇爱情小说的标杆外，能用心于中篇爱情小说的作家极为少见。而在六盘水新近中篇爱情创作小说中，真正能把爱情描绘得清纯鲜美、跌宕起伏的更是少见，能一气抛出《远逝的恋情》《都是爱情惹的祸》《爱情一路走来》三部中篇爱情小说。因此，对符号中篇爱情小说的解读和评论，有助于六盘水市小说创作发展的提升，显然有着不容小视的积极意义。

　　一、三部中篇小说描述主人公陈帅的爱情故事，连贯性强、离奇古怪和妙趣横生，具有极强的自传体色彩。
　　符号，生于20世纪70年代初期，师范毕业在乡村中学教两年书后，凭自己的努力，通过成人高考，先后在贵州教育学院和贵州师范大学汉语言文学专业脱产进修学习。大学毕业后，调到了县机关工作，当过县机关报的记者、编辑，曾写过为数不多的诗歌、小小说，写过大量的散文，2013年公开出版过书信体小说《那些年的爱情》，现为水城县文联主席。符号似乎对爱情题材情有独钟，他的《远逝的恋情》《都是爱情惹的祸》《爱情一路走来》三部中篇爱情小说，这在六盘水乃至贵州中篇小说创作新近视域中，是一个绝无仅有、令人惊奇和喜悦的小说创作现象。这三部中篇小说，以自己的生活经历、阅历为原本，专门描述了主人公陈帅的一系列连贯性的爱情故事，小说中的主人公陈帅像一道阳光那样，贯穿了这三部中篇小说，描述了主人公爱情故事的离奇古怪和妙趣横生，有极强的自传体色彩。

《远逝的爱情》讲述的是师范生陈帅曲折多变的爱情故事。陈帅读师范时，同班同学李薇非常喜欢他，他也很喜欢李薇。为此，李薇不顾自己近视眼的不便，从第一排硬调到倒数第二排来，成为陈帅的同桌。李薇因为爱的缘故，常多打早餐馒头，偷偷留给陈帅，大胆主动地与陈帅约会，谈情说爱。但是由于陈帅是边远山区的农村人，家乡不仅贫困，而且不通电，不通车，吃的是酸汤苞谷饭，而李薇是家境富裕的城里人。陈帅因为爱李薇，而又因自己是农村人便产生了自卑心理。陈帅在经历爱情的煎熬后，下定决心倾心地给李薇写几千字的情书，很委婉地拒绝了李薇的一片真爱，两人怀痛分手。和李薇分手后，喜欢文学创作的陈帅，在校文学社团"春梦文学社"，认识了隔壁班两位漂亮女生萧婷和顾茜。陈帅喜欢萧婷，一门心思地追求她，萧婷也因陈帅的才气和英俊豪爽，而爱上了陈帅，但却被顾茜想了一招，欺骗萧婷，横刀夺爱。陈帅久追萧婷，萧婷却因顾茜作梗，迟迟不予答复陈帅。陈帅认为和萧婷没多大希望，只好违背良心地答应和顾茜相爱，终因顾茜父母的反对，两人最后分手。后来，陈帅靠自己勤奋努力，读上了贵州教育学院和贵州师范大学，调进了县机关工作。二十多年后，陈帅与萧婷通过微信聊天，才知道，萧婷之所以迟迟不答应和陈帅定终身大事，全是顾茜从中作梗。小说的结尾，通过陈帅的内心感叹，对这些远逝的恋情作了较生动的总结，爱情真是一种说也说不清楚的感情，又和个人经济状况、生活环境等密切相关。爱和被爱是一种幸福，更是一种痛苦。是的，对纯真的年轻人来说，处理得好是一种幸福，处理得不好，便是一种痛苦。年轻人在爱情上一定要慎重，金钱至上不对，意气用事也不对。一定要有健康向上的爱情观，不可轻言放弃。

《都是爱情惹的祸》是一个有趣的悬念小说。作品通过陈帅和张琳的一场"借"钱误会，对多年以前初恋的重新回味，给读者上了一堂生动的反电信诈骗课。作者采用悬念式开头法，一开始男女主角就因8万元的借债，闹起了纠纷。陈帅的手机里传来张琳的声音，要他请她吃饭，见面后，张琳的话题却令陈帅如在雾中，莫名其妙。陈帅已在县人大上班，张琳却问他是否在化处乡上班；陈帅没卖过房子，张琳却问他是否卖了房子。况且，这些陈帅都没给张琳说过，张琳为什么要这么问？更荒唐的是，张琳竟无中生有地说，她为陈帅充了400元话费，还借给陈帅8万元钱，问他何时还钱。陈帅说根本就没有"借钱"一事，当然就一口否定了，张琳却咬定，陈帅向她借钱的事不容否定，千真万确。两人为此争吵了起来。这样的开头，如一石击破水中天，涌起的涟漪，使读者激发了猜谜探秘的浓厚兴趣。小说的情节如瀑布一样，不断跌宕起伏。陈帅要求张琳去报警，通过侦破案件，弄清谁是借钱者，说不定张琳是上了电信诈骗的当。张琳却不相信是诈骗，负气而离开。后来张琳果然报了案，公安人员李俊介入了破案过程，虽经曲折，终于还是破了案，找到了电信诈骗者。小说穿插了陈帅和张琳的初恋，回叙了当年在师范学校读书时，那种霞光般迷人而又纯真浪漫的爱情故事。那时候，年轻人一旦燃烧起爱情的烈焰，就会弥漫成熊熊燃烧的大火，什么也不能阻挡，风越吹越大。但纯朴简单的心，也常常会为一点误会，像瀑布一样的冲动，为坚硬沉重的现实苦恼，在地域、家庭和经济的鸿沟面前，忍痛分手。尽管如此，初恋那种迷人的感觉，那些温柔的动作，醉人的眼神，柔和的声音，心灵的喜悦和宁静，就像漫天繁星那样，在情人记忆的天空中，闪闪发光。正是这样，张琳才在电信诈骗的甜蜜情网中上当受骗，不辨真假地"借"钱给假陈帅，甚至不用打欠条，就急急忙忙汇了出去。小说讲述的是电网诈骗的一种新花样，利用爱情的迷网，来使受害者丧失分辨能力，从而达到诈骗钱财的目的。要求人们对电信诈骗保持高度警惕，增强反诈骗能力，作品通过鲜活的爱情故事，使读者在审美中，得到了法治教育的滋养。

《爱情一路走来》讲述了陈帅终于与心上人刘莉结成眷属的爱情故事。小说先回顾了陈帅十年来谈情说爱的过程，谈了七八个女孩，总是因为这样或那样的原因，要么是陈帅家境贫寒，要么是陈帅自卑心理在作怪，要么是陈帅的自尊心强，要么是地域鸿沟的阻隔，让陈帅的爱情遭到一连串的失败。后来，在2003年初春爆发"非典"疫情之际，通过初中同学黄平的妻子张倩的介绍，陈帅得到了远在广州工作的刘莉的手机号码。他们的爱情特别具有传奇色彩，居然在"非典"时期产生了爱情，正应了《道德经》那句话"祸兮福所倚"，在疫情蔓延期间，在人人自危、惶恐焦虑中，他们却爱得轰轰烈烈、情深意切，一个月耗去3000多元的电话费也浑然不觉浪费。实在支撑不了，才改用手机短信交流。通过几个月的千里传音，两人有了一定的了解，这才夯实了两人相爱的决心。而刘莉最大胆的行动就是不远千里，从广州只身来到了陈帅所在的小县城，这种勇敢求爱叫人称奇；两人在短短的八天内，被爱情的熊熊大火，燃烧得像一团香气弥漫的彩霞，是爱情速度之奇；这之后，陈帅与刘莉去广州住了十天，领略了大城市的繁华富贵、刘莉父母哥嫂的热情盛意。有钱人家，不嫌穷小子住地边

　问世间情为何物

远、经济贫寒，同意了女儿的婚事，也是一奇；不放心女儿选择的地方，刘莉的父母和刘莉、陈帅一起奔赴贵州西部小城，认真考察一番后，才满意返回，这更是奇上加奇。陈帅和刘莉在双方父母和亲朋好友的祝福中，终于在2004年元旦，幸福地举办了简单的婚礼。

爱情的事真是神秘难测，有的人相处了很久，却怎么也走不到一起，结局是惨然分手；而有的人，虽在茫茫人海中偶然相遇，却一见钟情，以闪电般速度，相识、相知、相爱，终成眷属。刘莉就是这种不为金钱所动，我的爱情我做主，一见钟情的奇女子，陈帅对她是一见倾心。刘莉对陈帅是一见钟情，吸引她的，不仅是陈帅的英俊长相，更重要的是他的品德和才华，她看重的是乡村子弟的诚实、朴素、善良，更喜欢他的勤奋、聪明、好学和坚韧，相信这个穷小子，将来会因自己的好学向上，成为社会有用人才。因此，她一点也不嫌弃这个来自边远穷困乡村、经济拮据的子弟，一旦互相了解以后，她便不顾一切地与他相爱，最后两人喜结良缘。如果说，前两部中篇爱情小说在爱情描述中是蜻蜓点水、浮光掠影，而《爱情一路走来》这部中篇小说，在爱情描述中却是浓墨重彩，极细致地描述了陈帅与刘莉的相识、相知、相恋、相爱，最后终成眷属的过程。特别是陈帅与刘莉在一起时，那种纯净而又热烈的相爱，写得既大胆奔放，而又极有分寸，把握得较好，点到为止。这在爱情小说描写中，如一股透明清新的山风，给人一种清爽而悦人的感觉，这对那些不敢涉及爱情深度细节描写，或在爱情深度细节描写中涉及过分描述，是一种健康有力的反弹。

二、三部中篇爱情小说在创作中，具有主题鲜明突出、情节生动、语言简洁朴素等特点。

（一）主题鲜明突出，体现健康向上的爱情观。

三部作品，均充分地宣扬了一种两情相悦，不计金钱地位，只重人品才华，青春健康、积极向上的爱情观。如在《爱情一路走来》中有几段作者是这样写的：

在市区工作、生活的半年里，陈帅的一位也在市区一所小学教书的表姐给她介绍过两名女孩。一名女孩是在市区的另一所小学教书，据陈帅的表姐说，这名女孩就是市区的，女孩的父亲是山城矿务局的一名领导，若陈帅同意的话，女孩的父亲可以把陈帅正式调进市区的学校工作。听了表姐的介绍，陈帅还没有与这名女孩见过面就婉言谢绝了。陈帅认为，用条件交换的爱情是不牢靠的，更是陈帅不想接受的。

在山城报社工作的同事中，因陈帅是唯一还没有女朋友的男同胞，报社的同事们对陈帅的婚事极为关心。一次，报社办公室的驾驶员徐哥关心地对陈帅说："我发现山城县邮政局有位女孩，人长得还挺水灵的，现在还没有男朋友，我看和你很般配的，要不哪天我把她介绍给你。"

"行啊！徐哥，先谢谢了。"陈帅高兴地说道。

几天过后，徐哥很气愤地对陈帅说："现在的女孩太现实了，我把你的情况给邮政局的那位女孩说了，你猜她怎么说？她问你有几套房子、有多少存款？你说气不气人？"

陈帅很幽默地说："徐哥，请你回去对这位女孩说，我陈帅一套房子也没有，现在是租房住，至于存款倒是还有100多万元，只是存的是死期，一年就只能取个万把块钱（当时，陈帅每月的工资就700多元）。"

徐哥安慰地说："陈帅，婚姻是人生大事，不能草率马虎，我也不再去给她说了，等以后看到有合适的，再给你介绍。"

陈帅说："好的，多谢徐哥关心，这个女孩真的也太现实了，我本人她都还没见过，谈什么房子和钱，她要嫁

　　　　　　　　　　　　　　　　问世间情为何物

的是房子和钱，还是人？这样的女孩不要也罢。"

陈帅在心里想："现在的女孩子也太现实了，没有房子和钱，还真的不好找女朋友。看来，只有好好努力工作，待挣到了钱后，买了房子，还要有存款，才有基础和资格谈女朋友了。"

目前，在商品大潮的冲击下，由于金钱至上思想的影响，相当多的人把爱情当成可买卖的商品，一切向钱看，为了金钱和地位，不惜委身下嫁，不惜一切代价，也酿造出了不少人间悲剧，成了爱情的牺牲品。而符号在他的中篇爱情小说中，一直坚持一种美好健康的爱情观。那就是只要真心相爱，只要努力奋斗，一切都会有的。这种健康向上的爱情观，对于当代青年的爱情观，有一种充满正能量的引导作用。我国著名文学家元好问对美好爱情的评价是："问世间情为何物，直教人生死相许。"明代大戏剧家汤显祖认为："情不知所起，一往而深，生者可以死，死者可以生。"这才叫爱情上的"至情"。法国大哲学家卢梭认为："爱情不仅不能买，而且金钱必然会扼杀爱情。"英国大戏剧家莎士比亚认为："爱情是生活的火花，友谊的升华，心灵的吻合。如果说人类的感情能区分等级，那么爱情该是属于最高的一级。"德国大诗人歌德认为："爱使生命燃烧，使生活充实。"正因为如此，许多小说大家都通过爱情小说来表现时代精神、社会画卷、人的生存和命运。如托尔斯泰的《安娜·卡列尼娜》《复活》，夏洛蒂·勃朗特的《简·爱》，肖洛霍夫的《静静的顿河》，马尔克斯的《霍乱时期的爱情》等等，都通过爱情小说来再现时代画卷和人的生存状态，使人们在审美中得到美好的情感教育。符号的爱情小说，所表现的健康向上的爱情观，对于六盘水乃至贵州当下爱情小说，具有积极启迪意义，对于广大读者也具有不可小视的积极教育意义。

（二）情节生动，以奇引人。

符号在小说情节上，他有意识地采用了以离奇情节来吸引读者的方法。我国古代小说技巧，极重视一个"奇"字，传奇传奇，只有稀奇才能传得广阔和长远。爱情故事本身就具有吸引人的魅力，如果其中不断有起伏，更能引人注目。符号的爱情小说，一开始就把小说主人公陈帅推到读者面前。接着围绕着他的爱情故事，推出了一个个纯真美丽的女孩子，写出了陈帅在爱情中的种种离奇遭遇，别人谈恋爱是男追求女的，他的恋爱却很特别，多是女的追求他，可见他很有才貌和人格魅力，但他又常常因家境贫困，在谈情说爱中累遭失败，所以，他被女孩子喜欢和倒追是一奇；女孩的追求，却因他的贫困、自卑、自尊而遭到失败，这又是一奇；他并没有因为遭到失败而灰心丧气，反而更加勤奋好学、向上，终于改变了命运，并收获了美好的爱情，更是奇上加奇。这些奇构成了情节的生动性和迷人魅力，具有吸引读者关注的强烈影响力，作者还善于制造悬念，让读者的目光一开始就牢牢吸引过来，迫不及待地想读下去。如《都是爱情惹的祸》中写到陈帅与张琳见面时的场景：

> 张琳满脸愁容，显得心神不定的样子。她似乎有许多心事想对陈帅诉说。他们肩并肩边走边聊。
>
> 陈帅说："你什么时候到山城的？是来办事，还是来吃酒啊？还有，你刚才不是说找我有事吗？是什么事啊？"
>
> 张琳好像没听见陈帅的问话似的，答非所问地说："你现在还在化处乡上班吗？"
>
> "我没有在化处乡上班啊，再说了，我也没告诉过你我在化处乡上班嘛。这两年来，我一直都是在山城县人大常委会办公室上班。"陈帅显出一副莫名其妙的神情说。
>
> "那你现在住在什么地方呢？"张琳说。
>
> "还是以前住的地方，你们去年不是来过一次吗？

就在山黄公路旁边的腾飞龙门阁住宅小区啊。"陈帅总觉得张琳今天的问话有点怪怪的，但他还是很认真地回答了张琳。

"那你的房子还没卖啊？"张琳说。

张琳云里雾里的问话，对陈帅来说，简直是一丈二尺长的烟杆——摸不到斗斗啊！陈帅说："我没给你说过我要卖房子啊！你在什么时候什么地方听谁说我要卖房子了？"

张琳还是没有正面回答陈帅的问题，接着说："你的电话变了多久了？你以前用的电话已变为空号了，打不通。你现在用的这个电话，我还是刚才通过刘凯老师才知道的。你以前的电话没用了？去年快过春节的时候，你还让我给你交了400元的电话费呢！"

张琳莫名其妙的话又一次让陈帅听得云里雾里。

陈帅说："我以前用的号码早换了，我现在用的这个电话号码已经快一年了，你说我叫你给我交了400元的电话费，你交了400元的电话费的手机号码是移动的，还是联通的？号码是多少？机主的名字又叫什么？"

张琳说："反正机主的名字不是陈帅。"但她也没有说出机主究竟是谁的名字。

陈帅觉得很是蹊跷啊！

他们一边聊，一边往商贸区的方向前行。走到山城县沃尔玛购物广场时，张琳说："那你向我借的8万块钱什么时候还呢？"

"张琳，我没有向你借过钱啊！我什么时候向你借钱了？你是不是弄错了？这种玩笑可不能乱开啊！"陈帅很惊讶也很慎重地回答了张琳的问话。

张琳很坚定地说："陈帅，你怎么忘记了呢？就在今年5月11日那天上午，当时，你还叫我把那8万块钱打在你农业银行的卡上，你怎么说没借呢？我不是在开玩笑，我是认真的。"

陈帅再一次强调说："张琳，你真的弄错了！我向你借钱一事根本不存在啊！你怎么乱说呢？你不要再开这种天大的玩笑了，借钱这种严肃的事是不能开玩笑的，说话可是要负责任的啊！"

张琳说她怎么都不会开这种玩笑的，并一再强调说，陈帅是向她借了8万块钱的。陈帅也一再强调说，自己根本就没有向张琳借过钱。他们就在山城县沃尔玛购物广场前争论起来。

一开始就写出了陈帅和张琳的"借"钱纠纷，一个说借了8万元，在当时是一笔一般人想都不敢想的巨款，而另一个却莫名其妙，坚决不承认借过这笔巨款，究竟借了没有？为何不用打借条，轻易就借这笔巨款？为何被借者一口咬定是他，而借钱者却一口否定？你读完了，才知道这是一个电信诈骗案，而女主人公之所以会受骗，就在于两人曾有过令人难忘的初恋，都是爱情惹的祸，骗子才因此得逞。这些悬念通过人物的对话和行动，使读者越读越有味，欲罢不能，使小说增加了迷人的阅读魅力。

（三）语言简洁朴素、清新、明白易懂。

符号爱情小说的语言是简洁朴素的，叙述如清泉在白石上哗哗流过，像牧笛一样清新而娓娓动听，如《都是爱情惹的祸》的开头，作者这样写道：

虽已进入了初夏，但山城县还是没有进入夏天的迹象，太阳并不是那么火辣，阳光依旧还是暖暖的，春意还没有散去，难怪山城县有凉都福地的美誉呢！

这种委婉的叙述，语言简洁干净，几句话就突出了凉都春

　　问世间情为何物

秋常驻的气候特色。

作者善于用简洁的语言来表现少男少女那嫩绿而率真的青春妙影，如《远逝的恋情》写春暖花开时节，"春梦文学社"十来名男女成员组织到野外开展春游、采访、创作活动的情景，充满了青春活力，也体现了大家的顽皮戏谑。作者这样写道：

> 那时，在春暖花开的春季学期，陈帅与郝雄适时利用周末，邀约"春梦文学社"的十来名男女同学，花个10元、8元钱，买上一二十斤洋芋，几包花生、瓜子等之类的零食，带上胶桶、报纸、油纸、伞等野外日常用品，到离学校不远的一线天或凤凰山林场等环境优美、空气清新、山泉甘甜的地方开展野炊活动，还美其名曰：组织"春梦文学社"的成员开展春游、采风、创作活动。

> 他们一群人到达目的地后，简单地做了分工。捡柴的捡柴，生火的生火，提水的提水，烧洋芋的烧洋芋，有的还满山遍野去采摘那些野生的或红或白的野草莓，我们称之为范儿，大家忙得不亦乐乎。待洋芋烧熟后，大家便七手八脚地把带来的报纸、油纸在绿绿的草坪上铺开，再把花生、瓜子之类的零食摆放在铺好的报纸、油纸上，然后便一同开吃。

> 在大家正吃得津津有味的过程中，总有那么几个调皮捣蛋的男女生，趁大家都不注意的时候，用自己剥过火烧洋芋染得黑煤似的双手，趁别人不防，悄悄地迅速在别人脸上涂抹，弄得满脸黑乎乎的，顿时，一阵阵充满青春活力的银铃般的欢笑声，在山谷中缭绕、回荡。有一次，陈帅的脸还被文学社中的顾茜等几名女生弄花了，都说陈帅的脸好花哦，陈帅还幽默地说："人的脸花不怕，两把水就洗干净了，人怕的是心花啊！心花就不好办了。"充满欢乐、美好的师范生活真让人怀恋啊！

这几段描述，不但写出了春游采风中的活动内容及人员的分工协作，而且抓住青春璀璨的男女生涂抹黑洋芋灰的笑闹细节，用不多的语言，充分展现了青春男女纯净、阳光般的浪漫心态。

作者善用生动语言来进行人物形象勾勒。如《爱情一路走来》中，作者对女主角刘莉的肖像描写：

> 刘莉一双丹凤眼，两弯柳叶眉，身材苗条，容色绝佳，玉体修长，淡然自若，清逸脱俗，洁白的皮肤温润如玉，乌黑的长发披于双肩，略显柔美；胸部丰满，面似芙蓉，肌肤如雪，显出一种别样的风采；大大的眼睛一闪一闪仿佛会说话，樱桃小嘴不点而赤，娇艳若滴，一对小酒窝均匀地分布在脸颊两侧，浅浅一笑，酒窝在脸颊若隐若现。

上面这段描写，语言不多，却渗透着古典小说写人的特色，生动地显示出女主人公的倩影佳容，也显示出作者写人的美画般的传统小说工笔手法。

符号的中篇爱情小说在贵州新近爱情小说中，是一种可喜的异军突起。在贵州当代爱情小说发展史上，如茫茫水域中的一座小岛，在特定时空中闪闪发光。但他的爱情小说也有不足之处，比如缺少细腻的景物描写，也就缺少生动的地域特色，减少了贵州特定水光山色的魅力。缺少生动细节的展开。因此，他的爱情小说干货很多，如晒干了的海带那样浓缩和实在。如果融入大量展开的细节，其篇幅大增，生动也必然大增，更能吸引读者。当前，贵州的小说创作仍处于弱势地位，虽然有欧阳黔森、王华、冉正万、肖江虹等人仍在奋力前进，也有许多年轻人在小说创作的苍茫旅途上坚毅跋涉，但至今仍未有一部长篇小说能冲出贵州走向全国，能引起人们的惊讶和震动。主要在于许多写小说的人缺少远大目标和坚韧的毅力，写作积累不够，心态浮躁，耐不了长期的平淡和寂寞，缺少对乡村或城市生存状态的深刻认识和体验，缺少文化和写作经验的不断增益。当年的欧阳黔森是从一个普通地质队员开始小说创作的，何士光拥有十七年乡村教师生活经验和写作酝酿，王华从民办小学教师、县城记者到贵州省作家协会副主席，是不停创作的结果。肖江虹的《傩面》之所以荣获鲁迅文学奖，在于他是热爱小说创作的乡村子弟，在于他熟悉乡村民俗文化，深解乡村生存状态，所以写起来得心应手。《红楼梦》批阅十载，增删五次，《百年孤独》写了十五年的时间，马尔克斯两周时间才写了几句话。可见，好小说是长时间用心磨出来的。对于符号而言，好的开始是成功的一半。小说创作之旅，就像贵州茫茫千山万壑间的一条小路。那条路漫长而鲜花和荆棘丛生，在风雨中弯弯曲曲，爬坡上坎，人迹罕见。但只要有一颗热爱祖国和人民的心，有远大志向，耐得住寂寞，不断地总结创作经验和教训，用时间去磨砺和拼搏，坚毅不拔地走下去，何愁不能收获自己渴望和喜欢的硕果？那就快乐无畏地走下去吧。

高守亚，教授，中国散文学会会员，贵州省写作学会常务理事，贵州省文艺理论家协会理事，六盘水市社科联原专职副主席，六盘水市作家协会原副主席，《中国凉都》杂志主编。著有《长篇小说创作新论》《散文创作新论》、哲学普及专著《智海心灯》、哲学科普著作《初读通德经》、长篇小说《残月》、散文集《飘香的风景》、中短篇小说集《月光下的高原故事》等。发表论文《〈道德经〉三章解读》《红色叙事的力量》《贵州新近农村长篇小说审视》等数十篇。散文《牂牁湖笔记》获全省旅游美文大赛三等奖，散文《尧上听歌》获中国散文学会中国当代散文奖。撰写的散文《外祖父》《绣红旗》分别参加了市级纪念辛亥革命100周年和建党90周年散文大赛。

淡淡飘香的栀子花

——读符号书信体小说《那些年的爱情》

代庆香

符号曾任六盘水市水城县政协副秘书长、办公室副主任，现任六盘水市水城县文联主席。符号是土生土长的水城县南开乡人。初识符号是在一次六盘水市文友聚会上，经好友介绍认识。初步印象是少言寡语、老成持重。后来又有过几次聚会，但除了礼貌性地打招呼外，并没有过多沟通和交流。前不久，为了商榷市诗词楹联学会赴水城县杨梅乡采风创作活动方案，符号带着夫人和孩子来参加商讨事宜。符号的夫人是重庆人，重庆人和四川人历来给人的印象，就是热情好客，当然符号夫人也不例外，席后邀请了我们一行三人到她家喝茶小叙。谈到投缘处，符号就情不自禁地走到书房，拿出了他的书信体小说集《那些年的爱情》。接过符号给我的《那些年的爱情》一书时，我还连连祝福：祝有情人终成眷属，祝你们永远幸福！后来读完了符号的《那些年的爱情》，除了被《那些年的爱情》中那由始至终委婉、情真意切的文字所感动的同时，还为符号夫人的理解、宽容、大气、贤惠所折服和敬佩。这是后话。

大海如果缺少了巨浪的汹涌，就失去了其雄浑；沙漠如果缺少了飞沙的狂舞，就会失去其壮观；人生中如果缺少了爱情，就会如白开水一样平淡无味。爱情是人类生命永恒的主题，每个人的生命都有自己的爱情而精彩。只有悲喜哀痛七情六欲全部都经历过的人生才算是完整的人生、精彩的人生。如果说爱情是一束艳丽的花朵，那么符号的书信体小说集《那些年的爱情》，可以说就是一朵淡淡飘香的栀子花……正如符号在《那些年的爱情》的自序中写的这样："我在翻阅整理及打印这35封情书，重读那一封封真情欲滴的文字时，顺着字里行间流淌的情感之河，一缕缕如栀子花般淡淡飘香的感情的涟漪便弥漫开来。我相信真爱的品质是万古永恒的，决不会因时因地而迁流变化。"

　　于2013年1月由大众文艺出版社出版的书信体小说集《那些年的爱情》一书，收集了符号和恋人彭玥近三年35封书信，7万余字。《那些年的爱情》共分为五章，每章均列为七个小节。每章都列了一个小标题，这些小标题都来源于他们书信中引用的《诗经》中的诗句。这些诗句在选择时注意突出了他们两个人关系的发展变化，也大体上反映了他们感情历程的几个阶段及其状况。《那些年的爱情》记载了符号和一位北方女孩彭玥，通过当时流行于中专、中师的《中专生文苑》《师范生周报》等校园文学刊物相识，并以书信的形式神交为笔友。从1995年至1997年，年轻帅气的符号和美丽可爱的彭玥靠通信保持着联系，发展着感情，由笔友到恋人。远隔万水千山，为等待情书，望尽天涯路的那种情景，在《那些年的爱情》中肆意张扬、历历在目、感人至深、催人泪下。

　　35封书信，三年饱经风霜的青春岁月，一对懵懂的远隔千山万水的青年男女，凭借一封封书信，互相倾诉、互相安慰、互相鼓励、互相搀扶、互相鞭策、互相进步。谱写了一个少男少女之间毫无瑕疵的纯情和扑朔迷离又充满诗情画意的情感纠葛及传奇故事。我想，书信是那个时代大多数读书人普遍恋爱方式的一个缩影，也许，可以让那个时代走过来的读者从中看到自己的影子。同时，也算是为我已远去的年轻的生命留一份纪念，对我美好青春年华的告别。如果有弟兄姊妹觉得这些书信有参考的价值，那也是一件两全其美的好事吧。"

符号的书信体小说集《那些年的爱情》语言精练、叙事清楚、情真意切，彰显出了符号扎实的语言基础功底。在第二章第二节中他给彭玥的信中写道："不论日子多么孤独，人生多么无奈，生活多么艰辛，社会多么残酷，我们都要用一个平常的心态去面对现实、面向未来。""我们要一起去努力、去奋斗、去拼搏，真正去体会人生的价值和生命的意义，创造美好的明天。"从字里行间，我们不仅看到了青年时期的符号帅气、好学、持重，还看到了一个从农村最基层一步一个脚印走出来的年轻人乐观开朗、阳光朝气、积极向上的精神面貌。

《那些年的爱情》除了符号和彭玥一往情深的书信往来，还常常在书信中穿插一些他及彭玥写的散文、散文诗和诗歌。其中符号在写给彭玥信中散文《品味孤独》中这样写道："孤独，是思索的完美时空。孤独是一首精美的小诗，只有用心去反复研读、细细品味，才能咀嚼出它的韵味和情调；孤独是一杯清香的茗茶，需要去慢慢品尝……""我们要学会拥有孤独、品味孤独，慎重地走好人生的每一步。"可以看出符号对事物的感受，常常带有一种诗人浮想联翩的特质。散文《品味孤独》写得轻灵又富有韵味，使我们能够与符号一起感受那份爱的欢乐和心动。

符号的书信体小说集《那些年的爱情》角度新颖，读来给人耳目一新、心旷神怡、心驰魂荡的感觉。《那些年的爱情》如一股清风，让已经疲惫阅读的我，感受到了人性简单的纯、爱的美丽。在第二章第四节符号写给彭玥的信中的散文诗《飘雪的冬天》写道："想你，在这飘雪的冬天，千万遍默默地重复与你浪迹天涯的日子，生命被残酷的寒风撕成碎片如沸沸扬

淡淡飘香的栀子花

扬的雪花，一厢情愿地扑向大地，而大地却无动于衷。飘雪的日子，生命将被分离，爱永不忘记。""恋你，翻开冬天的风景，回忆是一份美丽的伤痛。"在第二章第七节彭玥写给符号的信中有一首诗《最后希望能有次相约》是这样写的："想你/就在那张密布着城市、河流与港口的图纸前/久久伫立/被复制的世界五彩斑斓/遥远的山村如明灭可见的星辰/在灿烂的星座中闪耀梦幻//为我/找一条最近的路线/顺着岁月的河流跋涉/沿途采集日月山川零落的花瓣/百转千回后/看见你站在宁静的码头/向我招手"。彭玥的诗中把希望与恋人相遇的心情写得入木三分，把那种思念恋人而又不能实现的情景展现得淋漓尽致。

在第五章第八节符号是这样写的："亲爱的妹妹，在落寞的企盼里，终于收到妹妹来自远方的鸿书。这时虽然正值隆冬季节，Z城的冬天透着几分苍凉，但是我此时此刻的心海里却升腾起缕缕温情，还感觉暖融融的呢。读着妹妹的信，我内心深处感到有无尽的欣慰，但同时也滋生出了一种无边的惆怅。你真的能坚守许下的诺言——'我等你来，把我带走，把我的心带走'吗？我很害怕，害怕妹妹会动摇心中的这份信念和信仰。虽然我坚信妹妹很坚强，也很执着，但是妹妹毕竟是女孩，能经受得住现实生活的考验和打扰吗？因为我总认为女生的情感始终要比男生的脆弱得多（大多数是这样），到时，我孤身一人来到H省，怎么办呢？可不要让我乘兴而来，败兴而归啊！我再也不敢想下去了，但不管怎样，我一定向你保证：你等着，等我毕业了，我一定来迎接你，好吗？'采薇采薇，薇亦作止。曰归曰归，岁亦莫止。靡室靡家，猃狁之故。不遑启居，猃狁之故。采薇采薇，薇亦柔止。曰归曰归，心亦忧止。忧心烈烈，载饥载渴。我戍未定，靡使归聘。采薇采薇，薇亦刚止。曰归曰归，岁亦阳止。王事靡盬，不遑启处。忧心孔疚，我行不来！彼尔维何？维常之华。彼路斯何？君子之车。戎车既驾，四牡业业。岂敢定居？一月三捷。驾彼四牡，四牡骙骙。君子所依，小人所腓。四牡翼翼，象弭鱼服。岂不日戒？玁狁孔棘！昔我往矣，杨柳依依。今我来思，雨雪霏霏。行道迟迟，载渴载饥。我心伤悲，莫知我哀！'（《诗经·小雅·采薇》）"。书信体小说集《那些年的爱情》里，虽然语言没有多么华丽，也没有刻意煽情，但在那个青葱岁月和羞涩的年代，已经算得上开放和时尚的了。《那些年的爱情》中，一封信就有一个故事，35封书信就有35个故事。一封信就是一段真情，一段真情的倾诉就是一份思念和守候。《那些年的爱情》给人可感、可视、可听的印象。每一封信都包含着两个青年男女强烈的感情和深深的依恋，质朴的语言中渗透着浓浓的思念。

生命本来就犹如盘根而生的青藤，生气勃勃、执着而上。爱情仿佛徐徐展开的画卷，充满期待、谱写缘分和惊喜。把从来没有拿出来给别人看的书信，让尘封近20年之久的情书公布于世，是需要胆量和勇气的。从此举可见符号的情感世界是干净和光明磊落的。从符号和符号夫人交流的眼神和微笑中，我们看到了他们今天的相亲相爱和幸福美满。

我想，这35封书信正如符号在自序中写的那样："这35封信是我们两个鲜活生命在那三年间的历练，是两个灵魂在那三年历程中的物化。"在年轻的符号和彭玥的心里，就像漫漫长夜中的一盏盏明灯，在青春的岁月，照亮彼此的心灵，温暖彼此的心房。莎士比亚说过："青春是一个短暂的美梦，当你醒来时，它早已消失无踪。"意大利作家薄伽丘说："真正的爱情能够鼓舞人，唤醒他内心沉睡的力量和潜藏的才能。"法国喜剧作家、演员、戏剧活动家莫里哀说："爱情是伟大的导师，它教我们重新做人。"德国伟大的作家歌德说："彼此相恋，才能使生命燃烧，使生活充实。"印度大诗人泰戈尔说：

　　　　　　　　　　　　　　　　　　　　　　淡淡飘香的栀子花

"爱就是充实后的生命，正如盛满了酒的酒杯。"他们就是凭借那南来北往的一封封书信互相倾诉、互相安慰、互相鼓励、互相鞭策、互相进步，不断完善和充实他们两个年轻而又卑微的生命。虽然《那些年的爱情》里的符号和彭玥有情人未能终成眷属，但他们的那份清纯、真情、热烈的爱情，已经成了彼此间最美好的记忆，值得用一生去怀念和珍藏。读了《那些年的爱情》中的带着浓浓爱意的情书，让我更相信人世间的缘分和爱情了。

代庆香，教师，贵州省作家协会会员，贵州省诗歌学会会员，贵州省戏剧家协会会员，六盘水戏剧家协会副主席，六盘水市文学院签约作家。诗歌、散文、剧本、歌词、纪实报告文学、文学评论、舞台剧等刊发《贵州日报》《六盘水日报》《诗选刊》《诗歌月刊》《诗文杂志》等杂志和报刊，著有诗集《蔷薇花开》。

后 记

　　好不容易出一本书，按例除了要写个序言外，还要写一篇后记。当然，我即将要出版的这本爱情小说集《远逝的恋情》也不例外，总要说两句吧！

　　收入本书的《远逝的恋情》《都是爱情惹的祸》《爱情一路走来》这三部中篇爱情小说和一部中长篇书信体小说《那些年的爱情》，陆续写出来后，除了《那些年的爱情》和《远逝的恋情》还没刊载外，《都是爱情惹的祸》《爱情一路走来》两部先后在《水城文学》《六盘水文学》刊载。

　　之后，在2019年编辑出版《水城文学丛书》（包括小说卷、散文卷、散文诗卷、现代诗卷、古诗词卷），《都是爱情惹的祸》收入《水城文学丛书》小说卷。

　　因一直都没有写过中篇小说，在写作的过程中，我是尽量地去还原现实生活，怎么想，就怎么写。写出来之后也不知道算不算小说，但不管怎么样，对这四部小说我还是满意的。如果有人问我说，你自己最喜欢哪一篇或最满意哪一部？那么我会说，四部我都喜欢、都满意。毕竟，四部小说自传色彩很强，是自己过往青春岁月生活的真实记录，也算是对往事的一种怀念吧！再说了，自己的作品就如同自己的孩子一样，天底下，没有哪一位父母会说对自己的孩子不喜欢、不满意，这也算是敝帚自珍吧！

这四部爱情小说写出来后，有的已经出版过，有的相继在内刊《水城文学》《六盘水文学》发表，曾经有几位和我熟悉的朋友读了之后，问我小说中的故事是不是我的故事，我毫不含糊地说，是我的亲身经历。之后，应该是在2019年的年底吧，从上海回来的我初中的语文老师吴文燕女士的夫君高守亚先生对我说："符号，把你的那三部中篇爱情小说打印一份给我，我想给这三部中篇小说写一个评论。"我对高守亚先生说："太谢谢高老师了！"

之后，我把三部小说打印出来送到了高守亚先生家中，交给了高守亚先生，随后，我还将之前出版过的书信体中长篇小说《那些年的爱情》的电子版发给了高守亚先生。

半个月过后，高守亚先生就把评论《问世间情为何物》通过微信发给了我。我认真看了评论，觉得高守亚先生把我的作品抬得太高了，我真是受之有愧！因我之前只写过两三篇小小说，根本没写过中篇小说。我写的这三部所谓的中篇小说和一部所谓的中长篇书信体小说，只是原原本本地还原了我所经历过的几个与爱情有关的生活经历、阅历，并没有按照小说的创作去写，自己总觉得叙述过多，而描写不多，缺少一些生活和地域文化方面的细节描写，不够生动，体现不出地域文化特色。但不管怎么说，高守亚先生为我的作品写评论，他不可能把我的作品批评得一塌糊涂啊！这样想了之后，对高守亚先生过高的评价，我就只好愧而受之了。

感谢黄河出版传媒集团阳光出版社！感谢责任编辑林薇、胡鹏两位老师！感谢高守亚先生、代庆香女士为我作品写的评论！感谢贵州青年版画家、六盘水市美术馆馆长、六盘水市美术家协会主席杨智麟先生和成都圣立文化传播有限公司美术编辑唐小糖女士精美的封面、腰封和书签设计！感谢水城农民画家徐小迪的农民画作品《幸福是奋斗出来的》作为封面图片！感谢水城农民画家徐成贵先生的农民画作品《夏来花海漫步》作为本书的书签！感谢画家丁恩东先生为我画的作为腰封上用的肖像！感谢家人对我的支持！这里还要特别感谢妻子刘军的哥哥刘华先生和嫂嫂朱霞丽女士，他们为本书的出版给予经费支持和赞助！

最后，因能力水平有限，本书肯定还有很多不足之处，敬望能读到这本书的读者诸君批评指正，我将感激不尽！

2021年7月5日

六盘水市水城区文联办公室